Sarah Glicker

Secret Kisses

Das Buch

Band 1 der neuen Romance-Reihe von Erfolgsautorin Sarah Glicker

Julie liebt ihren Job für die Strafverteidigung. Jedenfalls meistens. Nur nicht an Tagen, an denen sie mit arroganten Staatsanwälten wie Roy Thompson zu tun hat, die sich für etwas Besseres halten. Als Roy sie um ein Date bittet, lehnt sie dankend ab. Doch dann gerät sie eines Abends auf dem Weg nach Hause in einen Überfall und Roy ist durch Zufall zur Stelle, um zu sie retten. Also beschließt sie, ihm eine Chance zu geben und die beiden kommen sich näher. Bis Julie von seinem gefährlichen Doppelleben erfährt …

Von Sarah Glicker sind bei Forever by Ullstein erschienen:

Second Chance for Love (Las-Vegas-Reihe 1)
Love at Third Sight (Las-Vegas-Reihe 2)
Melody & Scott – L.A. Love Story (Pink Sisters Band 1)
Haley & Travis – L.A. Love Story (Pink Sisters Band 2)
Brooke & Luke – L.A. Love Story (Pink Sisters Band 3)
L.A. Love Storys Band 1-3: 3 Romane in einem Bundle
Craving You. Henry & Lauren (A Biker Romance 1)
Breaking You. Jenny & Dean (A Biker Romance 2)
Releasing You. Lukas & Abby (A Biker Romance 3)
Secret Kisses (Law and Justice 1)
Secret Hearts (Law and Justice 2)
Secret Promises (Law and Justice 3)

Die Autorin

Sarah Glicker, geboren 1988, lebt zusammen mit ihrer Familie im schönen Münsterland. Für die gelernte Rechtsanwaltsfachangestellte gehörten Bücher von Kindesbeinen an zum Leben. Bereits in der Grundschule hat sie Geschichten geschrieben. Als Frau eines Kampfsportlers liebt sie es, Geschichten über attraktive Bad Boys zu schreiben.

Sarah Glicker

Secret Kisses

July & Roy

Roman

FOREVER

Forever by Ullstein
forever.ullstein.de

MIX
Papier
FSC® C083411

Originalausgabe bei Forever
Forever ist ein Verlag
der Ullstein Buchverlage GmbH, Berlin
Mai 2019 (1)

Umschlaggestaltung:
zero-media.net, München
Titelabbildung: © FinePic®
E-Book powered by pepyrus.com
Innengestaltung: deblik Berlin
Gesetzt aus der Quadraat Pro powered by pepyrus.com
Druck- und Bindearbeiten: CPI books GmbH, Leck

ISBN 978-3-95818-485-5

1

July

San Antonio ist die schönste Stadt, die ich je gesehen habe. Für mich ist und bleibt meine Wahlheimat der Ort, an dem ich leben möchte. Es ist die perfekte Mischung aus Großstadt und romantischer Idylle. Am River Walk kann man super spazieren und essen gehen. Und in den Einkaufsstraßen findet man jedes Geschäft, das man sich nur wünschen kann. Auch wenn ich dabei nicht an den Verkehr denken darf. Seit einer gefühlten Ewigkeit stehe ich an derselben Ampel, obwohl sie schon mindestens dreimal grün war. Aber das ist in jeder Großstadt um diese Uhrzeit so.

»Hast du am Wochenende schon etwas vor?«, begrüßt mich Mia, als ich etwas später das Büro betrete, in dem ich als Rechtsanwaltsfachangestellte arbeite.

Bei ihren Worten hebe ich meinen Kopf und schaue in ihre Richtung. Neugierig betrachtet sie mich. Doch ich verziehe nicht einen einzigen Muskel in meinem Gesicht.

»Heute ist erst Montag«, erwidere ich schließlich. »Ich habe mir noch nicht einmal Gedanken darüber gemacht, was morgen sein wird, geschweige denn heute Abend.«

Leise lacht sie. Genau so kenne ich meine Freundin. Sie plant gerne im Voraus. Auch wenn sie es damit manchmal übertreibt, so wie in diesem Fall. Zumindest in meinen Augen.

»Ich dachte mir, dass wir wieder etwas unternehmen könnten. Vielleicht ausgehen oder ins Kino. Mir ist egal, was, entscheide du.«

Ihre Worte sorgen dafür, dass ich hellhörig werde. Aber es sind nicht nur ihre Worte, sondern auch die Art und Weise, wie sie es sagt. Irgendwie kommt es mir so vor, als würde sie etwas bedrücken. »Hast du dich wieder von deinem Freund getrennt?«, erkundige ich mich.

Überrascht sieht sie mich an. »Freund? Welchem Freund? Ich wüsste nicht, dass ich einen habe, beziehungsweise gehabt hätte.« Mia setzt einen unschuldigen Blick auf und ich muss lachen. Allerdings nicht leise. Das Gelächter entfährt mir so laut, dass sich ein paar unserer Kolleginnen zu mir umdrehen und mir einen mahnenden Blick zuwerfen.

»Sorry«, flüstere ich in ihre Richtung und lächle kurz.

»Fast scheint mir, ich bin verhext«, grummelt Mia vor sich hin. Dabei ist ihre Stimme so leise, dass ich sie kaum verstehen kann. Allerdings bin ich mir sicher, dass sie nur so leise spricht, damit alle anderen es nicht hören können.

»Du hast genauso viel Glück bei Männern wie ich. Deswegen habe ich aufgegeben, jemals einen vernünftigen Mann zu treffen. So ist es einfacher.«

»Ich bin immer noch der Meinung, dass du irgendwann den Richtigen finden wirst. Du siehst gut aus, bist lieb und mit dir kann man eine Menge Spaß haben. Bei mir hingegen ist, glaube ich, alles verloren. Ich ziehe nur die Idioten an. Vielleicht sollte ich mich für das andere Ufer interessieren.« Sie wirkt niedergeschlagen.

»Woher willst du das wissen? Alle Eigenschaften, die du gerade aufgezählt hast, treffen auch auf dich zu. Davon abgesehen bin ich dafür bekannt, dass ich Männer anziehe, die sie nicht mehr alle haben.« Mehr sage ich nicht dazu. Schließlich stimmt es. Meine letzten Beziehungen waren allesamt katastrophal, sodass ich lieber nicht mehr darüber nachdenken will.

Um mich abzulenken, starte ich ein Programm und schlage die oberste Akte, die auf meinem Stapel liegt, auf. Ich spüre den Blick meiner Freundin auf mir, versuche ihn aber, so gut es geht, zu ignorieren.

Sonst würde das Gespräch wahrscheinlich in die nächste Runde gehen, und das will ich nicht.

»Also? Was ist nun?«, fragt sie mich ungeduldig.

»Na gut«, gebe ich nach, da ich weiß, dass sie mich solange nicht in Ruhe lassen wird, bis sie das gehört hat, was sie hören will.

Ihr Gesicht hellt sich auf. »Uiii, das wird super werden«, quietscht sie vergnügt und klatscht dabei begeistert in die Hände. »Du wirst sehen, es wird ein toller Abend.«

Das hoffe ich, denke ich, sage es jedoch nicht.

Stattdessen schaue ich sie an und hebe eine Augenbraue. So will ich ihr zu verstehen geben, dass sie sich gerade wie ein Teenie aufführt.

Erschrocken zucke ich zusammen, als plötzlich ein Schatten auf meinen Schreibtisch fällt. Noch in der gleichen Sekunde öffnet sich mein Mund ein wenig, während ich meinen Kopf in die Richtung drehe, in der ich denjenigen vermute, zu dem der Schatten gehört.

Ich erblicke meinen Chef.

»Miss Carter«, fängt er an. Er spricht in einem Ton, bei dem ich automatisch aufhorche. Ich kann nicht genau sagen, was er von mir will, da er eigentlich nur selten zu mir kommt. Für die meisten Aufgaben hat er seine Sekretärin.

»Ja?«, frage ich deswegen vorsichtig.

»Haben Sie gleich ein paar Minuten übrig?«

»Was gibt es denn?«, frage ich ihn, noch bevor ich darüber nachdenken kann.

Erst, als ich ihn genauer betrachte, fällt mir auf, wie gestresst er eigentlich aussieht. Normalerweise hat man bei ihm immer das Gefühl, als wäre er gerade erst aufgestanden. Sogar nach einem Zwölfstundentag sitzen seine Haare noch perfekt. Doch nun kommt es mir vor, als hätte er die letzten Nächte nicht geschlafen. Sein Gesicht ist blass und die Augenringe darin tief und dunkel. Sein Anzug, der sonst immer perfekt gebügelt ist, ist zerknittert und ein Stück des Hemdes hängt aus der Hose.

Kurz frage ich mich, wann er wohl das letzte Mal zu Hause gewesen ist. Doch mir kann es egal sein.

»Ich habe ein paar Akten, die dringend zur Staatsanwaltschaft müssen. Es geht um diese Sache, wegen der hier eh schon die meisten verrücktspielen. Der Termin wurde von nächster Woche auf diese vorverlegt.«

Bei seinen letzten Worten kann ich erkennen, dass er den Kiefer anspannt. Er presst seine Lippen so fest aufeinander, dass sie weiß werden. Er sieht nicht gerade glücklich darüber aus, und das kann ich nachvollziehen. Ich habe mit dieser Angelegenheit zwar nichts zu tun, trotzdem weiß ich, dass ein ganzes Team extra dafür zusammengestellt wurde. Es arbeitet schon seit Wochen daran. Und von den meisten habe ich gehört, dass es eigentlich auch noch für ein paar weitere genug zu tun gäbe. Dass dieser Termin nun vorverlegt wurde, passt wahrscheinlich niemandem.

»Sicher, das ist kein Problem«, erwidere ich und lächle kurz.

Erleichtert schaut er mich an. In diesem Moment sieht er so aus, als wäre er ein paar Zentimeter kleiner geworden.

Im Stillen bin ich ihm dankbar dafür, dass ich nicht die ganze Zeit im Büro sitzen muss. Aus diesem Grund liebe ich es, solche Botengänge zu erledigen.

»Super«, gibt er von sich und strahlt dabei regelrecht wie ein kleines Kind. »Sie können sich gar nicht vorstellen, wie viel Arbeit mir das abnimmt. Ich denke mal, dass Sie in einer halben Stunde fertig sein werden. Die Unterlagen müssen zu Roy Thompson. Er ist der Oberstaatsanwalt und hat das Verfahren von einem Kollegen übernommen.« Während er spricht, zeigt er auf einen Namen, der auf der ersten Seite steht.

»Kein Problem«, erwidere ich.

Zufrieden lächelt er mich noch einmal an, ehe er sich umdreht und wieder genauso schnell verschwindet, wie er aufgetaucht ist.

»Roy Thompson?«, sagt Mia, ohne dabei ihren Blick vom Monitor zu wenden.

»Ja, wieso?«, frage ich verwirrt.

»Nur so.« Übertrieben unschuldig verzieht sie das Gesicht. Mia wirft mir noch einen letzten Blick zu, ehe sie sich wieder auf ihre Arbeit konzentriert.

Das Gebäude, in dem sich die Staatsanwaltschaft befindet, ist riesig, sodass man es überhaupt nicht übersehen kann. Es befindet sich mitten in der Stadt. Kurz bleibe ich davor stehen und lasse meinen Blick nach oben wandern. Die komplette Front besteht aus Glas. Allerdings sind alle Fenster verspiegelt, sodass man nicht hineinsehen kann. Ich gehe davon aus, dass es wegen der Sicherheit ist.

Von einer Sekunde auf die andere werde ich nervös. Dieses Gebäude hat mich schon immer eingeschüchtert, ich kann nicht einmal genau sagen, wieso das so ist. Ein letztes Mal atme ich tief durch, ehe ich hineingehe.

Kaum bin ich durch die Tür getreten, schlägt mir kühle Luft entgegen. Ein paar Schritte mache ich in die große Halle, ehe ich stehen bleibe und mich zu allen Seiten hin umsehe.

Bis jetzt habe ich das Gebäude immer nur von außen gesehen. Allerdings dauert es nicht lange, bis ich feststelle, dass es genauso kühl aussieht, wie die Luft hier drinnen sich anfühlt.

Alles ist auf Hochglanz poliert, sodass man sich in den Fliesen am Boden spiegeln kann. Nur ein paar einzelne grüne Pflanzen stehen herum. Wahrscheinlich sollen sie dafür sorgen, dass es nicht ganz so trostlos wirkt, wie es der Fall ist. Ich muss jedoch sagen, dass sie ihre Wirkung verfehlen. Allein der dunkle Farbton sorgt dafür, dass man sich hier nicht wirklich wohlfühlt.

Im hinteren Bereich kann ich ein paar Wachmänner erkennen, die vor einer Durchgangssperre stehen und die Ausweise von denen kontrollieren, die hindurchgehen wollen. Neben ihnen erkenne ich eine große Tafel, auf der steht, wo sich welche Abteilung befindet.

In der Hoffnung, dass ich so herausfinden kann, wo ich hinmuss, gehe ich darauf zu.

Scheiße, ist jedoch das erste Wort, das mir einfällt, nachdem ich einen Blick darauf geworfen habe. Ich erkenne sofort, dass sich nicht nur die Staatsanwaltschaft hier drin befindet, sondern auch noch zwei andere Firmen. Es stehen überall so viele Namen und Bereiche, dass ich schon nach kurzer Zeit kaum noch weiß, nach wem ich eigentlich suche.

»Kann ich Ihnen helfen?«, dringt eine weibliche Stimme an mein Ohr.

Ich reiße mich von den vielen Namen los und konzentriere mich auf die Person, die hinter dem Empfang nur wenige Meter von mir entfernt sitzt. Sie ist ungefähr in meinem Alter, sieht aber ein wenig gelangweilt aus. Ich kann mir vorstellen, dass es hier nicht viel gibt, was sie zu tun hat.

»Ich bin auf der Suche nach Roy Thompson«, erkläre ich ihr, wobei ich noch einen Blick auf die Tafel werfe.

»Oh«, sagt sie nur und schaut mich dabei von oben bis unten an. »Sie können mir glauben, wenn ich Ihnen sage, dass Sie nicht die einzige Frau sind, die ihn sucht.« In ihrer Stimme schwingt etwas mit, das ich nicht zuordnen kann.

Es dauert einen Moment, bis ihre Botschaft bei mir angekommen ist. Doch dann schüttle ich energisch den Kopf. »Nein«, erwidere ich schnell und hoffe, dass sie mir glaubt. »Ich habe hier ein paar Akten von meinem Chef, die er umgehend bekommen soll.« Während ich spreche, zeige ich auf die Tasche über meiner Schulter.

Kurz betrachtet sie diese, als würde sie sichergehen wollen, dass ich die Wahrheit sage. Ich habe schon die Befürchtung, dass sie mich auslacht. Doch da hellt sich ihr Gesicht bereits wieder auf.

»Tragen Sie sich doch einfach in dieser Liste ein, dann können Sie hoch zu ihm. Und sorry, dass ich Sie so angefahren habe. Aber Sie sind nicht die erste Frau, die hier auftaucht und wortwörtlich das Gleiche sagt. Wir haben hier fast jede Woche deswegen Theater, da nicht alle seiner Verehrerinnen es gut verkraften, wenn er sich nicht mehr meldet.«

Ihre Worte und die Art und Weise, wie sie das sagt, sorgen dafür, dass ich mich automatisch frage, was dieser Roy Thompson für ein Mensch ist.

Wahrscheinlich ist er ein Vollidiot, der seinen Beruf als Vorwand nimmt, um jeden Abend eine andere abzuschleppen, denke ich. Dabei nehme ich die Liste entgegen und trage meinen Namen ein.

»Und soll ich Ihnen mal etwas verraten?«, fragt sie mich und zieht so meine Aufmerksamkeit wieder auf sich.

»Was denn?«, frage ich neugierig.

»Es laufen schon Wetten, wann mal eine Frau das mit ihm macht, was er sonst immer mit den Frauen macht. Aber die Chance ist doch ziemlich gering.« Ein wenig wehleidig verzieht sie das Gesicht, sodass ich lachen muss, während ich ihr das Klemmbrett wiedergebe.

»Sein Büro ist in der dreizehnten Etage. Und viel Glück«, wünscht sie mir, während sie mir einen Besucherausweis reicht.

»Wofür brauche ich Glück?« Verwirrt schaue ich sie an.

»Glauben Sie mir, wenn Sie ihn sehen, dann werden Sie es verstehen.« Um ihre Worte zu unterstreichen, schaut sie mich ernst an und nickt dabei.

Ich verharre kurz. Ich habe die Hoffnung, dass sie doch noch etwas sagt, um mir ihr Verhalten zu erklären. Doch das tut sie nicht. Stattdessen zeigt sie mit dem Kopf in Richtung der Aufzüge.

Ich kann mir nicht ansatzweise vorstellen, wovon sie da spricht. Doch ich ziehe es vor, nicht noch einmal nachzufragen.

Langsam gehe ich zu den Fahrstühlen, wo ich den Ausweis vorzeige. Nachdem ich den entsprechenden Knopf für die dreizehnte Etage gedrückt habe, setzt die Kabine sich in Bewegung. Es kommt mir wie eine Ewigkeit vor, bis ich endlich im richtigen Stockwerk ankomme. Und das nur, weil der Aufzug in fast jeder Etage anhält.

»Wow«, flüstere ich, nachdem ich mich einmal im Kreis gedreht habe, um mich umzusehen. Im Großen und Ganzen sieht es hier oben so aus wie in der Halle unten. Und doch ist es moderner, freundlicher. An den Wänden hängen überall Bilder von Künstlern, bei denen ich mir sicher bin, dass ich nicht einmal ihre Namen aussprechen kann. Außerdem gibt es ein paar Skulpturen, die auf kleinen Tischen entlang der Wände stehen.

Nachdem ich den Fahrstuhl verlassen habe, gehe ich ein paar Schritte. Suchend blicke ich mich um. Leute laufen hin und her und sehen dabei gestresst aus. Da es voll ist, dauert es einen Moment, bis ich mich orientiert habe. Doch dann gehe ich auf eine Frau zu, die an einem großen Schreibtisch sitzt.

»Hallo«, sage ich. Mit einem freundlichen Lächeln wendet sie sich mir zu, während ich nach den Akten greife und sie aus meiner Tasche ziehe.

»Guten Tag«, begrüßt sie mich. »Was kann ich für Sie tun?«

Während sie spricht, lege ich die Unterlagen vor mir ab.

»Ich bin July Carter«, stelle ich mich vor. »Mein Chef hat mich hergeschickt, damit ich ein paar Unterlagen in der Sache Mayson vorbeibringe.« Mit diesen Worten klopfe ich auf die Akten, die vor mir liegen, und verziehe ein wenig das Gesicht. Doch noch immer sieht sie mich an, als hätte sie keine Ahnung, wovon ich spreche.

»Sorry«, erwidert sie. »Ich bin hier nur zur Vertretung, da es einen Notfall in der Familie meiner Kollegin gab«, erklärt sie mir und zieht dabei entschuldigend die Schultern ein Stück hoch.

»Ich arbeite für Taylor, Moore & Garcia. Mein Chef vertritt die Nebenkläger in einer Sache. Diese Papiere sollen zu Mr Thompson«, beginne ich ihr zu erklären. Doch noch bevor ich aussprechen kann, hellt sich ihr Gesicht auf.

»Natürlich«, ruft sie laut aus, sodass sich kurz ein paar von den anderen, die in der Nähe stehen, zu uns umdrehen. »Sagen Sie das doch gleich. Roy Thompson.«

Schon würde ich am liebsten protestieren. Doch bevor die Worte meinen Mund verlassen können, schlucke ich sie wieder hinunter.

Dieser Mann kann unmöglich so schlimm sein, wie die Frau unten meinte, beschließe ich und nicke. Allerdings zögerlich. Ich halte mir vor Augen, dass ich noch nie vor einer Herausforderung gekniffen habe, und dieser

Typ scheint eine zu sein. Ich will ihm nur ein paar Sachen bringen und nicht mit ihm zusammenarbeiten.

»Sein Büro ist den Gang hinunter. Egal, ob er seine Tür offen oder geschlossen hat, Sie können es nicht überhören.« Die Frau zeigt in die entsprechende Richtung, bevor sie sich wieder auf ihren Bildschirm konzentriert.

Ich brauche etwas, bis ich mich gefangen habe und in der Lage bin, einen Fuß vor den anderen zu setzen. Doch dann gehe ich den langen Flur entlang, wobei ich den Menschen ausweiche, die mir entgegenkommen.

Mir kommt es vor, als würde er nicht enden wollen, als lautes Geschrei an mein Ohr dringt. Ruckartig bleibe ich stehen und schaue in die Richtung der Tür, durch die es zu dringen scheint.

»Wenn wir diesen Fall wegen so einer Kleinigkeit verlieren, dann sind Sie gefeuert. Und das ist keine Drohung, sondern eine Tatsache.«

Mit großen Augen schaue ich auf die halb geöffnete Tür, die sich direkt vor meiner Nase befindet. Aus dem Augenwinkel sehe ich, dass ich nicht die Einzige bin, die sie anblickt. Aber im Gegensatz zu mir gehen die anderen weiter, nachdem sie den Kopf geschüttelt haben.

Ich hingegen bleibe stehen.

»Müssen Sie da rein?«, fragt mich eine Frau, die neben mir innehält.

»Ja«, ist alles, was ich gerade herausbekomme.

»Dann viel Glück.« Sie zwinkert mir noch einmal zu, ehe sie verschwindet.

Ich versuche den Kloß, der sich in meinem Hals bildet, so gut es geht, zu ignorieren. Stattdessen setze ich mich in Bewegung und gehe die restlichen Schritte auf die Bürotür zu.

Doch noch bevor ich sie erreichen kann, kommt eine Frau heraus. Sie ist vielleicht fünf oder sechs Jahre älter als ich und sieht so aus, als würde sie jeden Augenblick anfangen zu weinen. Sie hat den Kopf eingezogen und blickt zu Boden, während sie an mir vorübergeht.

Doch davon lasse ich mich nicht beeindrucken. Das hier ist nicht der erste Mann, der meint, seine Position ausnutzen zu können. In den letzten Jahren hatte ich mit einigen zu tun, sodass er mich damit nicht aus der Ruhe bringen kann.

Dennoch bleibe ich neben der Tür stehen und werfe einen vorsichtigen Blick hinein. Nur um zu sehen, ob sich noch jemand darin befindet.

Doch bereits im nächsten Moment wünsche ich mir, ich hätte die Unterlagen einfach am Empfang liegen lassen und wäre verschwunden.

Scheiße, fährt es mir wieder durch den Kopf, als ich den Mann sehe, der einige Meter von mir entfernt am Schreibtisch sitzt. Sein Blick ist auf den Laptop vor ihm gerichtet.

Auch wenn ich deswegen nicht seine volle Größe erkennen kann, so bin ich mir doch sicher, dass er mich um mindestens zwei Köpfe überragt. Seine Haare sind etwas länger, sodass er sie zur Seite stylen kann. Der schwarze Anzug, den er trägt, sieht aus, als wäre er maßgeschneidert oder von irgendeinem teuren Designer.

Bei dem Anblick wird mein Mund trocken. Er löst eine Reaktion in mir aus, die ich in diesem Ausmaß noch nie gespürt habe. Ich weiß nicht genau, was es ist. Ich habe nicht einmal den Hauch einer Ahnung. Aber mir ist klar, dass es hier und jetzt nichts zu suchen hat. Wahrscheinlich gibt es keinen geeigneten Zeitpunkt, wenn es sich um einen Mann wie Roy Thompson handelt.

Deswegen schiebe ich das, was in mir vorgeht, so gut wie möglich beiseite und straffe die Schultern. Dann klopfe ich an und gehe auf ihn zu, ohne auf eine Antwort zu warten.

Dabei lasse ich ihn nicht aus den Augen. Er soll erst gar nicht auf die Idee kommen, dass ich in irgendeiner Art und Weise Angst vor ihm habe. Ich bin schließlich keine seiner Angestellten.

2

Roy

Ich bin sauer. Und das ist noch untertrieben. Jeden beschissenen Tag gibt es irgendein anderes Problem, um das ich mich kümmern muss. Nicht ein einziges Mal kann etwas so laufen, wie ich mir das vorstelle.

Am liebsten würde ich ihr laut hinterherrufen, ob ich eigentlich nur von Idioten umgeben bin. Doch dann kann ich es mir gerade noch verkneifen. Es würde ja doch nichts bringen. Außer vielleicht ein paar genervte Blicke von meinen Kollegen. Wobei ein paar mehr da wahrscheinlich auch schon keinen Unterschied mehr machen.

Um mich davon abzulenken, dass dieser Fall den Bach runterzugehen droht - und das passiert mir wirklich nicht sehr oft –, ziehe ich die oberste Akte von dem Stapel, um den ich mich noch kümmern muss. Mürrisch öffne ich sie. Doch weit komme ich nicht, da in diesem Moment eine laute Stimme zu mir dringt.

»Sind Sie Roy Thompson?«, fragt mich eine Frau.

Ich kann nicht anders, als kurz die Augen zu verdrehen, ehe ich meinen Blick hebe. Doch dann wünsche ich mir, dass ich es nicht getan hätte.

Ich beobachte eine Blondine dabei, wie sie in mein Büro kommt, ohne auf eine Antwort zu warten. Ihre golden schimmernden Haare hat sie zu einem Pferdeschwanz gebunden, der bei jedem Schritt von einer Seite zur anderen schwingt. Ihr Outfit ist etwas unscheinbar, trotzdem sexy.

Kurz frage ich mich, ob sie sich mit Absicht so kleidet, um die Männer um den Verstand zu bringen. Bei mir klappt es auf jeden Fall. Auch wenn ich das nur ungern zugebe.

Konzentriere dich, ermahne ich mich selbst und kneife meine Augen ein wenig zusammen.

Nicht eine einzige Sekunde lasse ich sie aus den Augen. Dabei bemerke ich, dass sie ein wenig nervös wirkt, das anscheinend aber nicht zeigen will. Und ich beschließe, sie in dem Glauben zu lassen, dass ich nichts davon merke.

»Ja, der bin ich«, knurre ich, wobei sich meine Lippen kaum bewegen. Ich habe schlechte Laune und das lasse ich sie auch spüren. Dabei ist es mir egal, wie attraktiv sie ist.

»Ich bin July Carter«, stellt sie sich mir vor.

Der Name passt zu dir, denke ich. Im Gegensatz zu ihr habe ich das Pokerface drauf.

Dennoch frage ich mich unwillkürlich, ob sie etwas von dem mitbekommen hat, was hier gerade los war. Wenn es nämlich so sein sollte, hat sie wirklich Mut. Seit Monaten ist sie die Erste, die sich nach so einer Tirade in mein Büro traut. Und diese Erkenntnis sorgt dafür, dass sich meine schlechte Laune ein wenig bessert.

Mit einem gefährlichen Blick, von dem ich weiß, dass er Frauen in die Knie zwingt, betrachte ich sie von oben bis unten. Ihre Lippen öffnen sich ein Stück, was das Zeichen für mich ist, dass mein Blick seine Wirkung nicht verfehlt hat.

»Und was kann ich für Sie tun, Ms Carter?«, frage ich sie langsam. Dabei lasse ich meine Stimme ein wenig genervt klingen. »Ich weiß nicht, wer Sie zu mir geschickt hat, aber ich bin für die neuen Angestellten nicht zuständig.«

Bei meinen Worten kann ich genau beobachten, wie sie zusammenzuckt. Sie macht keine Anstalten, irgendeinen Ton von sich zu geben. Frustriert darüber presse ich meine Lippen zu einer dünnen Linie zusammen.

»Hören Sie. Suchen Sie sich einfach irgendeinen anderen Mitarbeiter, der vielleicht Zeit für Ihre Probleme hat.« Herausfordernd schaue ich sie an.

Ich erwarte, dass July sich jeden Augenblick umdreht und verschwindet. Doch das macht sie nicht. Wie angeklebt bleibt sie an Ort und Stelle stehen und erwidert meinen Blick unbeeindruckt. Sie stemmt ihre Arme in die sexy Hüften und weicht mir nicht aus.

»Um ehrlich zu sein, scheinen sämtliche Ihrer Mitarbeiter einen großen Bogen um Ihr Büro zu machen«, bricht es schließlich aus ihr heraus. Dabei funkeln ihre Augen vergnügt, was mir ein Grinsen entlockt.

»Sie machen einen großen Bogen um mein Büro? Wie darf ich das denn verstehen?«, frage ich sie, obwohl ich es eigentlich genau weiß. Doch ich will noch einmal ihre Stimme hören. Während ich spreche, stehe ich mit geschmeidigen Bewegungen auf und gehe um den Schreibtisch herum. Ich bewege mich, als wäre sie meine Beute. Und für einen kurzen Moment kommt es mir so vor, als würde ihr dieser Gedanke gefallen. Langsam lehne ich mich gegen die Tischplatte und verschränke die Arme vor der Brust. Ihre Brust hingegen hebt und senkt sich schwer.

Wahrscheinlich überlegt sie sich gerade, wie sie aus dieser Nummer wieder herauskommen soll, denke ich zufrieden. Doch nun hat sie das Thema angeschnitten und ich werde sie nicht vom Haken lassen, bis ich eine Antwort auf meine Frage habe.

»Das soll heißen, dass keiner Ihrer Mitarbeiter bereit war, diese Akten entgegenzunehmen.« July öffnet ihre Tasche und zieht zwei Hefter heraus. »Ich wurde direkt in Ihr Büro geschickt.«

Sie reicht mir die Akten und ich werfe einen kurzen Blick darauf. »Ahhh, darauf habe ich gewartet«, entgegne ich, ohne sie weiter zu beachten. Dabei würde ich sie gerne noch ein wenig länger anschauen. Doch dann überlege ich es mir anders. Ich lasse die Akten hinter mir auf die Glasplatte fallen und wende mich ihr wieder zu.

Wer weiß schon, wann ich das nächste Mal die Gelegenheit dazu bekomme?

Ich sehe ihr an, dass sie nicht weiß, was sie von meinem Benehmen halten soll. Und ehrlich gesagt weiß ich das selbst nicht genau. Doch das lasse ich mir nicht anmerken.

»Dann ist es ja gut, dass ich sie Ihnen vorbeigebracht habe«, erwidert sie nur, wobei mir der spitze Unterton in ihrer Stimme nicht entgeht.

Doch da ist noch etwas anderes. Sie hört sich plötzlich nicht mehr ganz so vorlaut an. Ihre Stimme ist etwas leiser, und vielleicht auch vorsichtiger geworden.

Als ich sehe, wie sie sich umdrehen will, versuche ich schnell etwas zu finden, was ich sagen kann. Irgendwie will ich sie daran hindern, schon wieder zu verschwinden. »Haben Sie sich schon einmal überlegt, ob Sie nicht vielleicht lieber hier arbeiten möchten? Ich bin mir sicher, dass die Bezahlung besser ist als in der Kanzlei, in der Sie derzeitig angestellt sind«, sage ich.

Ich lasse meine Stimme so klingen, als würde ich jeder Frau dieses Angebot machen. Langsam blickt sie mich wieder an. Auf eine verführerische Art zieht sie die Augenbrauen hoch. Dann macht sie einen großen Schritt nach vorne und kneift die Augen ein winziges Stück zusammen.

»So toll kann die Bezahlung nicht sein, wenn man dafür Ihre schlechte Laune ertragen muss.«

Getroffen, schießt es mir durch den Kopf. Dennoch betrachte ich sie so, als hätte ich keine Ahnung, wovon sie da eigentlich spricht.

»Nein, danke.«

Mein Mund öffnet sich zu einer Erwiderung, als sie sich bereits auf dem Absatz umdreht und so schnell verschwindet, wie sie gekommen ist.

Ich kann nicht anders, als leise zu lachen. Und in diesem Augenblick schwöre ich mir, dass sie mir gehören wird. Ich weiß nichts über diese Frau und dennoch hat sie mein Interesse geweckt.

Ich bin so tief in meine Gedanken versunken, dass ich ein wenig brauche, bis ich den Klingelton meines Handys bemerke.

»Ja?«, frage ich, als ich das Gespräch annehme. Dabei sinkt meine Laune wieder in den Keller.

»Welche Laus ist dir denn über die Leber gelaufen?«, fragt mich mein jüngster Bruder Chris.

»Keine«, brumme ich, während ich mich wieder auf meinen Stuhl sinken lasse.

»Ach ja, das hört sich aber nicht so an«, stichelt er weiter, obwohl er genau weiß, dass er mich in solchen Momenten am besten in Ruhe lassen sollte. Doch mein Bruder hat noch nie das gemacht, was er am besten hätte tun sollen. Wenn ich es mir überlege, dann trifft das auf uns beide zu.

»Was willst du?«, brumme ich stattdessen.

»Eigentlich wollte ich dich nur fragen, ob du nachher zum Training kommst.«

Kurz denke ich darüber nach. Auch wenn ich schon seit einer Ewigkeit nicht mehr mit meinem Brüdern trainiert habe, so habe ich heute keine große Lust dazu. »Nein, ich werde auf die Jagd gehen.«

»Roy.« Chris seufzt. Ich weiß genau, was jetzt kommt. »Ich halte deine Alleingänge nicht für ratsam.«

»Das weiß ich, dennoch ändert es nichts daran, dass ich es machen werde.«

Alleine auf Pirsch zu gehen, ist das Einzige, was mich zurzeit davon abhält, den Verstand zu verlieren.

Vor allem nach dem Gespräch mit July, denke ich.

»Na gut, Bruder. Du bist alt genug und weißt hoffentlich, was du da machst.«

»Danke, du weißt gar nicht, wie viel mir deine Worte bedeuten«, gebe ich genervt zurück. Bevor er noch etwas erwidern kann, beende ich das Gespräch und atme tief durch.

Chris ist Polizist, während Josh bei der Feuerwehr arbeitet. Jeder von uns geht anders mit dem Stress in seinem Job um. Ich, zum Beispiel, mache zwischendurch Alleingänge.

Als ich abends in meinem Wagen sitze, lasse ich meinen aufmerksamen Blick über meine Umgebung wandern. Ich befinde mich in einer Seitenstraße. Allerdings liegt sie mitten im Zentrum der Stadt, sodass ich mitten im Geschehen bin. Alles ist ruhig, allerdings weiß ich, dass sich das schnell ändern kann. Und irgendwie wünsche ich mir sogar, dass es so ist. Die Vorstellung, einem Übeltäter die Leviten zu lesen, lässt mich schmunzeln.

Um mich abzulenken, steige ich aus und schlage die Tür meines Sportwagens hinter mir zu. Mit großen Schritten gehe ich auf die nächste Straßenecke zu, in der es etwas belebter ist. Dabei fällt mein Blick auf einen Haufen Jungs, die wahrscheinlich gerade mal zwanzig sind.

Ich habe nicht den Eindruck, als würden sie Ärger machen wollen, dennoch lasse ich sie nicht aus den Augen. Wobei mir vor allem einer ins Visier fällt. Er scheint ein paar Jahre älter zu sein als die anderen und sieht auch deutlich aggressiver aus. Auf den ersten Blick erkennt man, dass er der Boss der Gruppe ist und alle anderen tun, was er sagt.

Aus Erfahrung weiß ich, dass genau das der Anfang ist. In ein paar Jahren werden entweder ich oder ein Kollege die Anklageschriften über sie schreiben. Ich mache das nun schon lange genug, um es auf den ersten Blick zu erkennen. Dennoch bin ich der Meinung, dass es ihr Problem ist und nicht meins. Wenn sie nicht in der Lage sind, ihren Kopf einzuschalten, kann ich ihnen auch nicht helfen.

Ich biege um die Ecke und gehe noch ein paar Schritte weiter, als das Geräusch von zerspringendem Glas an mein Ohr dringt. Sofort bleibe ich stehen und schaue mich suchend um. Die Leute, die sich um mich herum befinden, scheinen nichts mitbekommen zu haben. Ruhig gehen sie weiter und unterhalten sich dabei. Sie haben nicht mein Gespür für solche Situationen, weswegen sie sich nichts dabei denken. Und würde ich dieser Art von Freizeitbeschäftigung nicht schon seit mehreren Jahren nachgehen, ginge es mir wahrscheinlich ähnlich.

Um nicht aufzufallen, ziehe ich meine Mütze noch ein wenig tiefer ins Gesicht und gehe in die Richtung, aus der das Geräusch kam. Vorsichtig drücke ich mich gegen die Hauswand und schaue um die Ecke. Und was ich da sehe, gefällt mir überhaupt nicht.

Ich kann einen Mann erkennen, der eine kaputte Flasche in der Hand hält und mit dem zersplitterten Teil auf zwei Frauen zielt, die sich nur wenige Schritte von ihm entfernt befinden. Auch wenn es nicht das ist, was ich mir erhofft habe, so ist es doch besser als nichts.

Mit großen Schritten gehe ich auf ihn zu und spanne meine Muskeln an. Mir ist klar, dass ich mit allem rechnen muss, vor allem in dieser Gegend. Meine Hände ballen sich zu Fäusten und meine Lippen pressen sich aufeinander. Schon immer hatte ich ein Problem damit, wenn Frauen angegriffen werden. Ich bin der Meinung, dass solche Idioten sich Leute aussuchen sollten, die genauso stark sind wie sie selbst. Dann wären die Chancen wenigstens gleich verteilt. Aber das machen die wenigsten.

Auf der anderen Seite muss ich sagen, dass ich ganz froh darüber bin. Sonst hätte ich keine Chance, ihnen die Fresse zu polieren. »Störe ich?«, frage ich mit tiefer und gefährlicher Stimme.

Ich werfe einen kurzen Blick auf die beiden Frauen, die am ganzen Körper zittern. Sie wissen nicht, was sie tun sollen. Deswegen kann ich nur hoffen, dass sie einfach verschwinden, ohne irgendwelche Fragen zu stellen. Je mehr Abstand sie zwischen sich und diesen Ort bringen, desto besser ist es für sie.

Der Mann hingegen wendet sich von ihnen ab und sieht mich an. Es dauert ein wenig, bis er kapiert, dass ich nicht wegen seiner Beute hier bin, sondern er meine ist. Doch dann weiten sich seine Augen und ich kann beobachten, wie er leichenblass wird.

Automatisch weicht er einen Schritt zurück, als ich einen auf ihn zumache. Doch er befindet sich in der Falle. Dies hier ist eine Sackgasse, sodass er schon an mir vorbeilaufen müsste, um abzuhauen. Und ich habe nicht vor, ihn fliehen zu lassen.

Ich gehe so lange auf ihn zu, bis er mit dem Rücken an der Wand steht. Dann grinse ich ihn zufrieden an. Doch bevor ich irgendetwas sagen kann, höre ich ein leises Geräusch. Aus dem Augenwinkel kann ich sehen, dass die beiden Frauen noch immer dastehen. Ihre Münder haben sich geöffnet.

»Verschwindet«, knurre ich.

Es dauert noch einen Moment, bis endlich Bewegung in sie kommt und sie weglaufen.

»Was willst du?«, fragt mich der Mann, sodass ich mich wieder auf ihn konzentriere. »Das war doch nur Spaß.«

Die Worte purzeln so schnell aus seinem Mund, dass sie sich beinahe überschlagen. Ich erkenne die Panik in seinem Blick, beschließe aber, dass ich nicht darauf eingehen werde. Soll er doch Angst haben. Er hat es nicht anders verdient.

Genau deswegen tue ich das. Als Staatsanwalt habe ich nur einen winzigen Bruchteil von denen auf meinem Schreibtisch liegen, die Scheiße gebaut haben. Die meisten werden überhaupt nicht gefasst oder winden sich irgendwie raus. Und dabei haben sie die Strafe genauso verdient.

»Für mich sah das aber nicht nach Spaß aus«, gebe ich zurück.

Sein Mund öffnet sich, als würde er etwas erwidern wollen. Doch es kommt kein Ton heraus. Ich habe es nicht anders erwartet. Männer wie er haben immer nur eine große Klappe, und wenn es drauf ankommt, ziehen sie den Schwanz ein.

Und dann passiert genau das, womit ich gerechnet hatte. Der Wichser holt aus und will mich k. o. schlagen. Doch bevor seine Faust auch nur in die Nähe meines Gesichtes kommt, habe ich meine Hand gehoben und meinen Unterarm gegen seinen gestemmt.

»Das war die falsche Entscheidung«, knurre ich und schlage mit der anderen Hand zu. Für einen Augenblick sieht er noch überrascht aus, dann geht er zu Boden.

Schwer atmend stehe ich über dem Mann, der nun schon nicht mehr so übertrieben großspurig aussieht. Schon nach wenigen Sekunden kann ich erkennen, wie sich ein blaues Veilchen um sein Auge bildet.

»Ich weiß einfach nicht, warum ihr es nicht lernt«, murmle ich, während ich ihn mit einer Hand auf die Beine ziehe und mit der anderen mein Handy aus der Hosentasche hole.

»Lass mich los, du Schwein.« Er versucht sich aus meinem Griff zu winden, doch so weit lasse ich es nicht kommen.

»Ich werde dich nicht loslassen. Ich werde dich der Polizei übergeben.« Bei meinen Worten zuckt er sichtlich zusammen. Der Besuch bei der Polizei wäre wohl nicht sein erster. Doch auch das ist sein Problem und nicht meines.

Während ich spreche, wähle ich die entsprechende Nummer und halte mir das Telefon ans Ohr.

»Notrufzentrale«, meldet sich bereits nach dem ersten Läuten eine Frau.

Ich werfe dem Typen noch einen Blick zu, um ihm verständlich zu machen, dass er bloß die Schnauze halten soll. »Hier ist ein Mann, der versucht hat, sich an zwei Frauen zu vergehen. Die beiden konnten fliehen, doch er wartet nun darauf, dass Sie ihn abholen.« Ich nenne noch die Adresse, ehe ich auflege.

»Ich hoffe, du wirst Spaß im Gefängnis haben.« Aufmerksam schaue ich ihn an und präge mir sein Gesicht ein. Da es keine Zeugen für seine Tat gibt, ist die Wahrscheinlichkeit sehr hoch, dass er laufen gelassen wird. Ich kann mich schließlich schlecht als Zeuge melden.

Schnell fessle ich ihn mit Kabelbinder, ehe ich aufstehe und verschwinde. Ich bleibe in der Nähe, bis die Polizei aufgetaucht ist.

Erst, als sie auf der Bildfläche erscheinen, gehe ich zu meinem Wagen und lasse mich hinter das Steuer sinken. Seufzend beobachte ich, wie er in den Streifenwagen verfrachtet wird.

Plötzlich erscheint das Gesicht von July vor meinen Augen. Ich schüttle den Kopf und versuche es wieder loszuwerden. Doch es hält sich hartnäckig in meinem Gedächtnis.

Ich stelle mir vor, was geschehen wäre, wenn sie an der Stelle dieser Frauen gewesen wäre. Ich bin mir sicher, dass ich so ruhig geblieben wäre, wie es gerade der Fall war.

3

July

»Und? Ich hätte dich ja gestern schon ausgefragt, allerdings saß ich den ganzen Tag beim Gericht und habe dort das Mädchen für alles gespielt«, klärt Mia mich auf, als ich am nächsten Morgen das Büro betrete. Dabei wirft sie mir einen neugierigen Blick zu, der mir klar zu verstehen gibt, dass ich ihr nicht entkommen kann. Doch ich habe gerade überhaupt keine Lust, mich über Roy oder sonst irgendeinen Mann zu unterhalten. Deswegen gehe ich einfach an ihr vorbei und hoffe, dass sie es damit gut sein lässt. Doch aus dem Augenwinkel sehe ich, wie sie mir folgt.

Es kommt mir so vor, als hätte sie nur darauf gewartet, mir diese Frage zu stellen. Umso mehr wundert es mich, dass sie mir nicht gestern schon eine Nachricht geschrieben hat. Doch ich bin ihr dankbar dafür. So hatte ich Gelegenheit, all das zu verarbeiten – obwohl ich mir nicht sicher bin, was da eigentlich zwischen diesem Roy Thompson und mir passiert ist.

»Und was?« Ich hoffe, dass ich vielleicht damit durchkomme, wenn ich so tue, als hätte ich keine Ahnung, was sie von mir will.

Mia bleibt bei ihrem Schreibtisch stehen und zieht eine Augenbraue hoch. »Und wie war es beim Oberstaatsanwalt? Ich will alles wissen, jede Kleinigkeit.«

Eigentlich wollte ich gerade meine Tasche auf den Boden stellen, doch nun richte ich mich schlagartig wieder auf. In meinem Kopf überschlagen sich die Gedanken.

Ich konnte die halbe Nacht nicht schlafen. Und das nur, weil mir sein verdammter stechender Blick nicht mehr aus dem Gedächtnis gegangen ist.

»Wie soll es schon gewesen sein?«, erwidere ich, während ich mich an meinen Platz setze.

»Keine Ahnung«, erklärt sie und zuckt dabei mit den Schultern. »Aber ich weiß, dass man sich so einiges erzählt.«

Ich kann nicht verhindern, dass ich bei diesen Worten hellhörig werde. Und leider kann ich das auch nicht vor ihr verbergen. »Und das wäre?«, hake ich vorsichtig nach, obwohl ich mir nicht sicher bin, ob ich die Antwort darauf überhaupt wissen will.

Für einen Augenblick sieht Mia unentschlossen drein. Ich stütze mich auf der Tischplatte ab und lehne mich ein Stück nach vorne.

»Mia«, entgegne ich, wobei ich mit Absicht nicht so laut spreche, damit niemand auf unsere Unterhaltung aufmerksam wird. »Wärst du so freundlich und würdest mir endlich sagen, was hier los ist?«

Eindringlich betrachte ich sie. Ich lasse ihr keine Chance, mir zu entkommen.

»Na gut. Ich habe dir doch gesagt, dass meine Mom früher für die Staatsanwaltschaft gearbeitet hat. Sie kennt noch immer ein paar Leute dort, mit denen sie sich auch regelmäßig trifft. Auf jeden Fall rief sie mich gestern an und hat mir erzählt, sie hätte gehört, dass eine Kollegin von mir total verwirrt aus dem Büro des Oberstaatsanwalts gekommen wäre.« Mit hochgezogenen Augenbrauen sieht sie mich an.

»Ich war nicht verwirrt«, bestreite ich sofort, bevor sich dieser Eindruck noch bei ihr festigen kann. »Wir sind sofort aneinandergeraten, sodass ich froh war, als ich ihn wieder losgeworden bin. Deswegen könnte man sagen, dass ich mehr aus seinem Büro geflohen bin als alles andere.«

»Hmmm«, macht sie nur.

Ich hebe den Kopf. »Er ist ein Arsch«, erkläre ich. Dabei vergreife ich mich ein wenig in der Lautstärke, doch in diesem Moment ist mir das egal.

»Ein Arsch.«

Ich kenne den Ton, in dem sie das wiederholt. Er zeigt mir, dass sie mir nicht glaubt. Dabei ist er tatsächlich ein Arsch.

»Ja, und wenn du so neugierig bist, dann kannst du hinfahren und ihm irgendwelche Unterlagen oder vielleicht auch seinen Kaffee bringen. Ihm scheinen nämlich die Angestellten abhandenzukommen.«

Ich schneide eine Grimasse, die Mia zum Lachen bringt. »Ich hätte ihn gerne mal getroffen. Aber nur, um zu sehen, ob er wirklich so gut aussieht, wie alle sagen«, meint sie und hat dabei einen verträumten Blick aufgesetzt.

»Dann hast du zwei Möglichkeiten. Du könntest hingehen und sagen, dass du zu ihm möchtest. Allerdings muss ich dich warnen. Aus sicherer Quelle weiß ich, dass du nicht die Erste wärst, die es so versucht. Oder du wartest, bis unser Chef das nächste Mal ankommt.«

»Nein«, sagt sie nur und schüttelt den Kopf. »Den überlasse ich dir. Davon abgesehen bin ich eh durch mit Beziehungen, auf jeden Fall für die nächsten Monaten.«

Ich will gerade den Mund aufmachen, als eine Kollegin zu uns kommt und unsere Unterhaltung unterbricht, noch bevor ich ein Wort sagen kann.

»Hier«, murmelt sie ausdruckslos und reicht mir einen Zettel.

Irritiert schaue ich sie an und strecke dann meine Hand nach dem Blatt Papier aus, das sie mir unter die Nase hält. »Was ist das?«, erkundige ich mich, als sie keine Anstalten macht, noch irgendetwas hinzuzufügen. Dabei werfe ich einen prüfenden Blick darauf.

»Irgendeine Mail, die an dich geschickt wurde. Der Absender hat wohl deine Adresse nicht, deswegen hat er an die von der Kanzlei geschrieben. Keine Ahnung.« Sie zuckt mit den Schultern und verschwindet so schnell, wie sie gekommen ist.

»Eine Mail? Zeig mal«, ruft Mia laut und greift dabei nach meiner Hand. Doch bevor sie das Blatt schnappen kann, ziehe ich meinen Arm zurück. Als ich in ihr Gesicht schaue, sehe ich, dass sie ein wenig schmollt. Doch aus Erfahrung weiß ich, dass das auch schnell wieder vorbeigeht.

»Ich habe keine Ahnung, von wem die sein könnte«, sage ich und verziehe dabei ein wenig das Gesicht. Das sage ich mehr zu mir selbst als zu Mia. Trotzdem sehe ich aus dem Augenwinkel, dass sie mich beobachtet.

»Vielleicht ja ein heimlicher Verehrer«, gibt sie zu bedenken, während sie ihren Kopf auf den Händen abstützt.

»Wie lange bist du noch einmal Single?«, frage ich nach, um auch wirklich sicherzugehen.

»Man wird ja wohl noch träumen dürfen«, antwortet sie und grinst dabei von einem Ohr zum anderen.

Kopfschüttelnd setze ich mich und beginne die Nachricht zu lesen. Schon in der nächsten Sekunde bereue ich es.

Bis jetzt habe ich nur einen Blick auf den Absender geworfen. Und obwohl es eine allgemeine Adresse ist, reicht es aus, dass ich genau sagen kann, wer dahintersteckt.

Mein Herz schlägt schneller, während ich überlege, ob das wirklich sein kann. Es kommt mir vor, als würde ich mich in einem Traum befinden, oder einer Parallelwelt. Denn das kann unmöglich wahr sein.

Dennoch steht da als Absender die Staatsanwaltschaft.

Es dauert ein wenig, bis ich nicht mehr das Gefühl habe, als würde ich gleich umkippen. Erst dann senke ich meinen Blick.

Es hat mich gefreut, Sie kennenzulernen.
RT

Was …?, fährt es mir durch den Kopf, während ich mir die Nachricht immer und immer wieder durchlese. Ich weiß gar nicht, wie lange ich hier sitze und das Blatt betrachte. Allerdings ist es egal, es ändert nichts an den Worten darauf.

Langsam lasse ich das Papier sinken und gebe stattdessen mein Passwort am Computer ein. Ich habe die Hoffnung, dass es mich vielleicht ein wenig ablenkt, wenn ich mich auf meine Arbeit konzentriere. Dennoch sagt mir eine leise Stimme, dass es wohl nicht so einfach werden wird, wie ich gedacht habe, diesem Mann zu entkommen.

Wobei er es wohl kaum darauf angelegt hat, mich zu verwirren.

»Schlechte Nachrichten?«, dringt die leise Stimme meiner Freundin durch meine Gedanken.

»Nein, alles in bester Ordnung«, erwidere ich, bevor sie sich weiter erkundigen kann.

»Hmmm. Und wieso siehst du dann aus, als hättest du ein Gespenst gesehen? Man konnte förmlich dabei zusehen, wie die Farbe aus deinem Gesicht wich.« Sie hebt die Augenbrauen etwas und spielt mit dem Stift herum, den sie in der Hand hält.

Mir ist klar, dass ich Mia nicht ausweichen kann. Wenn sie einmal Blut geleckt hat, lässt sie nicht mehr locker. Trotzdem hoffe ich, dass sie die stille Botschaft versteht.

»Es ist wirklich alles in Ordnung«, bekräftige ich.

»Ich glaube dir kein Wort.« Ihre Stimme klingt fest und passt daher perfekt zu ihrem Gesichtsausdruck. »Ich bin deine beste Freundin und weiß daher immer, was in deinem wunderschönen Kopf vor sich geht. Vor allem, wenn es so offensichtlich ist wie jetzt.«

Ich denke über ihre Worte nach und komme nicht drumherum, zuzugeben, dass sie recht hat. Sie kennt mich leider viel zu gut. Meistens ist das von Vorteil. Doch gerade wünsche ich mir, dass es anders wäre.

»Es ist nichts, womit ich nicht fertig werde«, sage ich schließlich. Ich weiß, dass es keinen Sinn hat, noch länger abzustreiten, dass die Nachricht mich verstört hat.

»Das hört sich schon ganz anders an«, erwidert sie und wirft mir dabei einen letzten Blick zu, ehe sie sich auf ihre Arbeit konzentriert.

Die nächsten Stunden versuche ich mich beinahe krampfhaft auf meine Arbeit zu konzentrieren. Von Roy höre ich nichts mehr, aber darüber bin ich froh.

Ich bin so sehr in die Unterlagen vertieft, dass ich erschrocken zusammenzucke, als das Telefon auf meinem Schreibtisch klingelt. Einen

Moment schaue ich es an und versuche meinen Herzschlag wieder in den Griff zu bekommen, bevor ich nach dem Hörer greife. »Ja?«

»Hier ist jemand, der mit dir sprechen möchte«, dringt die Stimme meiner Kollegin an mein Ohr, die mir heute Morgen auch schon den Zettel überreicht hatte.

»Wer ist es denn?«, frage ich.

»Er meinte, es wäre eine Überraschung.«

»Was?« Meine Augen verengen sich ein wenig, da ich keine Ahnung habe, wovon sie spricht. »Er?«

»Ja, irgendein Typ.«

Ich habe keine Ahnung, was hier gespielt wird, doch ich bin neugierig.

»Aber falls ich das mal so sagen darf, er hat sich süß angehört.« Ich höre das leise Kichern am anderen Ende der Leitung und verdrehe kurz die Augen. Es reicht mir schon, dass Mia sich so merkwürdig verhält, da brauche ich diesen Mist nicht auch noch von einer weiteren Kollegin. *Sonst werde ich schneller zum Gesprächsthema Nummer eins in dieser Kanzlei, als mir lieb ist.* Und darauf kann ich gut verzichten.

»Ich stelle ihn durch.« Mehr sagt sie nicht. Und bevor ich die Gelegenheit habe, noch etwas zu erwidern, ist sie bereits aus der Leitung verschwunden.

Ein letztes Mal atme ich tief durch, ehe ich mich melde.

»Carter«, sage ich.

»Sind Sie sich wirklich sicher?«, fragt mich eine männliche Stimme. Sie ist so tief, dass sie mir kurz in den Ohren dröhnt.

Für einen Moment bin ich viel zu schockiert, um zu wissen, was ich antworten soll.

Die nächsten Sekunden vergehen schweigend. Mein Mund öffnet sich, weil ich fragen will, wer da mit mir spricht. Doch ich bekomme nicht einen einzigen Ton heraus. Es ist beinahe so, als würde die Verbindung zwischen meinem Gehirn und meinem Mund nicht mehr funktionieren.

»Sind Sie noch da?«, erkundigt er sich.

Und da macht es *Klick* bei mir. Erschrocken reiße ich die Augen auf und lasse beinahe den Hörer fallen. Laut schnappe ich nach Luft, sodass Mia prüfend zu mir blickt. Aufmerksam betrachtet sie mich; ihr entgeht nicht die kleinste Regung.

Es ist wirklich Roy, denke ich, während ich verzweifelt versuche, meinen Herzschlag wieder in den Griff zu bekommen, der total verrücktspielt.

»Ja«, erwidere ich, als ich merke, dass er sich nicht beruhigen lässt.

»Was ist los?«, hakt Mia leise nach. Allerdings schüttle ich nur den Kopf.

»Also? Wie stehen Sie zu meinem Angebot?«

»Ich war mir gestern schon sicher und es hat sich nichts geändert. Und Sie können sich sicher sein, dass es das auch nicht wird.«

Während ich spreche, frage ich mich, wieso er deswegen noch einmal anruft. Schließlich habe ich ihm deutlich zu verstehen gegeben, dass ich keine Lust habe, für jemanden wie ihn zu arbeiten.

»Wirklich? Stellen Sie sich vor, Ihre Chefs begehen einen großen Fehler und Sie werden arbeitslos. Was wäre dann? Hier wäre Ihr Job sicher.«

Auch wenn, oder gerade weil er mich nicht sehen kann, verdrehe ich die Augen. Ich habe keine Ahnung, was er für ein Problem hat, doch es ist sicherlich nicht meins. Ich habe auch keine Nerven, um mich damit auseinanderzusetzen.

»Wirklich«, antworte ich.

Seine tiefe Stimme sorgt dafür, dass sich eine Gänsehaut auf meinem Körper bildet. Ich versuche das, so gut es geht, zu ignorieren, da mein Verstand mir sagt, dass ich mich auf dieses Gespräch konzentrieren muss.

»Und nun muss ich mich auch wieder an die Arbeit machen.« Mit diesen Worten will ich eigentlich auflegen, doch da spricht er einfach weiter.

»Wenn das so ist, dann treffen Sie sich mit mir.«

Dies ist der Moment, in dem ich endgültig glaube, dass ich träume. Denn ich kann mir nicht vorstellen, dass er das wirklich gesagt hat.

»Was?« Meine Stimme hört sich viel zu schrill und laut an. Aber ich habe mich nicht mehr im Griff.

Das kann doch nur ein Scherz sein, überlege ich. Mir kommt unsere gestrige Unterhaltung wieder in den Kopf. Da hat er nicht den Anschein gemacht, als würde er sich mit mir treffen wollen. Trotz seines Jobangebots hatte ich das Gefühl, als wäre er froh, wenn ich schnell wieder verschwände.

»Nur eine Verabredung«, sagt er jedoch.

»Ist das Ihr Ernst?«, frage ich nach. Ich bin völlig verwirrt, und das ist noch zurückhaltend ausgedrückt.

»Na ja«, erwidert er. Dabei kommt es mir so vor, als würde er ein riesiges Geheimnis lüften. »Ich würde nie mit einer Angestellten ausgehen. Deswegen musste ich sichergehen, dass Sie nicht vorhaben, sich in der nächsten Zeit hier zu bewerben. Auch wenn ich zugeben muss, dass ich das bedauere. Sie wären eine Bereicherung für unser Team.«

»Mr Thompson«, hebe ich leise an, obwohl ich nicht weiß, was ich sagen soll. Doch ich habe das Bedürfnis, etwas von mir zu geben. Und wenn es nur darum geht, ihm zu zeigen, dass er mich damit nicht aus der Bahn geworfen hat.

»Ist das etwa Roy Thompson?«, erkundigt sich Mia leise. Dabei reißt sie ungläubig Augen und Mund auf.

Ich kann ihre Reaktion verstehen. Mir geht es nicht anders. Ich kann es noch immer nicht glauben, dass ich gerade mit ihm telefoniere, geschweige denn, worüber ich mich mit ihm unterhalte.

Um Mia zu signalisieren, dass sie richtig liegt, nicke ich einmal und wende mich wieder von ihr ab. Ich will gar nicht erst den verschwörerischen Blick sehen, mit dem sie mich jetzt betrachten wird. Der würde nämlich nur dafür sorgen, dass ich mich noch weniger auf das Gespräch konzentrieren kann.

»Auch hierbei glaube ich nicht, dass das so eine gute Idee ist«, versuche ich ihn, und auch mich, davon zu überzeugen. Denn es hört sich schon ein wenig verlockend an, sich mit ihm zu treffen.

»Wir könnten etwas essen gehen und einfach einen schönen Abend miteinander verbringen«, schlägt er weiter vor und macht den Eindruck, als hätte er meinen Einwand nicht gehört.

Kurz schließe ich die Augen. Ich versuche mich zu fangen. Doch diesem Mann gelingt es mühelos, mich durcheinanderzubringen. Dabei hatte ich immer angenommen, dass dazu schon etwas mehr gehöre.

»Danke, aber nein.« Mehr sage ich nicht. Dabei versuche ich so sicher zu klingen, wie es nur geht. Aber sogar in meinen Ohren hört sich der Versuch jämmerlich an.

»Schade«, flüstert er. Bereits im nächsten Moment höre ich das Tuten in der Leitung.

Verblüfft lasse ich meinen Arm ein Stück sinken und starre den Hörer an. Ich bin sprachlos, und das ist etwas, was man eigentlich nicht sehr oft bei mir erlebt.

So etwas ist mir noch nie passiert, in jeder nur erdenklichen Hinsicht. Und dennoch war es gerade geschehen.

Er ist es wahrscheinlich gewohnt, dass alle Frauen sich um eine Verabredung mit ihm reißen, schießt es mir durch den Kopf. Dieser Gedanke hilft mir dabei, es nicht so persönlich zu nehmen, dass er das Gespräch so abrupt beendet hat.

»July?«, fragt Mia und betrachtet mich, als würde sie befürchten, dass ich jeden Augenblick von meinem Stuhl kippe. »Bist du noch da?«

»Ja«, flüstere ich und lasse den Hörer wieder auf das Gerät fallen.

»Was ist los? «

»Nichts.« Noch immer bin ich mit den Gedanken ganz woanders.

»Nichts? Du siehst aber nicht aus wie *nichts*. Was wollte er?«

Mia lehnt sich ein Stück nach vorne. Sie stützt sich auf den Unterarmen auf der Tischplatte ab.

»Er wollte sich mit mir treffen«, murmle ich.

»Moment!«, ruft sie laut aus und rückt noch ein Stückchen näher.

»Er wollte *was*? Wir reden hier doch noch immer von dem gleichen Mann, oder? Oder hast du einen kennengelernt, der genauso heißt?«

Mit großen Augen sieht sie mich an. Auch wenn ich gerade gerne etwas sagen würde, ich bekomme nicht mehr als ein Nicken zustande.

»Wow!«, entfährt es ihr leise. »Und? Was hast du gesagt?«

»Sag mal, warst du gerade nicht anwesend?«, hake ich nach.

»Doch, deswegen habe ich jedes einzelne Wort mitbekommen. Aber irgendwie kommt es mir so vor, als wäre das eine geheime Botschaft gewesen. Schließlich kannst du das nicht ernst gemeint haben.«

Mia hebt die Augenbrauen und trommelt mit dem Stift auf der Arbeitsplatte herum.

»Doch, das habe ich ernst gemeint. Wieso auch nicht?«

»Weil er ...«, schreit sie beinahe. Doch bevor sie mehr von sich geben kann, bemerkt sie, dass sich schon einige der Kollegen in unsere Richtung gedreht haben.

»Weil er der Oberstaatsanwalt ist«, flüstert sie nun verschwörerisch.

»Ich habe ihn gestern gesehen und kann daher bestätigen, dass alles wahr ist, was über ihn so gesagt wird. Und Oberstaatsanwalt hin oder her, ich habe keine Lust, mich mit dem nächsten Arsch zu treffen. Ich habe genug zu tun, sodass ich nicht auch noch Zeit habe, mich damit auseinanderzusetzen, was passiert, wenn herauskommt, dass ich mich mit ihm getroffen habe.«

Mia sieht mich an, als würde sie widersprechen wollen, sagt aber nichts. Und darüber bin ich froh.

Ein Mann wie Roy Thompson entspricht nicht meiner Vorstellung von einem Partner. Er ist nicht einmal der Typ Mann, mit dem ich freiwillig länger als ein paar Minuten verbringe. Und das mache ich Mia deutlich, indem ich angewidert das Gesicht verziehe, ehe ich mich auf meine Arbeit konzentriere.

Das wird jedoch nichts daran ändern, dass sie es früher oder später noch einmal zur Sprache bringen wird. Schließlich wäre Mia nicht Mia, wenn sie es einfach auf sich beruhen lassen würde.

»Hi«, begrüße ich meine Schwester überrascht, als sie abends vor meiner Tür steht.

»Kann ich vielleicht erst mal bei dir wohnen?«, seufzt sie zur Begrüßung und kommt dabei ein paar Schritte näher. »Nur, bis ich etwas anderes gefunden habe.« Dabei setzt Claire den Blick auf, den sie schon perfekt draufhatte, als wir noch klein waren.

Sie lässt mir keine Chance, irgendetwas zu entgegnen. Bereits im nächsten Moment tritt sie an mir vorbei und schleppt zwei riesige Reisetaschen in meinen Flur.

»Was ist denn mit deiner Wohnung?«, frage ich.

»Du meinst die Wohnung, die ich mir mit Trevor teile?«, stellt sie die Gegenfrage.

Ein Seufzen dringt über meine Lippen. Erst jetzt fällt mir auf, dass sie aussieht, als hätte sie einen beschissenen Tag hinter sich.

Claire hatte in den letzten Jahren genauso viel Glück mit den Männern wie ich. Und auch wie Mia.

»Was ist passiert?« Ich nehme ihr die Taschen ab und lasse sie einfach auf den Boden fallen. Dann nehme ich Claire bei den Schultern. Mit energischen Schritten gehe ich in die Küche und schiebe sie dabei vor mir her. Dort bedeute ich ihr, dass sie sich an den Tisch setzen soll. Ich selbst öffne den Kühlschrank und hole eine Flasche Wein heraus. Auf dem Weg zum Tisch greife ich mir noch zwei Gläser, von denen ich eines vor ihr abstelle.

»Vieles, zu viel«, murmelt sie, nachdem sie einen großen Schluck aus ihrem Glas genommen hat. Dabei lässt sie sich nach hinten sinken und schaut mich auf diese Art und Weise an, wie sie es immer macht, wenn eine Beziehung gescheitert ist. Ich weiß gar nicht wieso, aber meine Schwester ist immer auf der Suche nach dem perfekten Mann. Aber wahrscheinlich liegt es daran, dass sie sich schon als kleines Kind das gewünscht hat, was unsere Eltern haben.

Ich kenne Claire gut genug, um zu wissen, dass sie erst einmal etwas Zeit braucht, um zu verarbeiten, was vorgefallen ist. Also lasse ich sie in Ruhe, auch wenn ich neugierig bin.

Die nächsten Minuten sagt Claire nichts. Stattdessen leert sie ein Glas nach dem anderen. Ich habe schon die Befürchtung, dass sie sich ganz einfach besaufen will, als sie endlich doch ihr Schweigen bricht.

»Im Großen und Ganzen kann man wohl sagen, dass es Meinungsverschiedenheiten waren. Das führte dazu, dass wir uns immer öfter gestritten haben. Am Anfang war es noch harmlos, aber in den letzten Wochen haben unsere Auseinandersetzungen immer extremere Formen angenommen. Wir haben uns richtig angeschrien und solche Sachen.«

Wundern tut es mich nicht. Meine Schwester war schon immer ein Mensch, der jedem seine Meinung sagt und diese notfalls auch lautstark vertritt. Allerdings ist es schon eine Weile her, dass ich sie so aufbrausend erlebt habe.

»Und nicht zu vergessen, die Lügen, die er mir jeden Tag aufs Neue aufgetischt hat.« Claire nimmt noch einen großen Schluck Wein. »Aber das war noch gar nichts. Das Schlimmste ist, dass er mich betrogen hat. Und zwar nicht nur einmal. Über Wochen, vielleicht sogar Monate hinweg. Mit unserer Nachbarin!«

Mein Mund öffnet sich, doch die Worte, die ich vorhin noch im Kopf hatte, sind nun verschwunden. Ich will sie trösten und ihr sagen, was für ein Idiot er doch ist, aber diesen Spruch habe ich bei jeder ihrer Beziehungen gebracht, die zu Ende ging. Deswegen ziehe ich es vor, dieses eine Mal den Mund zu halten.

»Ich habe diese Schlampe jeden Tag gesehen. Und jeden Tag hat sie mir frech ins Gesicht gegrinst, während sie meinem Freund einen geblasen hat. Sie kann von Glück sprechen, dass ich sie noch nicht gesehen habe, seitdem ich davon erfahren habe. Wahrscheinlich hätte dein Chef nun eine neue Mandantin.«

Wütend blickt sie mich an. Ich kann förmlich die Blitze sehen, die aus ihren Augen schießen. Und das soll schon etwas heißen. Claire ist nämlich sonst keine Person, die man schnell zum Ausrasten bringt. Sie hat die Kiefer so fest aufeinandergepresst, dass ihre Lippen ganz weiß sind und ich ihre Wangenknochen perfekt erkennen kann.

»Sieh es mal positiv«, versuche ich sie zu beschwichtigen.

»Es gibt bei der ganzen Geschichte auch eine positive Seite?« Claire sieht mich zweifelnd an.

»Ihr wohnt zwar zusammen, aber ihr seid noch nicht solange zusammen. Es ist also besser, dass du es jetzt erfahren hast, als in drei oder vier Jahren. Stell dir mal vor, wie viel Energie du dann in die Beziehung gesteckt hättest.«

Einen Moment scheint sie über meine Worte nachzudenken. Und auch, wenn es nur ein schwacher Trost ist, so hoffe ich doch, dass er ihren Schmerz wenigstens etwas lindert.

»Ja, vielleicht hast du recht«, flüstert Claire nach einer Ewigkeit und lässt dabei den Kopf hängen.

Es ist schon eine Weile her, dass ich meine Schwester so fertig wegen eines Mannes gesehen habe. Es ist sogar solange her, dass ich mich nicht einmal mehr an den Grund für die letzte Trennung erinnern kann.

»Wie hast du davon erfahren? Erwischt hast du die beiden ja anscheinend nicht.«

Neugierig schaue ich sie an.

»Als wir uns wieder gestritten haben, hat er mir ins Gesicht gesagt, wie verklemmt ich doch eigentlich bin und dass Tiffany eh viel mehr im Bett machen würde als ich.«

»Ich werde erst gar nicht fragen, worüber ihr euch gestritten habt«, erwidere ich vorsichtig und werfe ihr dabei einen entschuldigenden Blick zu.

»Danke, ich will auch nicht wirklich darüber sprechen.«

»Du kannst so lange hier wohnen, wie du möchtest, Schwesterherz. Du weißt, dass ich immer einen Platz für dich habe. Die einzige Regel sollte vielleicht lauten, dass Männerbesuch entweder vorher angekündigt wird oder im Zimmer stattfindet.«

»Die gilt aber auch für dich«, mahnt sie. Dabei hört sie sich schon wieder besser an, wie ich zufrieden, und auch ein klein wenig erleichtert, feststelle.

»Ich glaube, dass du dir darüber keine Gedanken machen musst.

Mir ist zurzeit nicht nach Drama«, sage ich nur. Und es stimmt. Mir steckt die letzte Unterhaltung mit Roy noch lebhaft im Kopf, und die war mehr als genug Drama für mich.

»Oh, und bevor ich es vergesse –«, füge ich noch schnell hinzu, »am Wochenende wirst du mit Mia und mir einen Mädelsabend machen.«

Meine Stimme klingt bestimmt und lässt keinen Zweifel daran, dass ich es auch so meine. Claire braucht erst gar nicht zu versuchen, mich von dieser Idee abzubringen. Wahrscheinlich ist es genau das, was sie jetzt braucht: ein wenig Ablenkung mit meiner besten Freundin und mir.

4

Roy

Drei Tage. Drei Tage, in denen ich mir mehr oder weniger die Nächte um die Ohren geschlagen habe. Und trotzdem habe ich zu viel Energie. Ich hatte gehofft, dass es besser würde, doch ich kann nicht aufhören, an das Telefonat mit July zu denken und mir deswegen den Kopf zu zerbrechen. Denn ich bin es gewohnt, dass die Frauen sofort zustimmen, wenn ich sie um ein Date bitte.

July ist aber nicht wie die anderen.

Und genau das ist es, was ich von Anfang an gespürt habe. Es ist wahrscheinlich auch der Grund dafür, dass ich sie so dringend wiedersehen will. Zumindest rede ich mir das ein. Ob es stimmt, weiß ich nicht.

Mit einem festen Griff umklammere ich das Lenkrad meines Sportwagens, sodass meine Knöchel weiß hervortreten. Doch bereits in der nächsten Sekunde rufe ich mir in Erinnerung, dass es mir auch nichts bringt, wenn ich meine Aggression an meinem Wagen auslasse.

»Wenn du weiter so fährst, steige ich lieber aus und gehe zu Fuß«, sagt Josh und wirft mir dabei einen Seitenblick zu.

»Sorry«, murmle ich und versuche mich zu entspannen. Dabei nehme ich mir vor, dass ich ihr heute noch eine Nachricht schicken werde.

»Du bist doch sonst so gefasst. Also raus mit der Sprache.«

Fragend schaue ich ihn an. Wovon spricht er? Er ist zwar mein Bruder, doch ich bin keiner von den Männern, die mit allen über ihre Gefühle sprechen. Vor allem deswegen nicht, weil es da nichts gibt, über das man sprechen könnte.

»Wer ist sie?«, fragt er weiter. Mit einem dreckigen Grinsen auf dem Gesicht betrachtet er mich.

Ich muss mehrmals tief durchatmen und so ziemlich alles an Selbstbeherrschung aufwenden, was ich habe, um ihm nicht eine reinzuhauen. Doch damit hatte er mich auch schon im Griff, als wir noch Kinder waren. Deswegen weiß ich, dass er mich nur aufziehen will.

»Sie?«, hake ich nach und starre dabei auf die Straße.

»Ja, und jetzt erzähl mir nicht, dass da niemand ist. Ich habe dich noch nie so erlebt. Deswegen muss es eine Frau geben. Und ich gehe sogar noch weiter und sage, dass sie wohl nicht auf eine schnelle Nummer aus ist.«

»Nein, das ist sie nicht«, bringe ich zwischen zusammengebissenen Zähnen hervor. »Um ehrlich zu sein, will sie nichts von mir wissen.«

Mein Bruder bricht in lautes Lachen aus, wofür ich ihm am liebsten den Hals umdrehen würde. Doch mir ist klar, dass es besser ist, wenn ich nicht weiter darauf eingehe.

»Na, dass ich das erleben darf. Mein Bruder ist scharf auf eine Frau, die ihn nicht ranlässt.«

Bei seinen Worten zucke ich zusammen. So weit hatte ich noch gar nicht gedacht. Allerdings ist mir klar, dass es nichts bringt, wenn ich das meinem Bruder sage.

Deswegen schlucke ich die Worte hinunter, auch wenn es mir schwerfällt.

Als wir endlich vor der Feuerwache ankommen, bin ich beinahe schon erleichtert darüber, und mache mich auf den Weg zur Staatsanwaltschaft, nachdem er ausgestiegen ist.

»Mr Thompson, haben Sie eine Minute Zeit?«, werde ich begrüßt, als ich noch nicht einmal den Fahrstuhl verlassen habe.

Manchmal kommt es mir so vor, als würden sie auf der anderen Seite nur darauf warten, dass ich auftauche.

»Was gibt es denn?«, seufze ich, gehe dabei jedoch weiter.

»Es geht um den Drogenfund am Flughafen. Haben Sie die Anklageschrift fertig?«

»Ja«, erwidere ich, ohne meine Mitarbeiterin anzusehen. »Allerdings wird sie erst in der nächsten Woche eingereicht.«

Aus dem Augenwinkel kann ich erkennen, dass sie mich erstaunt ansieht und den Mund öffnet. Mir ist klar, dass sie sich gerade fragt, wieso ich das so handhabe, doch ich habe keine Lust, es ihr zu erklären.

Nachdem sie mir noch einige Schritte gefolgt ist, nickt sie und dreht dann um. Doch kaum habe ich die Tür zu meinem Büro erreicht, würde ich sie am liebsten wieder zurückrufen.

Ungläubig trete ich noch einen Schritt näher und sehe mich dabei nach allen Seiten hin um. Kurz habe ich die Befürchtung, dass ich mich im Büro geirrt habe. Doch das ist mein Schreibtisch, also kann ich hier nur richtig sein.

»Was ist das?«, frage ich die erstbeste Person, die gerade den Flur entlang kommt.

Einen Moment sieht die Frau mich irritiert an, bevor sie einen Blick an mir vorbei in das Innere des Raumes wirft.

»Ich glaube, das sind die Akten in dem Fall Morris«, antwortet sie, nachdem sie kurz überlegt hat.

»Und wieso liegen die in meinem Büro? Ich bearbeite diese Sache nicht.«

»Ich weiß nicht«, murmelt sie und sieht mich dabei ein wenig ratlos an.

»Dann finden Sie es heraus und sorgen Sie dafür, dass sie dahin kommen, wo sie hingehören.« Mit diesen Worten lasse ich sie einfach stehen und knalle die Tür hinter mir zu. Um zu meinem Schreibtisch zu gelangen, suche ich mir einen Weg zwischen den ganzen Kartons hindurch, und lasse mich in meinen Schreibtischstuhl fallen.

So gut es geht, versuche ich mich auf meine Arbeit zu konzentrieren. Als jedoch ein Schatten auf die Tischplatte fällt, hebe ich langsam meinen Kopf. Und dann schaue ich in das wunderschöne Gesicht von July.

Sie hat es sich anders überlegt, ist das Erste, was mir einfällt. Doch ich verbanne diesen Gedanken sofort wieder aus meinem Kopf. Sie hat auf keine meiner Nachrichten geantwortet, die ich ihr geschrieben habe. Und ehrlich gesagt sieht sie auch nicht so aus, als würde sie jetzt eine andere Meinung dazu vertreten.

»Ich habe mir gedacht, wenn ich anklopfe, dann denken Sie, dass ich eine der neuen Angestellten wäre, und das würde Ihrer Laune wahrscheinlich keinen Gefallen tun.« Ihre Stimme klingt spitz, doch das ignoriere ich einfach.

»Darum brauchen Sie sich keine Sorgen zu machen. Den Anschiss habe ich schon heute Morgen verteilt, nachdem ich keine fünf Minuten hier war«, erwidere ich, obwohl ich genau weiß, dass sie auf unsere erste Begegnung anspielt.

Ich nehme mir die Zeit und betrachte sie. Sie sieht ein wenig müde aus, und ich frage mich, ob ich daran schuld bin. Doch obwohl ich mir das nicht vorstellen kann, gefällt mir der Gedanke.

»Es freut mich, Sie zu sehen«, sage ich leise. Dabei lasse ich meine Stimme mit Absicht ein wenig verspielt klingen.

Und dann setze ich noch eins obendrauf, indem ich ihr das Grinsen schenke, von dem ich ganz genau weiß, welche Wirkung es auf Frauen hat. Und auch sie lässt es nicht kalt. Ich kann sehen, wie sich ihr Mund ein winziges Stück öffnet.

Mir ist klar, dass ich sie verunsichere, doch das mache ich mit Absicht. Ich will sie aus der Bahn werfen, nur um sie wieder aufzufangen.

»Mein Chef hat mich geschickt«, kontert July, nachdem sie sich wieder gefasst hat. Dabei zeigt sie auf die Mappe, die sie soeben vor mir abgelegt hat.

Kurz folge ich ihrer Handbewegung, ehe ich mich wieder auf sie konzentriere. Die nächsten Sekunden gehen vorbei, ohne dass sich einer von uns bewegt oder etwas sagt.

Normalerweise bevorzuge ich die Stille. Sie bedeutet nämlich, dass nichts Schlimmes passiert ist. Doch gerade verfluche ich sie. Ich kann beobachten, wie July immer nervöser wird. Und ich bin mir sicher, dass es nur daran liegt, dass sie nicht weiß, was als Nächstes passieren wird.

Mit geschmeidigen Bewegungen stehe ich auf und gehe um den Schreibtisch herum, dabei öffne ich den obersten Knopf an meinem Hemd. Nicht für den kleinsten Augenblick wendet sie sich von mir ab. Ich bleibe erst stehen, als ich nur noch wenige Zentimeter von ihr entfernt bin.

»Nur eins«, flüstere ich. „Eine Verabredung."

»Nein«, sagt sie nur. Dabei weicht sie mir nicht aus. Sie lässt nicht den geringsten Zweifel daran, dass sie es wirklich so meint.

Nun macht sie Anstalten, an mir vorbeizugehen. Fieberhaft überlege ich, ob ich das, was mir gerade durch den Kopf geht, wirklich machen kann. Doch dann beschließe ich, dass ich nichts zu verlieren habe.

Deswegen greife ich nach ihrem Handgelenk, noch bevor sie in die Nähe der Bürotür kommen kann. Fest umklammere ich es und hindere sie so daran, zu verschwinden.

Du hättest abhauen sollen, noch bevor ich überhaupt aufgestanden bin, doch jetzt werde ich dich nicht so einfach gehen lassen.

»Bitte.« Ein Wort, mehr nicht.

In den letzten Jahren habe ich es nur selten benutzt. Und schon gar nicht, um mich mit einer Frau zu treffen. Doch nun habe ich es und ich bereue es nicht. Auch wenn meine Brüder sich deswegen wahrscheinlich über mich lustig machen würden. Doch sie müssen es ja nicht wissen.

Es dauert ein wenig, doch dann schüttelt sie den Kopf. Dieses Mal scheint sie sich nicht mehr so sicher zu sein. Ich kann mich irren, aber es kommt mir ein wenig so vor, als wäre sie etwas kleiner geworden.

»Und wieso?«, erkundige ich mich weiter.

Wahrscheinlich bin ich total gestört, weil ich es aus ihrem Mund hören will, aber so ist es.

Abwartend und geduldig schaue ich July an, während sie nach der passenden Antwort sucht. Ich hingegen strahle die gleiche Ruhe aus, die ich auch im Gerichtssaal an den Tag lege.

»Ich muss gehen«, raunt sie und versucht, sich irgendwie aus meinem festen Griff zu befreien. Allerdings merke ich, dass es ein halbherziger Versuch ist.

»Sag es mir«, fordere ich sie erneut auf. Dieses Mal höre ich mich nicht mehr verspielt an. Mit diesen drei Worten nehme ich sie in Besitz. Und das zeige ich ihr auch.

»Weil ich einen Freund habe und ich mir sicher bin, dass er damit ein Problem hätte.«

Herausfordernd sieht sie mich an. Doch mich interessiert das nicht.

»Hast du nicht«, gebe ich in einem gefährlichen Ton von mir. Ich knurre die Worte nahezu. »Wir könnten uns am Samstag treffen und gemeinsam essen gehen, oder sonst etwas machen. Wie du möchtest.«

»Sorry.« Sie entzieht sich mir und verschwindet so schnell aus meinem Blickfeld, dass ich kaum etwas machen kann, um sie vom Gegenteil zu überzeugen. Völlig überrumpelt schaue ich ihr nach.

Auch, wenn sie mir gerade klargemacht hat, dass sie es wirklich nicht will, so kann ich mir ein Grinsen doch nicht verkneifen. Ich will nur eine einzige Verabredung mit ihr. Und ich bin mir sicher, dass sie sich darauf einlassen wird.

5

July

»Hast du das schon gelesen?«, fragt mich Claire, als ich die Küche betrete.

Sie wirft die Zeitung auf den Tisch und zeigt auf einen Artikel, ohne abzuwarten, bis ich wenigstens meine Tasche abgelegt habe. Ich hingegen lasse mir Zeit und ziehe dann noch die Schuhe aus. Erst dann konzentriere ich mich auf meine Schwester, die auf der anderen Seite des Tisches steht.

»Was ist das?«, erwidere ich und werfe einen kurzen Blick in ihre Richtung, bevor ich auf den Artikel schaue.

Claire sieht ein wenig hin- und hergerissen aus.

»Dieser Typ hat wieder zugeschlagen.« Claire zeigt noch immer auf den Artikel.

»Typ?«, frage ich und schüttle dabei den Kopf. Ich bin geistig noch immer bei meiner Unterhaltung mit Roy und schaue sie stirnrunzelnd an. »Welcher Typ? Wovon sprichst du?«

Ich kann die Verwirrtheit nicht aus meiner Stimme heraushalten. Doch Claire betrachtet mich nur, als würde sie das für einen Scherz halten.

»Lies es dir durch«, erwidert sie aufgebracht. Es passiert selten, dass meine Schwester so durch den Wind ist. Doch wenn sie es ist, kann man davon ausgehen, dass wirklich etwas passiert ist.

Dennoch ist meine Lust gleich null, mich nach diesem Tag mit dem nächsten Problem auseinandersetzen zu müssen.

»Nein«, antworte ich deswegen. »Du hast keine Ahnung, wie viele Seiten, Texte und Schriftsätze ich in den letzten Tagen gelesen und korrigiert habe. Also entweder wirst du mir sagen, was dort steht, oder ich sterbe dumm.«

Während ich spreche, gehe ich zum Kühlschrank. Ich hole eine Flasche Wasser heraus und lehne mich dann gegen den Küchenschrank.

Seufzend lässt Claire sich auf einen Stuhl sinken und sieht mich beinahe vorwurfsvoll an.

»Na gut. Du erinnerst dich doch bestimmt an diese drei Typen, die Rächer der Nacht.«

»Hör auf, diesen Namen zu sagen. Das hört sich an, als wären wir in einem Hollywoodfilm.«

Ich fand diesen Namen schon immer bescheuert, aber wenn meine Schwester ihn ausspricht, hört er sich sogar noch bekloppter an.

»Wie wäre es dann mit Underground Kings?«

»Wie kommst du denn auf diesen Namen?«

»Na ja, sie mischen die Unterwelt auf und jagen die Bösen. Man könnte also sagen, dass es passt.«

Nachdenklich schaue ich an ihr vorbei, während ich mir den Namen durch den Kopf gehen lassen. Doch ich komme zu dem Ergebnis, dass es stimmt. Es passt besser zu den Jungs. Aber vor allem lässt es sie geheimnisvoller wirken.

»In Ordnung. Und ja, ich kann mich an sie erinnern. Ich glaube, jeder in San Antonio erinnert sich an die drei.«

Mehr als einmal haben sie in den letzten Monaten eingegriffen und so Schlimmeres verhindert. Ganz egal, ob sie sich mit einem kleinen Straßenräuber angelegt haben, oder mit Männern, die bis an die Zähne bewaffnet waren. Sie haben Leute gerettet.

»Ich muss sagen, dass ich sie ein wenig gruselig finde«, wirft Claire ein. »Und ich bin froh, dass ich ihnen noch nicht über den Weg gelaufen bin. Keine Ahnung, ob ich mehr Angst vor denen hätte oder vor meinem Angreifer.«

»Bis jetzt warst du noch nie in so einer Situation, und ich wünsche dir, dass du das auch nie sein wirst. Sie haben schon so manche Straftat verhindert. Von mir aus können sie ruhig weitermachen. Vor allem, wenn ich daran denke, wie überfordert unsere Polizei oft ist.«

»Hmm«, murmelt Claire. Sie scheint mit meiner Antwort nicht glücklich zu sein. Allerdings hat sie noch nie ein Geheimnis daraus gemacht, was sie von solchen Aktionen hält.

»Aber ich bin mir sicher, dass du mich nicht darauf angesprochen hast, weil du eine Grundsatzdiskussion mit mir führen willst.«

»Nein, das will ich wirklich nicht. Eigentlich wollte ich dir nur sagen, dass er wieder zugeschlagen hat.« Nun klingt sie aufgeregt.

»Er?«, frage ich vorsichtig nach. »Ich habe eigentlich immer gedacht, dass es drei wären.«

»Ja, er. Laut diesem Bericht wurde in den letzten Nächten immer nur einer gesehen.«

Müde fahre ich mir über das Gesicht. Eigentlich bräuchte ich dringend etwas Schlaf. Vor allem, wenn ich den Mädelsabend irgendwie überstehen will. Doch anscheinend wird mein Bett noch ein paar Minuten warten müssen, bevor ich mich unter die Decke kuscheln kann.

»Hier steht es«, fährt Claire fort.

Seufzend gebe ich nach und nehme die Zeitung entgegen, die sie mir wieder reicht. Langsam lese ich mir den Text durch. Allerdings bin ich froh darüber, dass ich überhaupt noch in der Lage bin, mir irgendetwas durchzulesen. Welcher auch immer der drei Männer es war, er hat dafür gesorgt, dass Überfälle nicht stattfinden konnten. Und laut diesem Bericht hat er sogar den illegalen Verkauf von Waffen verhindert.

Doch mich wundert es, dass es nur einer von ihnen war.

Wenn ich mich richtig erinnere, sind die Jungs nun schon seit zwei Jahren aktiv. Soweit ich weiß, waren sie in dieser Zeit nie alleine unterwegs. Deswegen komme ich nicht drum herum, mich zu fragen, ob sie nun vielleicht getrennte Wege gehen, damit sie an mehreren Orten gleichzeitig sein können.

Doch obwohl ich diese Männer nicht kenne – ich weiß ja nicht einmal, wie sie heißen –, so kann ich mir das nicht vorstellen. Aber das ist eher Gefühlssache.

»Dafür kann es tausend Gründe geben.«

»Nenn mir nur einen einzigen.« Claire hält ihren Zeigefinger in die Luft.

»Hast du daran gedacht, dass es einfach nur ein Trittbrettfahrer sein könnte? Das hört man doch immer wieder. Sie wollen auch etwas vom Ruhm abhaben.«

Ich brauche meine Schwester nicht anzusehen, um zu wissen, dass sie nicht sehr glücklich darüber ist, dass noch so einer herumläuft. Doch mir ist es, ehrlich gesagt, egal. Ich bin viel zu müde, um mich damit auseinanderzusetzen.

»Weckst du mich nachher?«, wechsle ich das Thema.

»Falls ich dich wach bekomme«, zieht sie mich auf und schneidet dabei eine Grimasse. Allerdings ist sie mit ihren Gedanken noch immer ganz woanders.

Ohne noch etwas von mir zu geben, drehe ich mich um und verschwinde aus der Küche.

Als ich mein Schlafzimmer betrete, lasse ich die Tür leise hinter mir ins Schloss fallen. Für einen Augenblick lehne ich mich dagegen und schließe meine Augen.

Ich würde den Abend viel lieber zu Hause verbringen. Aber ich habe es den beiden Mädels versprochen, und zwar bevor Roy sich in mein Leben geschlichen und es komplett auf den Kopf gestellt hat. Deswegen kann ich mir nicht vorstellen, dass sie mich damit durchkommen lassen.

Während ich zu meinem Bett gehe, befreie ich mich von meiner Bluse und meiner Jeans und lasse alles auf dem Boden liegen. Ich ziehe mir die Decke bis zum Kinn und versuche, diesen Mann aus meinem Kopf zu verbannen.

Die nächsten zwei Stunden drehe ich mich von einer Seite auf die andere. Doch mir ergeht es nicht besser als in den letzten Tagen. So sehr ich es mir auch wünsche, ich schaffe es nicht einmal für eine Minute, zur Ruhe zu kommen. Bis ich höre, wie die Tür zu meinem Schlafzimmer leise geöffnet wird.

»Aufstehen, Schwesterherz«, ruft Claire, als sie in mein Zimmer stürmt.

»Ich bin wach«, gebe ich zurück und richte mich dabei auf.

»Oh«, macht sie nur. Dabei wirft sie jedoch noch einmal einen prüfenden Blick in meine Richtung, als würde sie sichergehen wollen. »Hast du überhaupt geschlafen?«

Als Antwort schüttle ich den Kopf und schließe die Augen.

»Okay«, sagt sie vorsichtig. »So müde, wie du vorhin noch warst, hätte ich gedacht, dass ich dir kaltes Wasser über den Kopf schütten muss. Aber ich hoffe, dass du trotzdem durchhältst.«

»Wollt ihr nicht lieber ohne mich gehen?«, frage ich sie, obwohl ich mir die Antwort darauf bereits denken kann.

Claire sieht mich an, als ob ich sie nicht mehr alle hätte.

»Hallo?«, ruft sie stattdessen. »Was wäre denn ein Mädelsabend ohne meine Schwester? Ich spüre, dass dich irgendetwas beschäftigt. Und so kommst du vielleicht auf andere Gedanken.«

Ich ringe mir ein Lächeln ab, auch wenn es mir schwerfällt. Doch meine Schwester braucht nicht zu wissen, wie es seit ein paar Tagen in mir aussieht. Ich bin mir nicht einmal sicher, dass sie mich verstehen würde.

Deswegen ziehe ich es vor, den Mund zu halten und aufzustehen. Ich will Roy und jedes einzelne Wort, das ich je mit ihm gesprochen habe, hinter mir lassen. Denn nur so kann ich nach vorne schauen. Da bin ich mir sicher.

Ohne Claire weiter zu beachten, gehe ich an ihr vorbei zu meinem Schrank, hole einen Rock und ein Top heraus und verschwinde im Badezimmer.

Als wir zwei Stunden später im Club ankommen, ist es so voll, dass man kaum Platz hat, sich umzudrehen. Dabei befinden wir uns noch nicht einmal im Hauptraum. Die Wände im Eingangsbereich sind in einem hellen rosa gehalten. Alle paar Meter hängen wunderschöne dunkle Lampen.

Ich will den beiden etwas über die laute Musik hinweg zurufen, als Mia sich in Bewegung setzt. Da ich noch nie in diesem Laden gewesen bin, kann ich nur raten, dass sich dort, worauf sie zusteuert, die Bar befindet. Auf jeden Fall hoffe ich das.

Damit wir sie in dem dichten Gedränge nicht verlieren, greife ich nach der Hand meiner Schwester und ziehe sie hinter mir her, während ich gleichzeitig Mia folge.

»Auf uns«, ruft diese, nachdem sie uns jeweils einen Cocktail in die Hand gedrückt hat. »Darauf, dass wir keine eingebildeten und hochnäsigen Oberstaatsanwälte brauchen. Keine Männer, die nebenbei noch mit anderen Frauen ins Bett steigen. Und keine Männer, die meinen, dass sie uns etwas vorschreiben könnten.«

»Staatsanwalt?«, fragt Claire und betrachtet mich vorsichtig. Doch ich versuche, mir nichts anmerken zu lassen. Daraufhin lässt sie ihren Blick zu Mia wandern. Doch bei ihr wird sie erst recht nicht fündig. »Wer von euch beiden hat sich denn einen Staatsanwalt geangelt?«

»Du hast es ihr nicht gesagt?«, wendet sich Mia an mich. Dabei sieht sie mich vorwurfsvoll an.

Am liebsten würde ich ihr in den Hintern treten, weil sie überhaupt mit einem gewissen Staatsanwalt angefangen hat. Doch nun ist es zu spät.

»Deine Schwester«, erwidert Mia und zeigt dabei in meine Richtung. Das macht sie so schnell, dass ich gar nicht erst die Gelegenheit habe, zu antworten.

»Ehrlich? Wieso sagst du mir das denn nicht?«

Bevor ich mich zu Claire drehe, kneife ich die Augen zusammen und werfe Mia einen Blick zu. Er gibt ihr klar zu verstehen, dass wir uns darüber noch unterhalten werden. Es geht mir nicht einmal darum, dass sie es meiner Schwester gesagt hat. Es ist eher die Tatsache, dass ich mich ablenken wollte. Und das geht am besten, wenn ich nicht auf ihn angesprochen werde.

Doch nun ist es zu spät.

»Weil es da nichts zu wissen gibt. Und ich habe ihn mir auch nicht geangelt. Um genau zu sein, habe ich ihn zwei Mal gesehen, und beide Male nur für ein paar Minuten. Ich habe ihm nur Akten vorbeigebracht. Da war nicht mehr und nicht weniger. Also ziemlich unspektakulär.« Meine Stimme ist bestimmt. Ich lasse nicht den kleinsten Zweifel daran, dass ich jedes einzelne Wort so meine, wie ich es gesagt habe. Zumindest hoffe ich das. Denn so wirklich sicher bin ich mir nicht, wenn ich in die Gesichter der beiden schaue.

Mia sieht mich an, als würde sie mir kein einziges Wort glauben. Und Claire hat sich ein Stück nach vorne gelehnt. Doch ich schüttle den Kopf.

»Kennst du ihn?«, fragt Claire nun Mia.

»Nicht persönlich. Ich habe ihn bis jetzt nur auf einem Bild gesehen. Und ich muss sagen, dass er da wirklich heiß aussah. Außerdem habe ich schon die eine oder andere Geschichte von ihm gehört. Er scheint nie zu verlieren. Aber ich hoffe, dass ich ihm demnächst einmal persönlich begegnen werde.« Hoffnungsvoll sieht sie mich nun an, als würde sie davon ausgehen, dass ich eine Eintrittskarte oder einen Freifahrtschein in die Staatsanwaltschaft hätte.

»Ich habe es dir angeboten«, gebe ich zurück. Dabei würde ich ihr am liebsten eine Standpauke halten. Mir ist bewusst, dass sie mich nur aufziehen will, doch hätte ich geahnt, dass wir uns über Roy unterhalten würden, wäre ich wirklich in meinem Bett geblieben.

»Sag mir bitte Bescheid. Bei dem Treffen möchte ich auf jeden Fall dabei sein«, ruft nun Claire und nimmt noch einen Schluck.

»Ich zerschlage eure Hoffnungen ja nur ungern«, – bevor Mia noch die Chance hat, etwas zu sagen, ergreife ich das Wort – »aber ich werde ihn euch nicht vorstellen. Wenn ihr ihn kennenlernen wollt, dann müsst ihr euch schon direkt an ihn wenden.«

»Und wie soll ich das machen? Ich kenne ja nicht einmal seinen Namen!« Claire sieht mich herausfordernd an.

»Und wieso willst du ihn dann treffen?«

»Na ja, er scheint dir nahezugehen. Deswegen bin ich neugierig. Schließlich muss er schon ein besonderer Mann sein, wenn er das schafft.«

»Er geht mir nicht nahe«, widerspreche ich.

Als würden die beiden spüren, dass das mein letztes Wort zu diesem Thema ist, sagen sie nichts weiter dazu. Allerdings habe ich den kleinen Verdacht, dass es noch einmal zur Sprache kommen wird. Vielleicht nicht heute oder morgen, aber ewig werde ich nicht ausweichen können.

Den ganzen Abend tanzen wir und trinken einen Cocktail nach dem anderen. Ich hätte nicht gedacht, dass ich doch so viel Spaß haben würde, und ich merke kaum, wie die Zeit voranschreitet. Und obwohl ich vorhatte, nicht lange zu bleiben, ist es ganz schön spät, als ich mich verabschiede.

»Willst du wirklich schon gehen? Es ist doch gerade so lustig«, bettelt Mia.

»Soll ich mitkommen?«, fragt Claire. Ich höre, dass sie sich nicht sicher ist, ob sie mich wirklich alleine gehen lassen kann. Und ich weiß, dass es ihr darum geht, was heute in der Zeitung stand. Doch um so etwas mache ich mir keine Gedanken. Sonst würde ich mich wahrscheinlich nur noch in meiner Wohnung verschanzen.

»Das brauchst du nicht. So betrunken bin ich nicht, dass ich den Weg nicht alleine finde. Und so weit wohnen wir auch nicht weg. Habt ihr einfach noch ein wenig Spaß«, winke ich ab.

Ich möchte den beiden nicht den Abend versauen, nur weil ich nach Hause will. Wenn sie noch weitermachen wollen, dann sollen sie es tun. Trotzdem bin ich dankbar für den Vorschlag meiner Schwester. Vor allem, weil ich um diese Uhrzeit noch nie gerne alleine unterwegs war.

»Wir sehen uns am Montag im Büro«, sage ich zu Mia und umarme sie. Damit komme ich ihr zuvor, noch bevor sie einen Versuch starten kann, mich vom Gegenteil zu überzeugen.

Dass sie genau das vorhatte, sehe ich in ihren Augen.

»Komm gut nach Hause und schreib mir eine Nachricht, sobald du die Tür hinter dir zugemacht hast«, sagt sie zwar, kann sich aber nicht verkneifen, mir noch einen prüfenden Blick zuzuwerfen.

Ich winke den beiden zu, ehe ich mir einen Weg durch die Menge suche. Es dauert ein wenig, da es seit unserer Ankunft noch voller geworden ist. Immer wieder muss ich Betrunkenen oder Pärchen ausweichen, die sich mir in den Weg stellen. Aber schließlich schaffe ich es, den Ausgang zu erreichen.

Als ich endlich auf dem Bürgersteig stehe, atme ich durch. Nachdem ich ein wenig Energie getankt habe, drehe ich mich nach rechts und mache mich auf den Weg nach Hause. Da sich hier überall Restaurants, Bars und auch noch andere Clubs befinden, muss ich alle paar Schritte anderen ausweichen. Obwohl es bereits mitten in der Nacht ist, ist noch immer viel los auf den Straßen. Deswegen dauert es ein wenig, bis ich in einer ruhigeren Gegend angelangt bin.

Doch kaum sind nicht mehr so viele Menschen um mich, kommt mir Roy wieder in den Kopf. In den letzten Stunden hat die Ablenkung super funktioniert. Doch nun sehe ich wieder sein Gesicht vor mir und würde am liebsten auf etwas einschlagen. Das kenne ich von mir überhaupt nicht. Ich habe keine Ahnung, wieso dieser Mann mich so im Griff hat. Noch dazu, wo er gerade nicht einmal in meiner Nähe ist. Er beherrscht meine Gedanken, seit ich ihn das erste Mal gesehen habe.

Doch schon aus diesem Grund war es die richtige Entscheidung, nicht auf seine Bitte um ein Date einzugehen. Weder meine Freundin noch meine Schwester müssen wissen, wie nah er mir wirklich geht. Es reicht schon, dass sie wissen, dass es diesen Mann überhaupt gibt.

Ich bin tief in meine Gedanken versunken, als ich weitergehe. Meine Schritte werden immer vorsichtiger, da mir langsam die Füße wehtun. Deswegen merke ich erst, als es bereits zu spät ist, dass plötzlich eine dunkle, riesige Gestalt neben mir herläuft.

Ich gehe etwas schneller, doch auch sie beschleunigt ihre Schritte. Im nächsten Moment zucke ich erschrocken zusammen. Sie packt meinen Arm und drückt mich an die Hauswand neben mir. Es geht alles so schnell, dass ich keine Zeit habe, zu reagieren.

Ich will nach Hilfe schreien, doch bereits in der nächsten Sekunde hat die Gestalt ihre Hand auf meinen Mund gelegt, sodass ich keinen Ton von mir geben kann. Auf jeden Fall keinen, der laut genug wäre, dass ich jemanden auf mich aufmerksam machen könnte.

Meine Augen weiten sich, während ich langsam realisiere, was hier gerade geschieht.

Ich werde überfallen!

Doch die Erkenntnis ändert nichts daran, dass ich nicht in der Lage bin, zu reagieren. Dieser Mann befindet sich so dicht vor mir, dass ich nicht einmal ausholen und nach ihm schlagen könnte. Stocksteif stehe ich zwischen ihm und der Wand eingekeilt. Ich versuche, ihn auf Abstand zu halten, indem ich mein Gesicht zur Seite drehe, doch ohne Erfolg.

Ich bin nicht in der Lage, einen einzigen vernünftigen Gedanken zu fassen. Meine Augen huschen ohne Unterbrechung von rechts nach links. Ich habe die Hoffnung, jemanden zu erspähen, der mir helfen kann. Doch weit und breit ist niemand. Ich bin alleine mit diesem Mann, und das sorgt dafür, dass ich in noch größere Panik verfalle.

Verzweifelt versuche ich, ihm meine Hände zu entziehen, doch sein Griff wird nur noch fester. Ein scharfer Schmerz geht durch meinen Körper, sodass ich das Gesicht verziehe und leise stöhne. Allerdings beiße ich mir sofort auf die Lippen, sodass kein Ton mehr darüber dringt.

»Ich liebe es, wenn Frauen sich wehren. Das macht es noch interessanter.«

Seine Worte werden von einem hinterhältigen Grinsen begleitet. Es dauert eine Weile, bis der Sinn wirklich bei mir angekommen ist. Doch dann wünsche ich mir, dass ich seine Bemerkung überhört hätte. Ich ziehe scharf die Luft ein, während mein Herz einen Aussetzer macht.

Die nächsten Augenblicke kommen mir wie eine Ewigkeit vor. Ich spüre, wie meine Lunge anfängt zu schmerzen, und zwinge mich dazu, ruhig weiter zu atmen.

Ich kann seinen riesigen, schweren Leib an meinem spüren. Sein Blick wandert über meinen Körper. Ich halte die Luft an. Mein Herz fühlt sich an, als würde es jeden Moment zu schlagen aufhören, und mein Kopf ist wie leergefegt. Gerade würde ich lieber in Ohnmacht fallen, als das hier mitzubekommen. Denn wehren kann ich mich so oder so nicht.

Doch als sich mein Angreifer nach vorne beugen will, erscheint plötzlich eine zweite Person hinter ihm. Kurz halte ich es für eine Täuschung, als würde mir mein Gehirn einen Streich spielen. Doch als die Umrisse klarer werden, ist mir klar, dass ich mich nicht irre. Da steht wirklich jemand hinter ihm.

Ich habe schon die Befürchtung, dass sie zu zweit sind, als der hintere Mann seine Arme ausstreckt und meinen Angreifer von mir wegzieht, oder viel eher wegreißt. Das bekomme ich noch mit, obwohl ich alles nur verschwommen wahrnehme.

Tief durchatmen, ermahne ich mich mehrmals, doch es bringt nichts. Beinahe kommt es mir so vor, als würde meine Lunge sich weigern, die Arbeit wieder aufzunehmen, ungeachtet des brennenden Schmerzes, der mittlerweile meinen Brustkorb erfüllt.

Ich spüre, wie mich die Kraft verlässt, sodass ich mich an der Mauer abstützen muss, damit ich nicht auf den Boden falle.

»July«, dringt eine leise Stimme zu mir hindurch. »Atme, Süße. Ganz ruhig. Ich bin bei dir und werde auf dich aufpassen. Es wird dir nichts passieren.«

Die Ruhe, mit der mein Gegenüber diese Worte sagt, sorgt dafür, dass ich langsam wieder anfange zu atmen. Allerdings vergehen Minuten, bis ich mich wieder einigermaßen gefangen habe. Doch dann wird meine Umgebung endlich schärfer. Ich erkenne, dass die Männer nur wenige Schritte von mir entfernt sind.

Die Visage meines Angreifers kann ich im blassen Schein der Straßenlaternen erkennen, der andere Mann trägt jedoch eine Kapuze, die ihm tief ins Gesicht hängt.

Ich sehe gerade noch, wie sein Gegner durch die Luft fliegt und gegen einen Laternenmast knallt. Dann landet er mit einem lauten Knall auf dem Boden. Erschrocken halte ich mir die Hand vor den Mund. Ich versuche zu verarbeiten, was geschehen ist und was noch passiert. Doch das alles geht so schnell, dass ich kaum hinterherkomme.

Bereits in der nächsten Sekunde hat sich der zweite Mann über meinem Angreifer aufgebaut, ihn am Kragen gepackt und wieder auf die Beine gezogen. Doch er macht keine Anstalten, ihn zu stützen oder ihm sonst irgendwie zu helfen. Stattdessen schaut er einfach zu, wie der Mann vor ihm steht und von einer Seite zur anderen schwingt, während er versucht, sein Gleichgewicht wiederzuerlangen. Er schubst ihn auf die Straße, wo er in einer Pfütze landet.

Ich stehe einfach nur daneben und beobachte die Szene. Mein Verstand sagt mir, dass ich die Beine in die Hand nehmen und verschwinden soll. Und zwar so schnell, wie es nur geht. Doch meine Füße bewegen sich keinen Zentimeter, als wären sie festgeklebt.

Wie gebannt schaue ich auf den Mann, der über meinem Angreifer steht. Er ist groß. Obwohl es nicht sehr hell um uns herum ist und er schwarze Sachen trägt, erkenne ich doch, dass er breit gebaut ist. Allerdings ist das auch schon alles, was ich ausmachen kann.

Mir schießt noch immer das Adrenalin durch den Körper, was es mir unmöglich macht, mich auf irgendetwas zu konzentrieren.

Doch etwas Bestimmtes bemerke ich genau. Wer auch immer mein Retter ist, er strahlt eine Gefährlichkeit aus, als wäre er wütend. Deswegen ziehe ich es vor, nichts zu sagen, geschweige denn mich zu bewegen.

»Packst du noch einmal jemanden an, wirst du es bereuen. Egal, ob Frau, Kind oder Mann. Du kannst dich nicht vor mir verstecken«, donnert seine dunkle Stimme durch die Nacht. Dabei scheint mir, als wäre er so ruhig, als würde er gerade mit seiner Mutter sprechen. Doch das lässt ihn nur noch gefährlicher wirken. »Hast du mich verstanden?«

Der Mann antwortet nicht. Langsam richtet er sich auf, bis er vor ihm wankend zum Stehen kommt.

»Und woher willst du das erfahren?«, fragt er. »Du weißt nichts über mich.« Seine Stimme ist verächtlich. Ich brauche sein Gesicht nicht zu sehen, um zu wissen, dass er sich gerade über meinen Retter lustig macht.

Doch diesen scheint das überhaupt nicht zu interessieren. Seelenruhig steht er vor ihm und lacht leise.

»Ich kenne dich. Deinen Namen, deine Adresse, deine ehemaligen Arbeitgeber. Ich weiß sogar, was du gerne isst. Und was ich nicht weiß, werde ich schnell herausfinden. Ich habe da so meine Quellen.«

Ich kann sehen, dass mein Angreifer nicht weiß, was er sagen soll. Unsicher vergräbt er die Hände in den Hosentaschen. Vielleicht ist er sich aber auch nicht sicher, ob er überhaupt etwas erwidern soll.

Kurz scheint er darüber nachzudenken. Doch dann unternimmt er etwas, mit dem ich nicht gerechnet habe. Er holt aus zum Schlag gegen seinen Widersacher.

Doch dieser ist schneller. Noch bevor die Faust meines Angreifers überhaupt in die Nähe seines Gesichtes kommen kann, weicht er geschickt aus und greift sich seinen Arm. Dann dreht er ihn nach hinten, bis mein Angreifer nur noch am Schreien ist.

»Mach das noch einmal, ein einziges Mal, und du wirst die nächsten Wochen im Krankenhaus verbringen. Das kann ich dir versprechen. Und jetzt verschwinde, bevor ich dich zur Polizei bringe.« Mit diesen Worten stößt er den Kerl wieder von sich, sodass der erneut auf den Boden fällt.

Ein letztes Mal schaut mein Angreifer in die Richtung meines Retters, bevor er sich mit schmerzverzerrtem Gesicht aufrappelt und stöhnend davonhumpelt.

Ich schaue ihm nach, bis er aus meinem Sichtfeld verschwunden ist. Noch immer muss ich mich festhalten, da ich die Befürchtung habe, dass meine Beine unter mir nachgeben. Es dauert einen Moment, doch dann dreht sich der Mann, der mich beschützt und mir geholfen hat, langsam zu mir um.

Er kommt ein paar Schritte auf mich zu und zieht sich dabei die Kapuze vom Kopf. Für einen Augenblick bin ich überzeugt, dass ich träume.

Doch als er vor mir stehen bleibt und mich aus seinen warmen Augen ansieht, ziehe ich scharf die Luft ein.

6

Roy

Als ich bemerkt habe, dass dieser Wichser sich an der nächsten Frau vergreifen will, habe ich nur noch rotgesehen. Aber als mir klar wurde, dass diese Frau July ist, hätte ich ihn am liebsten umgebracht.

Und er kann von Glück sprechen, dass ich das nicht getan habe. Es ist das erste Mal, dass ich mich bei der Polizei als Zeuge melden werde. Er hat sich eindeutig mit der falschen Frau angelegt. Normalerweise hätte ich jetzt auch die Polizei benachrichtigt, doch ich muss mich um July kümmern. Dennoch werde ich mich darum kümmern, dass er seine gerechte Strafe bekommt.

Besorgt betrachte ich July, die ein paar Schritte von mir entfernt nach Luft schnappt. Auch, wenn sie sich im Schatten der Hausmauer befindet, kann ich doch erkennen, dass die Farbe aus ihrem hübschen Gesicht gewichen ist.

Es scheint ein paar Sekunden zu dauern, bis sie realisiert, dass ich vor ihr stehe. Doch dann öffnet sich ihr Mund, als würde sie etwas sagen wollen. Allerdings schließt sie ihn unverrichteter Dinge wieder.

»Ist alles in Ordnung?«, frage ich July, bevor sie es sich anders überlegen kann.

Ich nähere mich ihr ein wenig, um sie besser anschauen zu können. Und der Anblick, der sich mir bietet, sorgt dafür, dass mein Herz bricht. Sie sieht so verloren aus, dass ich sie am liebsten an mich drücken würde. Doch ich kann mich gerade noch zurückhalten. Ich habe keine Ahnung, wie sie reagiert, wenn ich ihr jetzt zu nahekomme.

Es kommt mir wie eine Ewigkeit vor, bis sie endlich nickt. Doch selbst dann bewegt sie ihren Kopf nur so leicht, dass ich mich frage, ob ich es mir nur eingebildet habe.

Je länger sie keinen Ton von sich gibt, desto größer wird meine Angst, dass ihr doch etwas passiert ist. Ich muss aus ihrem Mund hören, dass es ihr gut geht. Mein Blick wandert immer wieder über ihren Körper. Aber so sehr ich meine Augen auch anstrenge, ich kann keine Wunde erkennen.

Auch July wendet sich nicht von mir ab. Normalerweise kann ich immer an der Körpersprache meines Gegenübers sehen, was in seinem Kopf vorgeht. Doch bei ihr gelingt mir das einfach nicht.

»Danke«, murmelt sie, als ich schon die Befürchtung habe, dass sie nichts mehr sagen wird.

Ihre Stimme hört sich piepsig und gleichzeitig brüchig an. Mir wird bewusst, dass sie das hier mehr mitgenommen hat, als sie zugeben will. Und aus diesem Grund beschließe ich, so zu tun, als hätte ich es nicht gemerkt.

Nun bin ich es, der nichts sagt. Wieder überkommt mich der Wunsch, ihr nah zu sein. Ich will ihr Trost spenden und für sie da sein. Doch bei unserem letzten Aufeinandertreffen schien sie nicht so begeistert davon zu sein, als ich ihre Nähe gesucht habe.

Ich versuche, meine Muskeln zu lockern und nicht mehr so auszusehen, als würde ich gleich jemanden umbringen. Auch wenn ich das am liebsten machen würde. Doch ich bin mir sicher, dass mir das nicht dabei helfen würde, ihr Vertrauen zu gewinnen.

Langsam hebe ich meine Hand und streiche ihr übers Gesicht. Ich lasse meine Fingerspitzen über ihre zarte Haut gleiten. Ich spüre die Gänsehaut, die sich auf ihrem Körper bildet. Da sie ein Stück kleiner ist als ich, muss sie ihren Kopf in den Nacken legen. Doch dann würde ich sie am liebsten küssen, als ich den Blick sehe, den sie mir zuwirft.

»Er hat dich doch verletzt«, flüstere ich, als ich über ihre Schulter streiche.

Ein wenig irritiert über meine Worte schaut sie auf die Stelle, auf der meine Hand liegt.

»Das ist nur ein Kratzer«, erwidert sie.

Das ist der Moment, in dem ich alle Vorsätze, die ich gerade noch gefasst habe, über den Haufen werfe. Ich höre nicht auf das, was mein Verstand mir sagt, sondern nur noch auf das, was mein Herz mir rät.

Ohne darüber auch nur ansatzweise nachzudenken, greife ich nach ihrer Hüfte und ziehe sie an mich. Wie von allein sinkt ihr Kopf an meine Brust, während ich ihren Geruch einatme. Er sorgt dafür, dass ich meine Augen kurz schließen muss.

Beruhigend streiche ich ihr über den Rücken, woraufhin sich ihre Atmung wieder normalisiert. Als sie ihre Hände auf meinen Bauch legt, verspüre ich den Drang, sie nie wieder loszulassen.

Diese Frau weckt meinen Beschützerinstinkt, wie es noch nie zuvor der Fall gewesen ist. Nach dem, was gerade geschehen ist, würde ich sie am liebsten in meiner Wohnung einschließen, nur damit ich sichergehen kann, dass ihr nichts mehr geschieht. Doch mir ist klar, dass sie mich dann für bescheuert erklären würde.

»Danke«, wiederholt July noch einmal und löst sich ein Stück von mir. Allerdings lasse ich es nur wenige Zentimeter zu. Als sie noch einen Schritt nach hinten machen will, hindere ich sie daran. Mein Blick fällt auf ihre vollen, sinnlichen Lippen, nach denen ich mich vom ersten Augenblick an gesehnt habe. Am liebsten würde ich mir in den Hintern treten, dass ich sie so nah an mich heranlasse, doch ich bereue es nicht.

»Du brauchst dich nicht bei mir zu bedanken. Ich werde dich immer beschützen.«

Ich lege ihr eine Hand in den Nacken und nähere mich ihr. Dann drücke ich meine Lippen auf ihre. Mein Griff ist fest und unnachgiebig. Wortlos gebe ich ihr zu verstehen, dass ich sie nicht freigeben werde. Nicht jetzt. Überhaupt nicht.

Doch zu meiner Überraschung muss ich feststellen, dass July auch keine Anstalten macht, sich von mir zu entfernen, im Gegenteil. Ihre Finger legen sich auf meine Oberarme, was mich noch mehr anspornt. Doch ich muss mich mehrmals ermahnen, es nicht zu weit zu treiben.

Deswegen löse ich mich irgendwann von ihr. Doch kaum berühren sich unsere Münder nicht mehr, höre ich das leise Seufzen, das ihr über die Lippen dringt. Ein Grinsen stiehlt sich auf mein Gesicht. Innerlich habe ich gebetet, dass der Kuss genau diese Reaktion nach sich ziehen würde. Doch ich habe es nicht zu hoffen gewagt.

»Ich werde dich bringen«, bestimme ich mit fester Stimme. Meine Lippen pressen sich unwillkürlich aufeinander, wenn ich auch nur daran denke, dass diese Scheiße noch einmal passieren kann.

»Nein, Roy. Das brauchst du nicht zu tun. Ich komme schon klar«, erwidert July schnell. »Ich werde mich direkt ins Bett legen.«

»Du bist bockig, das habe ich sofort gespürt. Aber ich kann es auch sein, wenn es sein muss«, knurre ich. »Würde ich dich alleine gehen lassen, würde ich das Risiko eingehen, dass dir das noch einmal passiert, oder Schlimmeres. Und da werde ich mein Glück bestimmt nicht herausfordern.«

Vor allem dann nicht, wenn es um dich geht, füge ich in Gedanken noch hinzu.

Ihre Augen weiten sich, während meine Botschaft langsam bei ihr ankommt. Noch nie in meinem Leben habe ich mir so sehr gewünscht, dass eine Frau mir die Stirn bietet, wie in diesem Moment. Und das nur, weil ich einfach nicht sagen kann, wieso sie mich so ansieht, als wäre ich ein Gespenst. Wir haben uns gerade geküsst. Da müsste es doch mittlerweile bei ihr angekommen sein, dass ich wirklich vor ihr stehe.

Sag doch endlich was!, schreie ich sie in Gedanken an. Doch es bringt nichts. *Vielleicht überlegt sie sich aber auch gerade, dass es völlig falsch war, was wir eben getan haben.*

Und da könnte ich nicht einmal widersprechen. Und trotzdem will ich sie in meinem Leben haben. So verrückt es vielleicht auch klingt. Und jetzt noch mehr als zu Anfang der Woche.

»Was machst du eigentlich hier?«, fragt sie mich nach endlosen Sekunden.

»Ich war gerade in der Nähe«, lüge ich ihr mitten ins Gesicht. Noch nie habe ich mich so schlecht deswegen gefühlt, doch ich kann ihr nicht die Wahrheit sagen. Sie soll mich lieber für den arroganten Staatsanwalt halten, als dass ich mich ihr anvertraue, wieso ich um diese Uhrzeit hier unterwegs bin.

Sie sieht mich an, als würde sie überlegen, ob sie mir glauben könne oder nicht. Und das gefällt mir überhaupt nicht. Aber ich lasse es mir nicht anmerken. Stattdessen schaue ich sie so neutral an, wie es nach den letzten Minuten nur geht.

»Oh«, entfährt es ihr schließlich.

Dieses eine Wort, so klein es auch ist, sorgt dafür, dass sich Erleichterung in mir ausbreitet.

»Komm«, fordere ich sie auf und halte ihr meine Hand hin. Ich will nicht, dass sie noch mehr Zeit hat, darüber nachzudenken. Eigentlich will ich sogar, dass sie überhaupt nicht mehr darüber nachdenkt. Dennoch sagt mir eine kleine Stimme in meinem Kopf, dass ich das nur verhindern kann, indem ich mich von ihr fernhalte.

Doch das mache ich nicht. Deswegen verschränke ich meine Finger mit ihren und schlage den Weg in die Richtung ein, in der es wieder ein bisschen belebter ist.

»Da vorne wohne ich«, sagt sie, nachdem wir in eine weitere Straße gebogen sind.

Gemeinsam gehen wir die letzten Schritte auf eines der Gebäude zu, ehe July stehen bleibt. Ich lasse sie nicht los, drehe mich aber so, dass ich dicht vor ihr stehe.

»Ich hole dich morgen ab. Und dann können wir picknicken, oder so.«

Auf den ersten Blick erkenne ich, dass sie nicht sofort versteht, worauf ich da anspiele. Ich kann es selbst nicht so ganz glauben, was ich da gesagt habe.

Picknicken? Noch nie in meinem Leben habe ich so was gemacht, und bis jetzt habe ich auch keinen Gedanken daran verschwendet, dass es irgendwann so sein könnte.

Ihre Augenbrauen ziehen sich ein Stück zusammen, sodass sie noch süßer aussieht. Ich kann nicht anders, als leise zu lachen, werde aber sofort wieder ernst.

»Roy«, flüstert sie und weicht mir dabei aus. July tritt von einem Fuß auf den anderen. Es ist nicht zu übersehen, dass ihr diese Unterhaltung nicht leichtfällt. Dabei hat sie mir bei unserem letzten Treffen so schön die Stirn geboten.

Auch wenn es mir nicht dabei hilft, einen kühlen Kopf zu bewahren, so fällt mir jetzt ein, wie ich sie geküsst habe. Gerne würde ich das öfter tun.

Jeden Tag.

Doch dieses Mal nicht einfach nur so. Ich will, dass wir eine Beziehung haben, und ich will herausfinden, wo diese uns hinbringt. Bis jetzt waren sie mir immer zu kompliziert. Zu viele Dinge, in meinen Augen, auf die man Rücksicht nehmen muss. Doch bei ihr will ich es das erste Mal in meinem Leben.

»Ich halte das noch immer für keine gute Idee.«

Auch wenn ein winziger Teil meines Verstandes der Meinung ist, dass es wohl wirklich das Beste ist, wenn ich mich von ihr fernhalte, habe ich es nicht vor. Ich, und auch meine Brüder, sind nicht gerade dafür bekannt, dass wir das machen, was das Vernünftigste wäre. Nein, in den letzten Jahren habe ich das eigentlich sehr selten getan. Und deswegen werde ich hier bestimmt nicht damit anfangen.

»Ich halte es aber für eine gute Idee. Sogar für eine der besten, die ich je hatte. Ich meine es ernst, July. Wenn du mir nur diese eine Chance gibst, dann werde ich dir beweisen, dass wir eine Menge Spaß zusammen haben können.«

Sogar in meinen Ohren hört es sich lahm an, was ich gerade gesagt habe. Deswegen will ich erst gar nicht wissen, was sie für einen Eindruck davon hat.

»Okay«, flüstert sie so leise, dass ich sie kaum verstehe. Ich kann das glückliche Lächeln nicht länger zurückhalten.

»Wir sehen uns morgen«, flüstere ich in einem geheimnisvollen Ton und lehne mich nach vorne. Sanft berühren meine Lippen ihre Wange, während mein Daumen über die nackte Haut zwischen ihrem Rock und ihrem Top streicht. Dann trete ich einen Schritt zurück und gebe sie frei. Noch bevor sie es sich anders überlegen kann, verschwinde ich.

Auch, wenn es mir schwerfällt, aber ich muss mir selber erst mal darüber klar werden, in welche Scheiße ich mich da hineingeritten habe. Denn irgendwie kommt es mir so vor, als hätte ich genau das getan.

»Na, wen haben wir denn da? Es ist ja schon beinahe selten, dass wir dich mal zu Gesicht bekommen«, ruft Josh, als ich aus meinem Wagen steige. Meine Brüder sitzen auf den Treppen, die in die Wohnung von Chris führen, und halten Bierflaschen in ihren Händen.

»Schnauze«, erwidere ich und mache Anstalten, an ihnen vorbeizugehen.

»Ehrlich gesagt haben wir auf dich gewartet«, erklärt nun Chris. Mitten in der Bewegung halte ich inne und drehe mich wieder zu ihnen.

»Was gibt's denn«?

»Wir mussten heute einen Mann auf dem Revier laufen lassen, der schon diverse Vorstrafen hat. Mann, da ist wirklich alles dabei.«

»Und wieso musstet ihr ihn dann gehen lassen?«

Ich habe noch nicht einmal ausgesprochen, da sehe ich meinem Bruder bereits an, dass er diese Frage nur ungern beantwortet. Er kneift die Augen zusammen und sieht aus, als würde er jeden Augenblick auf etwas einschlagen wollen. Doch nach dem Erlebnis, das ich heute hatte, kann ich dieses Gefühl sehr gut nachvollziehen.

Ich werde noch immer sauer, wenn ich nur daran denke, was geschehen wäre, wenn ich nicht rechtzeitig eingegriffen hätte.

»Da haben mehrere Faktoren mitgespielt. Aber der, der wirklich ausschlaggebend dafür war, war wohl, dass sein Vater einigen Einfluss hat.«

Ich werde hellhörig. Genau wie meine Brüder hasse ich es, wenn das passiert. Wenn Geld dafür sorgt, dass manche nicht die Strafe bekommen, die sie eigentlich verdient hätten.

»Was hat er denn dieses Mal angestellt?«

»Vergewaltigung.« Mehr sagt Chris nicht, sondern nimmt noch einen Schluck aus seiner Flasche.

Meine Hände ballen sich zu Fäusten.

Muss mich denn heute wirklich alles an July erinnern?, frage ich mich.

»Wir werden uns morgen auf die Suche nach dem Typen machen. Mein Gefühl sagt mir, dass der wieder zuschlägt, wenn man ihn nicht in seine Schranken weist. Und wenn ich es als Polizist nicht machen kann, dann mache ich es eben so.«

»Morgen kann ich nicht.« Die Worte sind heraus, bevor ich es verhindern kann. Eigentlich hatte ich es ihnen gar nicht auf die Nase binden wollen. Doch nun komme ich aus der Sache wohl nicht mehr heraus.

Ich brauche nur einen flüchtigen Blick in die Gesichter meiner Brüder zu werfen, um zu sehen, dass sie die Ohren gespitzt haben.

»Was hast du denn vor?«, fragt Josh und mustert mich dabei mit einem blöden Grinsen im Gesicht von oben bis unten.

»Ich bin verabredet«, brumme ich und hoffe, dass die beiden den Wink mit dem Zaunpfahl verstehen.

»Und ich kann mir auch vorstellen, mit wem. Die Frage ist nur, wie du es geschafft hast, ihr Herz zu erweichen.«

»Ich habe ...«, beginne ich meinen Satz, doch bevor ich ihn aussprechen kann, beiße ich mir auf die Zunge. Es ist egal, was ich jetzt sage, es ist eh das Falsche. Ich kenne Chris und Josh gut genug, um das zu wissen.

Chris sieht zwischen Josh und mir hin und her.

»Könntet ihr mir bitte sagen, über was, beziehungsweise über wen, ihr sprecht? Irgendwie kommt es mir vor, als hätte ich etwas verpasst.«

»Unser großer Bruder hat eine Frau getroffen. Und die scheint ihn besser im Griff zu haben als er sie. Ich kann mich irren, aber sie ist wohl nicht sehr begeistert davon, dass er Staatsanwalt ist.« Chris grinst mich dümmlich an.

Nicht zum ersten Mal muss ich mir in Erinnerung rufen, dass er mein Bruder ist und mich gerne aufzieht. Jedem anderen hätte ich für diesen Kommentar nämlich eine reingehauen.

»Sie hat mich nicht besser im Griff als ich sie«, gebe ich scharf zurück, obwohl ich mir da selber nicht so sicher bin. Das werde ich mir vor den beiden aber bestimmt nicht anmerken lassen. Wenn sie nämlich einmal etwas gewittert haben, geben sie so schnell nicht auf.

Allerdings muss ich zugeben, dass ich nicht anders bin, denn sonst hätte ich July vorhin bestimmt nicht erneut um eine Verabredung gebeten.

»Wie war ihr Name noch mal?«

»July«, murmle ich, wobei ich es bereue, dass ich nicht einfach in meine Wohnung gegangen bin. Das scheinen auch die beiden zu bemerken, denn die Heiterkeit ist aus ihren Gesichtern verschwunden.

»Okay, wir versprechen dir, dass wir uns benehmen werden, wenn du sie mal mitbringst. Keine blöden Kommentare und keine peinlichen Geschichten. Da würden wir dir doch niemals in den Rücken fallen.«

Ich sage nichts, kann es mir aber nicht verkneifen, die Augen zu verdrehen.

»Wir sehen uns.« Mit diesen Worten setze ich mich in Bewegung und will in meiner Wohnung verschwinden, allerdings werde ich ein weiteres Mal aufgehalten.

»Dad hat heute übrigens auch angerufen«, verkündet Josh, noch bevor ich den Schlüssel in das Schloss stecken kann.

»Verdammt«, fluche ich laut und lasse meinen Kopf hängen.

»Ich habe mir schon gedacht, dass du so reagierst. Vor allem, wenn ich daran denke, was er wollte.«

Unwillkürlich zucke ich zusammen. Ich nehme es vor Gericht mit jedem auf. Auch nachts auf der Straße gibt es niemanden, der mir etwas vormachen kann. Doch wenn unser Dad sich meldet, dann bedeutet es meistens nichts Gutes.

»Was wollte er?«, frage ich, obwohl ich die Antwort darauf eigentlich nicht wissen will.

»Er hat irgendetwas vom Sohn eines Geschäftspartners gefaselt. Der ist wohl der Meinung, dass sein Sohn sich ein paar Sporen verdienen müsse, bevor er in die Firma einsteigen kann, und die Staatsanwaltschaft wäre da wohl genau der richtige Ort.«

Super, ist der erste Gedanke, der mir durch den Kopf schießt. *Das Letzte, was ich jetzt gebrauchen kann, ist irgendein Klugscheißer, der mich von meiner Arbeit abhält. Ich habe schon genug Leute um mich herum, die keine Ahnung haben, was sie machen sollen.*

»Ich werde mit ihm darüber sprechen«, erwidere ich trotzdem.

7

July

Wie ein aufgescheuchtes Huhn laufe ich seit Stunden durch meine Wohnung. Immer wieder atme ich tief durch und mache irgendwelche blöden Atemübungen, um ruhig zu bleiben. Allerdings habe ich bis jetzt noch nichts gefunden, was auch wirklich etwas bringt. Stattdessen kommt es mir so vor, als würde es von Minute zu Minute schlimmer werden.

Ich bin aufgewühlt und mache mir Gedanken. Gedanken, die ich mir eigentlich nicht machen will, die ich leider aber auch nicht abstellen kann. Und das, obwohl es mir das Leben gerade um so vieles leichter machen würde.

Vor allem denke ich darüber nach, ob es wirklich eine so gute Idee war, dass ich zugesagt habe. Auch, wenn ich nicht wirklich eine Wahl hatte. In diesem Moment hatte mein Herz das Kommando übernommen, und das will sich mit Roy treffen.

Seufzend lasse ich mich auf das Sofa sinken und ziehe die Beine an, dann greife ich nach der Fernbedienung. Doch noch bevor ich sie erreichen kann, spüre ich die Blicke meiner Schwester auf mir.

»Okay, Schwesterherz. Ich würde dich ja fragen, was mit dir los ist, allerdings weiß ich, dass du genauso verschwiegen sein kannst wie ich. Deswegen kann ich mir diese Frage wohl sparen. Aber du brauchst gar nicht erst zu versuchen, es zu leugnen, ich spüre und vor allem sehe ich, dass du etwas auf dem Herzen hast.«

Streng sieht sie mich an, sodass ich beinahe ein schlechtes Gewissen bekomme. Schließlich hat sie mir erst vor Kurzem anvertraut, wieso sie sich von Trevor getrennt hat. Ich will nicht, dass sie denkt, ich hätte kein Vertrauen zu ihr. Mal abgesehen von Mia ist sie der einzige Mensch, dem ich alles anvertrauen kann. Dennoch will ich es lieber erst einmal für mich behalten.

Mir kommt es nämlich vor, als würde ich so leichter damit fertigwerden, sollte diese Verabredung doch nach hinten losgehen. Vor allem, weil ich es dann niemandem sagen muss.

»Sollen wir joggen? Oder essen gehen?«, schlägt Claire vor, nachdem ich nichts geantwortet habe. Dabei versprüht sie mehr gute Laune, als ich gerade gebrauchen kann.

»Nein«, sage ich lediglich, stehe auf und gehe zum wiederholten Male in die Küche. Doch kaum habe ich sie betreten, drehe ich wieder um.

Als ich mich erneut der Couch nähere, sieht Claire mich an. Im Stillen mache ich mich darauf gefasst, dass sie nachfragt. Schließlich weiß ich, dass sie neugierig ist. Doch ich bin froh darüber, dass sie es nicht tut.

»Na gut«, grummelt sie allerdings, als ich schon denke, dass sie nichts mehr sagt. »Falls du allerdings doch Ablenkung brauchst oder ein offenes Ohr, weißt du ja, wo du mich findest.«

Mehr sagt sie nicht. Ohne mich weiter zu beachten, steht sie auf und geht in die Richtung des Gästezimmers, in dem sie zurzeit wohnt.

Mir ist klar, dass sie nicht sehr glücklich darüber ist, dass ich mich in Schweigen hülle. Schließlich haben wir schon immer jedes Geheimnis miteinander geteilt. Aber das hier kann ich ihr nicht sagen, auch wenn ich gerne mit jemandem darüber sprechen würde. Dann wäre ich vielleicht kein nervliches Wrack mehr.

Allerdings weiß ich, dass sie mir nicht lange böse sein wird. Schließlich wohnt sie bei mir, und wenn ich ihr irgendwann erzähle, mit wem ich mich getroffen habe, wird sie meine Geheimniskrämerei mit Sicherheit verstehen.

Seufzend schaue ich in den Spiegel, nachdem ich mich umgezogen habe. Ich habe mich für ein blaues, knielanges Kleid entschieden. Es gehört zu meinen Lieblingskleidungsstücken, doch gerade bin ich mir nicht sicher, ob es das richtige ist. Ich habe keine Ahnung, was man erwarten kann oder muss, wenn man sich mit einem Oberstaatsanwalt verabredet. Und vor allem dann, wenn dieser Oberstaatsanwalt Roy ist.

Alles, was in der letzten Nacht geschehen ist, bricht wieder über mich herein. Ich habe die Bilder vor mir, wie er mich beschützt und sich prügelt. Er hatte Ähnlichkeit mit einem Tier. Für einen kurzen Moment kam es mir so vor, als hätte er nur darauf gewartet, dass er auf jemanden losgehen kann.

Aber ich sehe auch sein Gesicht, als er mich betrachtet hat, und vor allem spüre ich, wie er mich küsst. Und das sorgt dafür, dass mir wieder warm wird.

Ich bin so sehr in meine Gedanken vertieft, dass ich erschrocken zusammenzucke, als es an meiner Wohnungstür klingelt. Mein Herz beginnt zu rasen und mein Körper zittert so sehr, dass ich etwas brauche, um mich wieder unter Kontrolle zu bekommen.

Mit großen Schritten verlasse ich mein Schlafzimmer und gehe auf die Tür zu. Dabei schlägt mein Herz von Schritt zu Schritt mehr, als würde es sich aus meiner Brust befreien wollen.

Ich greife nach meiner Tasche und stecke meinen Schlüssel und mein Handy ein. Dann trete ich hinaus in den Flur. Während ich die Treppen nach unten gehe, halte ich mir vor Augen, dass es nur ein Treffen ist. Ein Treffen als Freunde. Kein Date oder sonst irgendetwas, was in diese Richtung gehen könnte.

Doch wenn ich mir überlege, wie er mich jedes Mal angesehen hat, wenn wir uns über den Weg gelaufen sind, bin ich mir nicht mehr sicher. Allerdings ziehe ich es vor, mir keine Gedanken mehr darüber zu machen. Sonst werde ich wahrscheinlich wahnsinnig, noch bevor ich die Gelegenheit habe, ihm Hallo zu sagen.

Als ich die Haustür öffne, fällt mein Blick sofort auf ihn. Es ist beinahe so, als würde ich von ihm angezogen werden. Und es ist nicht das erste Mal, dass es mir so in seiner Gegenwart geht.

In einem schicken schwarzen Anzug steht er vor einem ebenfalls schwarzen Sportwagen. Allerdings trägt er keine Krawatte und der oberste Knopf seines Hemdes steht offen. Seine Arme hat er vor der Brust verschränkt. Ein sexy Grinsen erscheint auf seinen Gesichtszügen, sodass die Schmetterlinge in meinem Bauch wach werden.

Ich weiß nicht genau, was er an sich hat, um mich so schnell in seinen Bann zu ziehen. Aber ich weiß, dass ich irgendetwas dagegen unternehmen muss. Wenn ich es nicht tue, werde ich die nächste Kerbe in seinem Bettpfosten sein. Darauf konnte ich in der Vergangenheit schon sehr gut verzichten. Und auch jetzt ist das noch der Fall.

Einen Moment bleibe ich stehen, während er mich beobachtet. Mir ist klar, dass ihm nichts entgeht. Trotzdem nehme ich mir die Zeit und lasse seinen Anblick auf mich wirken.

»Hi«, sagt er sanft. Seine dunkle Stimme sorgt dafür, dass mir eine Gänsehaut über den Rücken läuft.

Ein paar Schritte von ihm entfernt bleibe ich stehen. Ich habe die Hoffnung, dass es meine Reaktion auf ihn ein wenig abmildert. Doch ich merke schnell, dass das nicht der Fall ist.

Roy lässt mich keine Sekunde aus den Augen. Mit geschmeidigen Bewegungen stößt er sich von seinem Wagen ab und kommt auf mich zu. Es befinden sich nur noch wenige Zentimeter zwischen uns, als er stehen bleibt. Und das sorgt nicht gerade dafür, dass es mir besser geht. Als er sich dann auch noch nach vorne beugt und mir einen Kuss auf die Wange drückt, habe ich das Gefühl, als würde ich jeden Augenblick den Verstand verlieren.

»Du siehst wunderschön aus«, raunt er mit einer geheimnisvollen Stimme.

Während er spricht, berührt er mich nicht und macht auch sonst keine Anstalten, sich mir irgendwie zu nähern. Trotzdem erscheint es mir so, als gäbe es zwischen uns ein unsichtbares Band, das mich daran hindert, mich von ihm abzuwenden.

»Bist du bereit, die Stadt unsicher zu machen?« fragt er und schaut mich dabei schon beinahe herausfordernd an.

Mein Mund öffnet sich, um etwas zu antworten. Doch da ich nicht weiß, was ich von mir geben soll, schließe ich ihn sofort wieder. Anscheinend reicht ihm das.

Sein leises Lachen dringt an mein Ohr. Dieser Laut, so harmlos er auch klingen mag, geht mir durch Mark und Bein. Ich bin mir sicher, dass ich ihn nicht so schnell vergessen werde.

»Das war ein Scherz. Ich dachte, dass ich so vielleicht die Stimmung ein wenig auflockere. Die Wahrheit ist nämlich, dass ich schon gar nicht mehr weiß, wann ich das letzte Mal unterwegs gewesen bin. In den letzten Jahren hatte mich meine Arbeit so fest im Griff, dass ich kaum Zeit hatte, um überhaupt durchzuatmen.«

»Und was machen wir stattdessen?«, frage ich ihn.

»Ich glaube, dass ich das besser zeigen als erklären kann.«

Mit diesen Worten legt er seine warme Hand auf meinen Rücken und schiebt mich neben sich her, bis wir sein Auto erreicht haben. Mir kommt es vor, als würde er einen Handabdruck auf meiner Haut hinterlassen. Ich muss mehrmals tief durchatmen, bevor ich in der Lage bin, mich auf dem Beifahrersitz niederzulassen.

»Du machst es ja richtig spannend«, erwidere ich, nachdem er ebenfalls eingestiegen ist.

Er dreht sich noch einmal in meine Richtung und grinst mich an, bevor er den Motor startet und anfährt.

Die Stille zwischen uns ertrage ich nur schwer. Es fühlt sich an, als würden wir uns weiter voneinander entfernen, wenn keiner etwas sagt.

Jedoch alle Gesprächsthemen, die mir einfallen, kommen mir schwachsinnig vor. Deswegen halte ich mich zurück, auch wenn es mir schwerfällt. Stattdessen schaue ich auf die Straße und versuche herauszufinden, wo er mich hinbringt. Schon bald erkenne ich die Gegend, in der sich die Staatsanwaltschaft befindet. Kurz frage ich mich, was wir hier machen.

Obwohl es bereits dunkel ist, ist die Straße hell erleuchtet. Überall befinden sich Straßenlaternen und bunte Schilder leuchten über den Eingängen der Bars und Restaurants.

Es dauert noch ein paar Minuten, doch schließlich bleibt er am Straßenrand zwischen zwei anderen Autos stehen und steigt aus. Auf meinem Gesicht macht sich ein verwirrter Ausdruck breit.

Roy kommt um den Wagen herum, wobei er ein paar Leuten ausweichen muss. Dann öffnet er die Tür auf der Beifahrerseite und reicht mir seine Hand, damit ich ebenfalls aussteige.

»Du bist ja ein richtiger Gentleman«, stelle ich amüsiert fest.

»Ja, ich habe meine guten und meine schlechten Seiten. Ich muss zugeben, dass meine schlechten meistens im Vordergrund stehen, vor allem, wenn ich im Büro bin. Aber außerhalb bin ich eigentlich ziemlich umgänglich«, antwortet Roy und zeigt dabei ein Stück die Straße runter. »Wir müssen da lang. Komm«, fordert er mich auf.

Ich habe keine Zeit mehr zu reagieren. Er greift nach meiner Hand und führt mich ein Stück auf dem Bürgersteig entlang. Nur zu bereitwillig folge ich ihm, da er mich neugierig gemacht hat.

»Laut meinem Bruder gibt es hier die besten Hotdogs der ganzen Stadt. Ich glaube, er kommt mich nur im Büro besuchen, damit er sich hier einen holen kann. Auf jeden Fall geht er mir schon eine ganze Weile damit auf die Nerven, dass ich diesen Hotdog probieren muss.« Mit diesen Worten wendet er sich dem Mann zu, der auf der anderen Seite des Verkaufsstandes steht, und gibt seine Bestellung auf.

»Du hast einen Bruder?«, erkundige ich mich, während wir warten.

»Ja, zwei, um genau zu sein. Ich bin der Älteste. Und glaub mir, bei den Chaoten ist das meistens kein Spaß.«

»Ich habe auch eine jüngere Schwester. Sie wohnt zurzeit bei mir, weil sie sich von ihrem Freund getrennt hat.«

Für einen Moment sieht er so aus, als würde er noch etwas sagen wollen, doch er tut es nicht.

»Habt ihr alle Jura studiert?«

»Nein, der eine ist Polizist und der andere Feuerwehrmann.«

»Ahhh, ihr steht also alle auf der Seite des Gesetzes«, stelle ich fest.

»Ja, so könnte man es auch sagen.« Roy nimmt das Essen entgegen und geht nach rechts ein Stück die Straße entlang.

»Wie bist du Rechtsanwaltsfachangestellte geworden?«, fragt er mich, nachdem wir ein paar Schritte gegangen sind.

»Ich habe erst überlegt, ob ich studieren soll, doch dann habe ich mich dagegen entschieden. Ich wollte endlich in meiner eigenen Wohnung leben und mein Geld verdienen.«

»Du wolltest also auf eigenen Beinen stehen«, stellt er fest.

»So kann man es wohl sagen«, antworte ich und beiße von meinem Hotdog ab. »Ja, dein Bruder hatte recht. Der schmeckt wirklich super.«

»Normalerweise kann man sich da bei ihm nicht so sicher sein. Schließlich isst er die merkwürdigsten Dinge.«

Ich lache leise, ehe ich wieder ernst werde.

»Und wieso hast du dich für Jura entschieden?«, frage ich ihn nun und werfe ihm dabei einen kurzen Blick zu.

Es ist dunkel um uns herum. Nur wenige Straßenlaternen befinden sich in der Nähe. Außerdem dringen die Stimmen der Leute, die auf ihr Essen warten, an uns heran. Dennoch sehe ich genau, wie er zusammenzuckt. Es dauert nur den Bruchteil einer Sekunde, dann hat er sich wieder im Griff.

»Na ja«, beginnt er. Dabei hört er sich allerdings zögerlich an. Ich habe den Eindruck, als würde er nicht wissen, was er sagen soll, doch das kann ich mir bei ihm nicht vorstellen. Dieser Mann hat mehr Selbstbewusstsein, als es für einen einzelnen Menschen gut ist. Deswegen kann ich nicht glauben, dass er ausgerechnet bei so einer einfachen Frage ins Stocken gerät. Man bekommt diese Frage doch öfter gestellt, vor allem dann, wenn man Staatsanwalt ist.

Es sei denn, er hat ein Geheimnis, überlege ich.

»Ich bin einfach der Meinung, dass es Menschen gibt, die ins Gefängnis gehören. Und als Staatsanwalt habe ich die Chance, dafür zu sorgen, dass sie dort landen.«

Seine Antwort verblüfft mich. Doch es sind nicht nur die Worte, sondern auch die Art und Weise, wie er sie vorbringt. All diese Dinge zusammen sorgen dafür, dass ich überlege, ob es da noch einen anderen Grund gibt. Ich ringe mit mir, ob ich ihn danach fragen soll oder nicht. Aber im Endeffekt läuft es darauf hinaus, dass ich mich nicht traue, auch wenn ich es wirklich gerne wissen würde. Doch ich kann nicht genau sagen, wie er darauf reagiert. Und da ich nicht will, dass wir uns streiten, behalte ich die Worte für mich.

»Und was ist, wenn es mal nicht klappt?«, erkundige ich mich.

»Dafür haben meine Brüder und ich unseren ganz eigenen Weg gefunden.« Seine Stimme ist kühl und gelassen. Doch gerade deswegen öffnet sich mein Mund und meine Gedanken überschlagen sich.

»Drei Brüder, drei Typen«, flüstere ich.

»Ja, so sieht es aus.«

Roy greift nach meiner Hand und hält sie mit seiner fest umklammert, als hätte er Angst, dass ich gleich aufspringe und verschwinde. Doch das tue ich nicht.

Ich lasse meinen Kopf auf seine Schulter sinken und spüre, wie er sich langsam entspannt. Irgendwie ist es seltsam, ihn so zu sehen. Doch es zeigt mir auch, dass er wirklich noch eine andere Seite hat.

»Dabei habe ich immer gedacht, dass Männer wie du lieber ihr eigenes Ding durchziehen«, scherze ich und versuche, ihn so auf andere Gedanken zu bringen.

Es gefällt mir nicht, dass er an unserem gemeinsamen Abend so drauf ist.

»Männer wie ich?«

»Ja, Männer wie du«, kichere ich und nicke dabei entschieden.

»Okay. Kannst du mir vielleicht auch sagen, wie *Männer wie ich* so sind?«, erkundigt er sich und sieht dabei zu mir herab.

»In erster Linie arrogant«, gebe ich zurück, ohne mit der Wimper zu zucken. Und damit spreche ich das erste Wort aus, das mir in den Kopf kommt.

»Hmmm«, macht er nur. Das ist der einzige Ton, den er für eine Zeit lang von sich gibt. Dann hat er sich wieder gefasst. »Ja, das bin ich wirklich. Allerdings ergibt sich das so, wenn man meinen Job macht. Man könnte sagen, dass es von ganz allein kommt, eine Begleiterscheinung sozusagen. Schließlich wollen wir die sein, auf die die Geschworenen hören. Wenn wir da nicht den Eindruck vermitteln können, dass wir recht haben, gibt es noch mehr Probleme. Wir ziehen eine Show ab.«

»Stimmt«, murmle ich, nachdem ich eine Weile darüber nachgedacht habe. Ich habe es zwar noch nie von dieser Seite gesehen, aber es leuchtet mir ein.

Doch das lasse ich mir nicht anmerken. Stattdessen setze ich einen neutralen Gesichtsausdruck auf, als ich meinen Kopf hebe.

»Ich kann mir aber auch nicht vorstellen, dass ich so schlimm bin«, flüstert er nun dicht an meinem Ohr.

Ruckartig drehe ich mich in seine Richtung und ziehe die Augenbrauen hoch.

»Wäre ich wirklich so arrogant, würdest du bestimmt nicht hier mit mir sitzen.«

»Und wieder geht ein Punkt an dich.«

Ich lasse meinen Kopf erneut an seine Schulter sinken und schließe für einige Sekunden die Augen.

»Danke«, flüstere ich nach einer Ewigkeit.

»Wofür?« Verwirrt schaut er mich an.

»Für letzte Nacht. Ich habe keine Ahnung, was ich ohne dich und deine Hilfe getan hätte. Auch wenn ich doch sehr überrascht war, als du plötzlich dastandst.«

Bei meinen Worten kann ich förmlich spüren, wie sich seine Muskeln anspannen. Unversehens hat er wieder Ähnlichkeit mit dem Mann von gestern.

Kurz kommt es mir so vor, als wäre ich wieder in dieser Gasse und als würde Roy den Mann nur wenige Zentimeter vor meiner Nase verprügeln.

»Hey, July«, beginnt er leise und umgreift mein Gesicht. »Dafür brauchst du dich nicht bei mir zu bedanken. Ich würde es jederzeit wieder machen. Niemals könnte ich es mir verzeihen, wenn dir etwas passieren würde.«

Ernst sieht er mich an. Er wendet sich von mir ab. Ein dicker Kloß hat sich in meinem Hals gebildet. Ich schlucke schwer und versuche, ihn auf diese Weise loszuwerden, doch es gelingt mir nicht.

Sanft umschließen Roys Hände meinen Hals, sodass ich ihm nicht ausweichen kann. Er nutzt die Ruhe aus, die uns plötzlich umgibt. Er zieht mich an sich und küsst mich. Dieser Kuss ist leidenschaftlicher als der gestrige. Ich spüre, dass er mir damit etwas sagen will.

Meine Gedanken werden in diesem Moment von dem Wunsch beherrscht, ihm nah zu sein. Ich will, dass dieser Kuss niemals endet.

Und das tut er für lange Zeit nicht. Als Roy sich schließlich von mir löst, lässt er seine Stirn gegen meine sinken.

»Versprich mir, dass du das nächste Mal nicht mehr um diese Uhrzeit allein unterwegs bist«, fordert er mich auf.

»Ja«, wispere ich. Nach diesem Kuss bin ich einfach nicht in der Lage, einen klaren Gedanken zu fassen.

»Und wieso warst du es gestern?« Seine Stimme klingt nicht vorwurfsvoll, und trotzdem komme ich mir gerade vor wie ein kleines Kind, das etwas ausgefressen hat. Freilich hätte ich mir denken können, dass es keine gute Idee ist, mich so spät alleine auf den Weg zu machen. Schließlich hatte Claire mir erst ein paar Stunden vorher berichtet, was in den letzten Nächten geschehen war.

»Eigentlich war ich mit meiner Schwester und meiner Freundin unterwegs. Doch ich wollte nach Hause und hatte keine Lust, auf die beiden zu warten. Schließlich wollte ich ihnen ja auch nicht den Abend versauen«, erkläre ich ihm und zucke dabei mit den Schultern.

Ich tue so, als würde mich die Erinnerung an die Ereignisse der letzten Nacht nicht weiter aufwühlen. Doch in meinem Inneren sieht es ganz anders aus. Da sitzt der Schreck nämlich noch immer tief, und so schnell wird sich das wohl auch nicht ändern.

»Wissen es die beiden? Ich meine, was passiert ist?«

Ich schüttle nur den Kopf. Und ich werde es ihnen auch nicht sagen. Dafür gibt es meiner Ansicht nach keinen Grund. Man könnte also sagen, dass es das erste Geheimnis ist, das ich nicht mit ihnen teilen werde.

»Dann sollte ich das nächste Mal wohl am besten wieder in deiner Nähe sein.«

Ich verschlucke mich beinahe an meiner eigenen Spucke, als seine Worte bei mir ankommen. Doch schnell habe ich mich wieder im Griff.

»Das brauchst du nicht«, erwidere ich. »Ich kann dich beruhigen und dir sagen, dass meine Partylust erst einmal verschwunden ist. Und ich glaube auch nicht, dass sie so schnell wiederkommen wird.«

»Dann weiß ich schon, was wir bei unserer nächsten Verabredung machen werden.«

Mein Mund öffnet sich, während ich fieberhaft nach den richtigen Worten suche. Doch mir fällt nichts ein.

Nicht ein einziges Wort. Und ich kann mir schon denken, warum das so ist. Ein winziger Teil meines Körpers hat nämlich gehofft, dass wir uns noch einmal sehen werden.

Als würde er spüren, was gerade in mir vor sich geht, lässt er meinen Hals los und greift stattdessen nach meiner Hand. Sein Daumen fährt über meine Haut und hinterlässt eine Gänsehaut an der Stelle, an der wir uns berühren.

Ich senke meinen Blick. Er macht keine Anstalten, weiter zu gehen, aber genauso wenig zieht er sich zurück.

Und so seltsam es klingt, aber diese Berührung sorgt dafür, dass ich ruhiger werde und sich das Zittern meines Körpers legt. Wenn ich mir überlege, wie sehr ich mir den Kopf darüber zerbrochen habe, wie dieser Abend laufen wird, muss ich zugeben, dass er gar nicht schöner sein könnte.

»Lass uns ein Stück spazieren gehen.« Roy wartet erst gar nicht ab, dass ich etwas sage. Bereits im nächsten Moment steht er auf und zieht mich ebenfalls auf die Füße.

Schweigend gehen wir ein paar Minuten nebeneinander her. Unsere Finger sind ineinander verschränkt.

»Wo hast du gelernt, so zu kämpfen?«, frage ich ihn, als wir an einer roten Ampel stehen bleiben.

»Unsere Eltern haben mich und meine Brüder damals in einen Kurs für Kampfsport gesteckt. Es war ein Anfängerkurs, und eigentlich war er auch nur dazu gedacht, dass wir lernen, dass eine Schlägerei nicht immer der richtige Weg ist. Aber mal unter uns, manchmal funktioniert das zwar, aber oft ist es von Vorteil, wenn man sich wehren kann.« Er lacht leise, bevor er wieder ernst wird. »Unsere Eltern haben wohl nicht damit gerechnet, dass es uns so gut gefällt, dass wir weitermachen. Sie waren nicht sehr begeistert davon, da wir unsere Zeit sinnvoller hätten gestalten können. Das ist ihre Meinung, nicht meine. Allerdings muss ich ihnen zugutehalten, dass sie es sich nach außen hin nie haben anmerken lassen.«

»Und woher weißt du dann, dass sie nicht begeistert davon waren?«, fordere ich ihn heraus.

»Glaub mir, wenn du meine Eltern siehst, dann wirst du wissen, warum.« Roy zwinkert mir zu und grinst mich dann frech an. Ich muss leise lachen.

Flüchtig schaue ich ihn an und überlege, wie sein Verhältnis zu seinen Eltern wohl heute ist. Ich verstehe mich gut mit meinen, weswegen ich mir kaum vorstellen kann, wie es wohl sein mag, wenn es nicht so ist. Doch wenn ich ehrlich bin, macht Roy nicht den Eindruck auf mich, als würde ihn irgendetwas an seinem Leben stören.

8

Roy

»So früh schon unterwegs?«, fragt Chris mich, als ich vor dem Haus ankomme. Ich bin völlig verschwitzt und aus der Puste, sodass ich mich nach vorne beuge und meine Hände auf den Knien abstütze.

»Ja«, antworte ich und ringe dabei nach Luft. Währenddessen schweift mein Blick über das Gelände, wie ich es immer mache. Links von uns befindet sich das Haus, in dem jeder eine Einheit besitzt. Ringsherum wird das Grundstück von hohen Mauern geschützt, die mit Bewegungssensoren ausgestattet sind. Überall um das Haus und den Hof herum befinden sich riesige Rasenflächen, auf denen Bäume und Büsche stehen. Unsere Mutter wollte uns erst dazu überreden, dass wir noch Blumenbeete anlegen sollen, so wie sie das hat. Doch wir sind alle keine Gärtner. Deswegen reicht es uns so, wie es jetzt ist.

»Darf man fragen, wie lange du joggen warst?« Chris sieht mich vorsichtig an.

»Zwei Stunden«, antworte ich und hebe dabei meinen Kopf.

Mit weit aufgerissenen Augen und schockiertem Ausdruck im Gesicht steht er ein paar Schritte von mir entfernt und betrachtet mich. »Dir scheint wirklich jemand ans Bein gepisst zu haben, wenn du um drei Uhr nachts joggen gehst«, stellt er fest. »Hattest du nicht gestern ein Date?«

Als Antwort nicke ich.

»Das scheint ja nicht so gut gelaufen zu sein«, sagt nun Josh, der ebenfalls auf dem Hof auftaucht.

»Es ist eher das Gegenteil der Fall. Es ist super gelaufen«, antworte ich, obwohl es die beiden eigentlich überhaupt nichts angeht.

»Und was ist dann dein Problem?«

Ich erwidere nichts darauf, da ich keine Lust habe, darüber zu sprechen. Ich weiß selbst nicht wirklich, wieso ich schon seit einer Woche so drauf bin. Um genau zu sein, seit dem Tag, an dem mir July über den Weg gelaufen ist. »Nichts, ich habe zurzeit einfach eine Menge Stress, und beim Joggen kann ich mich abreagieren.«

Die beiden schauen mich stumm an. Sie brauchen nichts zu sagen. Ich kann mir auch so denken, was in ihren Köpfen vorgeht. Außerdem weiß ich, dass sie mit Stress ähnlich umgehen.

Trotzdem berichte ich ihnen davon, wie ich July vor dem gleichen Mann gerettet habe, der mir auch schon ein paar Tage vorher ins Netz gegangen war.

»Ah, so hast du sie also rumbekommen. Muss ich mir merken«, grinst mich Josh an.

Unter anderen Umständen würde ich ihm sagen, dass er sich seine Sprüche verkneifen kann. Doch ich bin mit meinen Gedanken bei July und unserer gestrigen Verabredung. Ich weiß, dass ich mich wahrscheinlich wie ein Besessener aufführe, aber plötzlich möchte ich sie sehen. Oder wenigstens ihre Stimme hören.

Ich richte mich auf und sehe die beiden an.

»Wie lief es mit deinem Verdächtigen?«, frage ich Chris.

»Nicht so gut. Wir haben die Nacht damit verbracht, alle Adressen abzuklappern, aber ihn nirgends gefunden.«

»Heute Abend helfe ich euch. Doch jetzt muss ich mich um etwas kümmern.«

Auch wenn ich mich gerne in die Arbeit gestürzt hätte, um diesen Typen zu finden, so ist etwas anderes gerade wichtiger. Und das spüren anscheinend auch meine Brüder. Sie machen keine Anstalten, mich aufzuhalten, als ich auf die Haustür zugehe und verschwinde.

Es fällt mir schwer, mich zurückzuhalten und July den Schlaf zu gestatten, von dem ich mir sicher bin, dass sie ihn braucht. Solange es nur geht, versuche ich mich in meiner Wohnung aufzuhalten. Ich kümmere mich sogar um ein wenig Arbeit, die ich mit nach Hause genommen habe. Doch wirklich viel schaffe ich nicht. July beherrscht meine Gedanken, und zwar mehr, als gut für mich ist.

Um acht Uhr halte ich es nicht mehr aus und mache mich auf den Weg zu ihr. Als ich endlich vor ihrer Wohnung einen freien Parkplatz gefunden habe, frage ich mich noch einmal, ob ich das wirklich tun kann. Doch ich will ihr zeigen, dass sie sich nicht vor mir verstecken kann. Und das gilt für alle Bereiche. Aber ich will ihr auch beweisen, dass ich es ernst mit ihr meine.

Bevor ich es mir doch noch anders überlegen kann, greife ich nach den beiden Kaffeebechern und steige aus. Mit großen Schritten gehe ich auf die Haustür zu und betätige die Klingel.

Obwohl es nur wenige Sekunden sind, kommt es mir vor, als würde ich eine Ewigkeit vor der Tür warten. Für einen kurzen Augenblick frage ich mich, ob sie überhaupt zu Hause ist. Allerdings kann ich mir nicht vorstellen, dass sie um diese Uhrzeit schon unterwegs ist.

Sind ja nicht alle so bekloppt wie ich.

Immer zwei Stufen auf einmal nehmend gehe ich nach oben, nachdem ein anderer Hausbewohner herausgekommen und mich somit herein gelassen hat.

»Ja?«, fragt mich eine Frau, die vielleicht drei oder vier Jahre jünger ist als July, nachdem sie die Tür geöffnet hat. Allerdings erkenne ich auf den ersten Blick, dass sie ihre Schwester sein muss. Die Ähnlichkeit zwischen den beiden kann man nicht übersehen.

»Claire«, stelle ich fest.

Verwundert sieht sie mich an, während ihr Verstand arbeitet. Ich kann sehen, wie sie überlegt, wann wir uns schon einmal gesehen haben.

»Kennen wir uns?«, fragt sie mich schließlich.

»Nein, allerdings kenne ich July, und die hat mir erzählt, dass ihre Schwester zurzeit bei ihr wohnt.«

Langsam hellt sich Claires Gesicht auf, während sie mich von oben bis unten ansieht.

»Ich gehe mal davon aus, dass du zu meiner Schwester willst.«

»Ja«, antworte ich nur und mache noch einen Schritt auf sie zu. Claire überlegt nicht lange und tritt zur Seite, um mich hereinzulassen. Am liebsten würde ich ihr sagen, dass das nicht ganz ungefährlich ist. Schließlich könnte ich ja weiß Gott für einer sein. Aber ich schlucke die Worte hinunter. Das hat hier und jetzt nichts zu suchen.

»July schläft noch. Sie ist letzte Nacht erst spät nach Hause gekommen.«

»Ich weiß«, erwidere ich und lehne mich dabei ein Stück nach vorne. »Sie war mit mir unterwegs.«

Überrascht sieht Claire mich an, bevor ihr Blick zu der Tür wandert, von der ich annehme, dass July sich auf der anderen Seite befindet.

»Ich werde sie mal eben holen«, meint sie, nachdem sie sich mir wieder zugewandt hat. Dabei grinst sie von einem Ohr zum anderen. »Ich bin gleich wieder da.«

Kaum hat sie ausgesprochen, dreht sie sich herum und entfernt sich ein paar Schritte. Ich lasse sie nicht aus den Augen. Sie ist ihrer Schwester sehr ähnlich. Körpergröße und Haarfarbe sind gleich. Und sogar ihre Bewegungen ähneln einander. Nein, sie können nicht leugnen, dass sie miteinander verwandt sind. Aber das können Chris, Josh und ich auch nicht.

»July?«, ruft sie laut durch die Tür hindurch und klopft dabei noch an. »Schwesterherz, bist du wach?«

»Ja«, ruft diese zurück, und ich atme erleichtert auf.

»Bist du auch angezogen?« Bei dieser Frage kann ich gerade noch ein Seufzen zurückhalten. Ich weiß nicht, ob Claire das mit Absicht macht, aber sie hat mir das Leben gerade um einiges erschwert. Um mich irgendwie auf andere Gedanken zu bringen, schaue ich mich in dem schmalen Flur um. Allerdings funktioniert das nur solange, bis July antwortet.

»Kommt drauf an, was du als angezogen bezeichnest«, gibt sie zurück.

Würde ich mich nicht so gut im Griff haben, würden diese Worte mir den Rest geben. Obwohl meine Selbstbeherrschung bei dieser Frau verdammt gering ist. Vor meinem inneren Auge entsteht ein Bild von ihr, wie sie nur Unterwäsche trägt, die mehr zeigt, als sie verbirgt. Ein leises Seufzen kommt mir nun doch über die Lippen. Vorsichtig schaue ich zu ihrer Schwester, doch die scheint zum Glück nichts davon mitbekommen zu haben.

»Komm mal«, fordert sie July nun auf.

Bereits in der nächsten Sekunde wird die Tür aufgerissen und die Frau, die es schafft, mich um den Verstand zu bringen, steht im Türrahmen.

»Meine Güte, Claire. Du bist doch kein kleines Kind mehr. Was auch immer es ist, ich bin mir sicher, dass ...«, sagt sie. In diesem Moment fällt ihr Blick auf mich und sie stockt mitten im Satz.

Die Ungläubigkeit steht ihr ins Gesicht geschrieben, während sie ein paar Schritte näher kommt. Aufmerksam betrachtet sie mich, als würde sie nicht wissen, ob sie träum.

Ich könnte sie küssen, um die Zweifel zu beseitigen, doch das will ich gar nicht. Zum einen hält sich ihre Schwester noch immer in der Nähe auf und zum anderen finde ich es so viel lustiger.

Während July die Augen ein wenig zusammenkneift, lächle ich sie an. Ich warte kurz ab, bevor ich in die Richtung ihrer Schwester nicke. Es ist nicht zu übersehen, dass sie mich anhimmelt, und mir steht der Sinn danach, genau das auszunutzen.

»Deine Schwester hat mich hereingelassen«, erkläre ich July und schaue dann zu Claire. »Danke.« Ich zwinkere ihr kurz zu, was ihr ein leises Kichern entlockt. Dabei beobachte ich jedoch July mit einem Auge. Und die reagiert genau so, wie ich es mir gewünscht habe.

Sie wirft ihrer Schwester einen bösen Blick zu, der diese augenblicklich zum Verstummen bringt.

»Guten Morgen«, begrüße ich sie mit gut gelaunter Stimme. Dabei halte ich ihr einen der beiden Kaffeebecher hin.

»Hi«, erwidert sie nur. Noch immer sieht sie mich überrascht an, als würde sie davon ausgehen, dass ich ein Geist bin.

Nein, Baby. Ich bin es wirklich.

»Ich war gerade in der Nähe und dachte mir, ich könnte vorbeischauen. Um sicherzugehen, dass es dir nach dem gestrigen Abend auch wirklich gut geht.« Auf meinem Gesicht erscheint ein breites Grinsen. Mir ist bewusst, dass ihre Schwester uns aufmerksam beobachtet. Und genauso gut weiß ich, dass man meine Worte vielfach deuten kann. Doch von mir aus soll sie denken, was sie will.

Und das mache ich auch July klar, indem ich Claire nicht mehr beachte und stattdessen einen Schritt auf die Frau zumache, die ich begehre.

»Was habt ihr denn gestern gemacht?«, fragt Claire und sieht dabei zwischen mir und ihrer Schwester hin und her.

Sie ist ungeduldig und wartet auf eine Antwort, doch weder ich noch ihre Schwester geben ihr eine. Stattdessen schüttelt July den Kopf, was zur Folge hat, dass Claire schmollend das Gesicht verzieht, aber nichts weiter sagt. Nachdem sie mir noch einen vorsichtigen Blick zugeworfen hat, verschwindet sie in einem der Zimmer und schließt die Tür hinter sich. Dennoch sagt mir mein Instinkt, dass ihr Ohr bereits am Holz klebt.

»Wie ich sehe, hast du also nicht damit angegeben, dass du ein Date mit dem Oberstaatsanwalt hattest«, stelle ich fest, wobei ich den belustigten Unterton in meiner eigenen Stimme höre. Ich mache noch einen Schritt auf sie zu.

»Nein, dafür habe ich keinen Grund gesehen.« Auf den ersten Blick scheint sie gleichgültig zu sein. Doch ich erkenne, dass ihr unser Treffen nähergegangen ist, als sie es wollte. Und das will sie wahrscheinlich nicht zugeben.

»Wie oft müssen wir uns treffen, damit du mit uns angibst?«

July verzieht das Gesicht, als würde sie darüber nachdenken. Ich lache leise und mache einen letzten Schritt auf sie zu.

Ich bin ihr so nah, dass ihre Brust bei jedem Atemzug meine berührt, sodass ich feststellen kann, dass sie keinen BH trägt. Das macht mich unheimlich an. Ich spüre, wie das Blut sich langsam in meinem Schwanz sammelt, was ich dringend vermeiden muss. Schließlich befinden wir uns in ihrem Flur und ihre Schwester ist nur wenige Meter von uns entfernt.

Allerdings wäre es auch falsch, wenn wir allein wären.

Nein, nicht falsch, korrigiere ich mich. Denn etwas, was sich so gut anfühlt, kann nicht falsch sein. *Zu früh passt eher*. Ich verdrehe fast die Augen über mich selbst, als ich das denke.

»Habe ich dich aus dem Bett geholt?«, frage ich sie, um nicht daran zu denken, was ich am liebsten mit ihr machen würde.

Mein Blick wandert über ihren Körper. Sie trägt ein weites Shirt und Leggings.

»Nein, ich war schon wach und aufgestanden.«

Ich zupfe am Bund ihres Shirts, sie wird ein wenig rot. Fasziniert schaue ich sie an. Ich liebe es, wie sie mich anschaut, wie schüchtern sie ist, wenn ich mich ihr nähere. Dabei hat sie mir schon mehr als einmal bewiesen, dass sie eigentlich eine große Klappe hat.

»Du siehst süß aus.«

»Süß? Das ist genau das, was eine Frau hören will.«

Ich lehne mich zu ihr, sodass ich mir sicher sein kann, dass nur sie mich hören kann. Meine Lippen streifen ihr Ohr. Ein Zittern geht durch ihren Körper.

»Wenn ich mir sicher wäre, dass deine Schwester uns gerade nicht beobachtet, würde ich dich küssen. Aber sie würde dir wahrscheinlich ein paar Fragen stellen, die du noch nicht beantworten willst«, flüstere ich. »So süß finde ich dich.«

Ihre Muskeln spannen sich an, was mir zeigt, dass es ihr schwerfällt, sich weiterhin im Griff zu haben. Doch das ist genau das, was ich beabsichtigt habe. Sie soll genauso verrückt nach mir sein, wie ich es nach ihr bin.

»Allerdings würde ich den Abend gerne wiederholen«, sage ich weiter und tue so, als hätte ich nicht mitbekommen, was in ihr vor sich geht.

»Ich auch«, antwortet sie.

»Wie wäre es? Ich könnte dich heute abholen«, schlage ich vor. »Leider wird es etwas später werden, da ich mich vorher noch um ein paar Sachen kümmern muss.«

Fragend sieht sie mich an. Doch sie spricht es nicht aus. Und ich bin froh darüber. Schließlich kann ich ihr schlecht erklären, dass ich einer von den Männern bin, die das Gesetz öfter in die eigene Hand nehmen. Ich bin mir sicher, dass sie es nicht verstehen würde. Und dann wäre das zwischen uns, was auch immer es ist, vorbei, noch bevor es überhaupt angefangen hat.

»Ich hole dich gegen elf ab. Dann fahren wir zu mir und schauen uns einen Film an, oder so. Was auch immer du lieber machen möchtest.« Mit diesen Worten drücke ich ihr einen Kuss auf die Wange und verschwinde. Ich gebe ihr erst gar nicht die Chance, sich von mir zu verabschieden, da es mich sonst nur in Versuchung führen würde, noch länger zu bleiben.

Und es gibt gleich mehrere Gründe, wieso das schwachsinnig wäre. Einer davon ist, dass ich meinen Brüdern versprochen habe, ihnen bei der Suche nach diesem Typen zu helfen. Ein anderer ist, dass ich ihr Freiraum geben will. July soll nicht denken, dass ich sie einsperren will. Und wenn ich das tue, dann nur, um einige Dinge mit ihr anzustellen, die uns beiden gefallen werden.

Während ich das Haus verlasse, stelle ich mir vor, wie sie noch immer an der gleichen Stelle steht und auf die Tür starrt. Dabei geht ihr wahrscheinlich durch den Kopf, was gerade geschehen ist. Aber darauf könnte ich ihr wohl auch keine Antwort geben. Ich weiß nur, dass sie eine Macht über mich hat, die ich mir niemals hätte vorstellen können.

»Ich bin gleich bei euch«, sage ich, nachdem ich mein klingelndes

Handy aus der Hosentasche gezogen und das Gespräch angenommen habe.

»Ich wusste gar nicht, dass du vorbeikommen wolltest«, entgegnet mein Vater sofort.

»Hi. Ich dachte, du wärst einer der Jungs«, murmle ich, während ich meinen Schlüssel ins Zündschloss stecke und den Motor starte. Mein Dad weiß genau, von wem ich spreche. Schon als kleine Kinder haben wir uns gegenseitig so genannt.

»Ach so, deine Mom hätte sich bestimmt gefreut.«

»Ich werde in den nächsten Tagen zu euch kommen. Gerade habe ich nur viel um die Ohren«, erkläre ich und fahre an.

»Ich weiß nicht, ob Chris dir Bescheid gegeben hat, aber ich habe da einen Freund«, beginnt er. Eigentlich hätte ich mir denken können, dass er deswegen anruft. Ich hätte mich schon längst bei ihm melden sollen.

»Ja, ich weiß. Sorry, dass ich dich noch nicht angerufen habe.«

»Habt ihr denn einen freien Platz für ihn?«

»Ich entscheide das nicht, Dad. Er soll eine Bewerbung schicken, dann werden wir sehen. Ich kann da wirklich nichts machen.«

»Kannst du nicht wenigstens ein gutes Wort für ihn einlegen?«

»Ich kenne diesen Jungen überhaupt nicht. Du hast mir noch nicht einmal seinen Namen genannt und willst, dass ich ein gutes Wort für ihn einlege? Wenn etwas schiefgeht, würde ich meine Karriere aufs Spiel setzen«, ermahne ich ihn.

Und das werde ich mit Sicherheit nicht machen. Auch nicht, um meinem Vater einen Gefallen zu tun, denke ich noch.

»Na gut.« Er seufzt. »Aber vielleicht überlegst du es dir ja noch anders. Sein Name ist übrigens Andrew.«

In dem Moment frage ich mich das erste Mal, wieso das meinem Vater so wichtig ist. Schließlich hat er so etwas vorher noch nie gemacht. Jedenfalls nicht bei mir, und meine Brüder haben auch nie etwas in diese Richtung erwähnt.

»Ich werde jetzt auflegen, Dad. Grüß Mom von mir«, wimmle ich ihn ab, bevor er noch mehr sagen kann.

»Werde ich.«

Nachdem ich die Verbindung unterbrochen habe, lasse ich das Telefon auf den Beifahrersitz fallen und fahre zu Chris und Josh.

9

July

»Scheiße«, murmle ich, während ich versuche zu verarbeiten, was gerade geschehen ist. Ich habe immer noch Roy vor Augen und seine Stimme in meinem Kopf.

Mir kommt es vor, als würde ich schon Stunden hier wie angewurzelt stehen. Ich hatte ja mit vielem gerechnet. Aber nicht damit, dass er mir plötzlich in meiner Wohnung gegenübersteht. Und sicher auch nicht damit, dass ich mich auf eine weitere Verabredung mit ihm einlasse.

Allerdings muss ich zugeben, dass ich es nicht bereue. Gestern hatte er nämlich nichts mehr mit dem hochnäsigen Staatsanwalt gemein, der er tagsüber ist.

»Wer war das?«, fragt mich Claire, die plötzlich neben mir steht. Erschrocken zucke ich zusammen. Da ich noch immer in Gedanken versunken bin, habe ich gar nicht gemerkt, wie sie das Gästezimmer wieder verlassen hat.

»Wer?«, stelle ich mich dumm, um Zeit zu schinden, obwohl ich genau weiß, von wem sie spricht. Allzu viele Möglichkeiten gibt es ja nicht.

»Ich spreche von dem gut aussehenden Typen. Der, mit dem du gestern eine Verabredung hattest«, antwortet sie. Sie stemmt die Hände in die Hüften und wirft mir einen genervten Blick zu.

»Ach, von dem sprichst du«, erwidere ich gedehnt, während sich die

Gedanken in meinem Kopf überschlagen. Ich habe noch zu gut das Gespräch in Erinnerung, das sie und Mia im Club geführt haben. In diesem Moment scheint es mir erst wenige Minuten her zu sein.

»Ja, von dem rede ich.«

»Roy, ein Freund.« Während ich spreche, gehe ich an Claire vorbei und hoffe, dass das Thema damit erledigt ist. Eine leise Stimme tief in meinem Inneren sagt mir jedoch, dass ich ihr nicht ausweichen kann.

Und die Schritte, die mir sogleich folgen, zeigen mir, dass mein Verdacht richtig war. Mir ist klar, dass sie zu hartnäckig ist, um mich in Ruhe zu lassen.

»Natürlich. Ich hoffe, du erwartest nicht, dass ich dir das glaube.« Mit einem skeptischen Blick sieht sie mich an und verschränkt die Arme vor der Brust.

»Es ist aber so«, versuche ich sie zu überzeugen.

»Ich habe Augen im Kopf, Schwesterherz. Und ich habe genau gesehen, wie er dich angeschaut hat. Da war nichts Freundschaftliches dran. Mann, der Typ hat mich überhaupt nicht mehr wahrgenommen, nachdem du aufgetaucht bist.«

Würde ich meine Schwester nicht so gut kennen, würde ich jetzt davon ausgehen, dass sie eifersüchtig ist. Allerdings ist das bei ihr nicht der Fall. Ich brauche sie nicht einmal anzusehen, um zu wissen, dass ihre Augen leuchten.

»Also?«, fährt sie fort und setzt sich an den Tisch. Keine Sekunde lässt sie mich aus den Augen, während ich einen Schluck aus dem Becher nehme, den Roy mir mitgebracht hat. Doch auch der heiße Kaffee sorgt nicht für die erhoffte geistige Klarheit.

»Okay«, gebe ich nach und stütze mich dabei auf den Armen ab, um mich auf die Arbeitsplatte zu setzen. »Er ist in gewisser Weise ein Kollege«, flüstere ich, schaue meine Schwester dabei jedoch nicht an.

»Ein Kollege? July«, seufzt sie. »Du weißt, dass ich es hasse, wenn ich dir jedes Wort aus der Nase ziehen muss.«

»Na gut. Er arbeitet in der Staatsanwaltschaft.« Ich bin mir nicht sicher, ob ich nicht zu viel gesagt habe. Doch ich kann es nicht mehr rückgängig machen. Claire wäre mir ohnehin so lange auf die Nerven gegangen, bis ich etwas Näheres preisgeben hätte.

»Dann muss ich aber sagen, dass dort wirklich sexy Männer arbeiten. Hat der vielleicht noch einen Kollegen?«

Mit hochgezogenen Augenbrauen schaue ich meine Schwester an.

»Stopp«, ruft sie allerdings im nächsten Moment und reißt die Augen noch ein Stückchen weiter auf. »Wo arbeitet er? Staatsanwaltschaft? Jetzt sag mir nicht, dass er der heiße Anwalt ist, mit dem du dich nie treffen wolltest. Was hat Mia gesagt, wie er heißt?«

»Roy Thompson«, murmle ich.

»Oh mein Gott, July. Du hast dich wirklich mit ihm getroffen? Noch einen Abend vorher hast du darauf bestanden, dass du das niemals machen würdest.«

Kurz denke ich darüber nach, ob ich lügen soll. Es wäre die einfachste Weise, um sie von diesem Thema abzubringen. Allerdings habe ich es vorhin schon nicht glaubhaft geschafft.

Ich ziehe es vor, nichts zu sagen. Doch das scheint meiner Schwester zu reichen. Überrascht zieht sie die Luft ein und lehnt sich nach vorne.

»Und was hat sich seitdem geändert, dass du dich doch dazu entschieden hast, dich mit ihm zu treffen, obwohl du dich vorher geweigert hast?« Ich will gerade darüber nachdenken, als sie bereits weiterspricht. »Warte! Er ist dir über den Weg gelaufen, als du aus dem Club verschwunden bist.«

Bei ihren Worten muss ich wieder an meine Begegnung mit dem Typen denken. Irgendwie hatte ich es geschafft, das in den Hintergrund zu schieben, sodass es mich nicht in Besitz genommen hat. Doch nun kommt die Erinnerung daran wieder zurück und bringt mich aus meinem inneren Gleichgewicht. Und dieses Mal ist Roy nicht da, um mich aufzufangen.

So unauffällig wie möglich atme ich durch und versuche, das Gesicht des Mannes aus meiner Vorstellung zu verbannen. Doch nicht zum ersten Mal frage ich mich, wie weit er wohl gegangen wäre, wenn Roy mich nicht gerettet hätte.

»Ja, er ist mir über den Weg gelaufen«, gebe ich ausweichend zurück. Dieses Gespräch geht in eine Richtung, die mir überhaupt nicht gefällt. Deswegen springe ich von der Arbeitsplatte und versuche, Claire so zu zeigen, dass diese Unterhaltung beendet ist.

»Meine Schwester ist also mit einem Staatsanwalt zusammen. Du weißt, dass Mom und Dad sich riesig darüber freuen werden, oder? Mal ganz abgesehen von mir. Ich finde das wirklich super«, ruft sie begeistert.

Ruckartig drehe ich mich in ihre Richtung, obwohl ich gerade zum Kühlschrank gehen wollte.

»Oh nein«, protestiere ich laut. »Wir sind nicht zusammen und du wirst auch kein Wörtchen einem der beiden gegenüber verlieren. Nicht einmal eine Andeutung.«

Mahnend schaue ich Claire an und hoffe, dass sie es versteht und gut sein lässt. Es reicht mir, dass ich es ihr irgendwie verständlich machen muss, dass wir kein Paar sind. Da muss ich nicht auch noch meine Mom hier sitzen haben, die dann unsere Hochzeit plant.

Je länger sie nichts davon weiß, dass ich mich überhaupt mit ihm getroffen habe, desto besser ist es für uns alle. Noch besser wäre es, wenn sie es niemals erführe.

»Na gut, aber du wirst es nicht ewig für dich behalten können.«

Kaum hat meine Schwester ausgesprochen, steht sie auf und lässt mich allein. Leise fluchend sinke ich mit dem Rücken gegen einen der Küchenschränke und lasse meinen Kopf hängen. Ich weiß nicht, womit ich gerechnet habe, aber ich habe bestimmt nicht erwartet, dass die beiden sich so früh über den Weg laufen würden.

»Wollen wir noch etwas trinken gehen?«, fragt Mia mich, als wir am frühen Abend das Fitnesscenter verlassen.

»Wir müssen morgen arbeiten«, erwidere ich.

»Und? Wir können doch trotzdem ein wenig Spaß haben.« Meine Freundin macht nicht den Eindruck auf mich, als würde sie der Beginn einer neuen Arbeitswoche stören.

Unter anderen Umständen hätte ich sofort in ihren Vorschlag eingewilligt. Allerdings bin ich nachher noch mit Roy verabredet.

»Na los.«

»Ich glaube nicht, dass es eine gute Idee ist«, murmle ich.

»Ach, komm schon. Nur für eine Stunde. Ich will noch nicht nach Hause. Das wird lustig. Wir können auch deine Schwester anrufen und fragen, ob sie kommen will.«

Als Mia Claire erwähnt, zucke ich zusammen. Ich habe unser Gespräch von heute Morgen noch deutlich vor Augen und bin mir sicher, dass sie etwas sauer auf mich ist, weil ich ihr nicht mehr erzählt habe. Aber gerade habe ich viel mehr Panik davor, dass sie einen Kommentar fallen lässt, und Mia deswegen darauf aufmerksam wird, was ich gestern getrieben habe. Und auf diese Unterhaltung habe ich gar keine Lust.

»Sie ist unterwegs«, sage ich deswegen und hoffe, dass mir die Schwindelei nicht irgendwann um die Ohren fliegen wird.

Bittend sieht Mia mich an.

»Na gut«, gebe ich nach, nachdem ich mit mir selber gerungen habe. Auch wenn ich keine Lust dazu habe, ist es besser, als den restlichen Abend auf dem Bett zu sitzen, auf Roy zu warten und mir Gedanken zu machen, was wohl passieren wird. »Aber wirklich nur eine Stunde«, füge ich noch hinzu und halte einen Finger nach oben, um meine Worte zu betonen.

»Aber natürlich«, verspricht sie mir. »Ehrenwort.«

Für einen Moment habe ich das Gefühl, als wären wir noch auf der Highschool.

»Na komm, wir haben doch vorhin vor unserem Lieblingsladen geparkt.«

Gemeinsam gehen wir um die nächste Straßenecke und betreten die Bar, in der wir öfter sind. Im Inneren ist es so laut, dass man sein eigenes Wort kaum verstehen kann. Egal, wo ich hinsehe, überall ist es voll.

Suchend blicke ich mich um, doch bevor ich einen freien Tisch entdecken kann, zieht Mia mich hinter sich her und zeigt dabei in eine Richtung.

»Da vorne«, ruft sie mir zu, während sie sich an ein paar Menschen vorbeidrückt, die im Weg stehen.

Während ich ihr folge, bin ich mit meinen Gedanken ganz woanders. Ich schaffe es einfach nicht, die Erinnerung an gestern so weit in den Hintergrund zu schieben, dass ich wenigstens für eine Stunde abschalten kann. Sogar beim Training habe ich an diesen Mann gedacht. Aber vor allem an seine unterschiedlichen Seiten.

»Was ist los mit dir? So still kennt man dich ja gar nicht«, fragt Mia, nachdem die Bedienung wieder verschwunden ist. Ihr abwartender Blick ruht auf mir.

Ich habe mir schon gedacht, dass diese Frage früher oder später kommt. Man müsste schon blind sein, um nicht zu merken, dass mich etwas beschäftigt. Dennoch kann ich nicht verhindern, dass ich ein wenig zusammenzucke. Denn nur weil ich damit gerechnet habe, heißt es nicht, dass ich mich darüber unterhalten will.

Ich kann nicht über Roy sprechen, geschweige denn über das, was vor zwei Nächten geschehen ist.

»Nichts, ich bin nur müde«, antworte ich und hoffe, dass sie nicht weiter nachhakt.

Doch ihr skeptischer Blick gibt mir zu verstehen, dass sie mir nicht glaubt. Und Mia wäre auch nicht Mia, wenn sie einfach nachgeben würde.

»Von vorgestern?« Ihre Stimme ist laut, doch da es um uns herum auch laut ist, beachtet uns keiner.

»Ja, und gestern war ich noch mit einem Freund unterwegs«, füge ich hinzu, um es glaubwürdiger klingen zu lassen.

»Mit einem Freund? Kenne ich ihn?«

Als Antwort schüttle ich nur den Kopf.

»Und wie lange seid ihr noch geblieben?«, erkundige ich mich, bevor sie weitersprechen kann.

»Wir sind erst gegangen, kurz bevor der Club dichtgemacht hat. Hat Claire nichts erzählt?«

»Nein, wir haben uns gestern nur kurz gesehen und heute Morgen auch nur für ein paar Minuten.« Ich bin froh, dass ich jetzt endlich mal die Wahrheit sagen kann.

»Ach so, du hast auf jeden Fall eine Menge verpasst. Je später es wurde, desto lustiger wurden die Typen.«

Ich verziehe ein wenig das Gesicht, was sie leise zum Lachen bringt. Doch dann betrachtet sie mich wieder aufmerksam.

»Oder liegt es vielleicht an einem gewissen sexy Staatsanwalt, dass du so müde bist? Er kann dich ja auch um den Schlaf bringen, wenn er nicht in deiner Nähe ist.«

Gerade habe ich noch aus dem Fenster gesehen, doch nun drehe ich mich ruckartig zu ihr. Mit einem frechen Grinsen, das ich genau kenne, sitzt sie mir gegenüber. Keine noch so kleine Bewegung von mir entgeht ihr.

»Okay, du willst anscheinend nicht über ihn sprechen. Trotzdem musst du zugeben, dass er wirklich sexy ist, vor allem sein Hinterteil. Vielleicht sollte man ihn auch sexy Anwalt nennen.«

Irritiert über ihre Worte ziehe ich meine Stirn kraus.

»Sexy Anwalt? Als Spitzname?«

»Ja, ich bin nicht gut darin, mir Spitznamen auszudenken, aber das ändert nichts daran, dass er passt.«

»Das stimmt«, murmle ich, während ich mir über den Nacken fahre. Von einer Sekunde auf die andere kommt es mir plötzlich so vor, als hätte sich jeder Muskel in meinem Leib angespannt. Diese Unterhaltung hilft mir nicht sonderlich dabei, meine Nervosität vor der Verabredung mit ihm in den Griff zu bekommen. Aber das kann ich Mia schlecht auf die Nase binden.

Dennoch nehme ich mir vor, dass ich genau das machen werde, wenn der heutige Abend vorbei ist. Das heißt, wenn er nicht in einer Katastrophe endet. Sollte das eintreten, braucht sie es nicht zu wissen, dann bleibt es einfach mein Geheimnis.

Dennoch male ich mir aus, neben ihm zu liegen, mich an ihn zu kuscheln und von ihm in die Arme genommen zu werden.

»Bist du noch da?«, fragt sie mich und fuchtelt mit den Händen vor meinem Gesicht herum. Es dauert einen Moment, bis ich mich wieder auf Mia konzentrieren kann.

»Ja, entschuldige. Ich war in Gedanken.«

»Das habe ich gesehen.« Ihr Blick ist besorgt, fast so, als würde sie davon ausgehen, dass ich gleich anfange zu weinen. Doch ich gehe nicht darauf ein.

Die nächsten Minuten vergehen schweigend. Mir ist klar, dass sie mich noch immer aufmerksam mustert.

»Hmmm«, macht sie. »Ich habe dich gefragt, was du gestern sonst so gemacht hast.«

Meine Wohnung geputzt, Filme und Bücher sortiert und mich unter meiner Bettdecke verkrochen. Das sind die ersten Dinge, die mir durch den Kopf gehen.

»Nichts Besonderes«, sage ich aber.

»Bist du dir sicher, dass alles in Ordnung ist?«, hakt Mia noch mal nach, nachdem die Bedienung unsere Getränke gebracht hat. »Du machst nämlich nicht den Eindruck auf mich.«

Ich will mich meiner Freundin zuwenden, als jemand in mein Blickfeld tritt.

Roy.

Er steht draußen auf dem Bürgersteig, eigentlich nur ein paar Schritte von mir entfernt, und unterhält sich mit zwei anderen Männern, die ich nicht kenne. In diesem Moment bin ich erleichtert darüber, dass Mia mit dem Rücken zum Fenster sitzt, sodass sie ihn nicht sehen kann. Sonst würde die Fragerei von vorne losgehen.

Neugierig beobachte ich Roy und die anderen beiden, wobei ich jedoch versuche, nicht ganz offensichtlich in seine Richtung zu starren. Seine Begleiter haben ungefähr seine Körpergröße und auch die Statur ist die gleiche.

Vielleicht sind es seine Brüder, denke ich.

Angeregt unterhalten sie sich. Wobei ich mir nicht sicher bin, dass man es wirklich eine Unterhaltung nennen kann. Die beiden mir Unbekannten gestikulieren wild, während Roy die Hände in den Hosentaschen vergraben hat und den Kopf hängen lässt. Irgendwie sieht er deprimiert aus.

Alle tragen das gleiche Outfit, das aus einer schwarzen Jeans, einem schwarzen Shirt und einer gleichfarbigen Mütze besteht. Es sind dieselben Klamotten wie die, die er vor zwei Tagen anhatte, als er mich gerettet hat.

»Okay, July. Was auch immer in deinem Kopf so vor sich geht, ich will es wissen. Wirklich! Du weißt genau, wie schrecklich neugierig ich sein kann und meistens auch bin.«

So unauffällig wie möglich schüttle ich meinen Kopf und konzentriere mich wieder auf meine Freundin, die ungeduldig vor mir sitzt. Doch so einfach ist das nicht. Besonders, weil der Mann, nach dem ich mich sehne, sich nur wenige Schritte von ihr entfernt befindet. Ich brauche meinen Blick nur nach rechts wandern zu lassen und kann ihn sehen.

Seine Nähe sorgt dafür, dass ich nicht mehr klar denken kann. Dieser Mann hat mich so fest im Griff, dass es mir eigentlich Angst machen müsste. Doch das tut es nicht.

»Na gut«, gebe ich nach, da ich weiß, dass sie nicht eher ruhen wird, bis ich ihr nicht wenigstens einen Anhaltspunkt gegeben habe. Ihr Gesicht hellt sich sofort auf. »Ich hatte ein Date.«

»Ein Date? Oh mein Gott, ich habe es geahnt!« Mias Stimme ist so laut, dass ein paar Leute sich zu uns drehen. An ihren gespannten Gesichtern kann ich sehen, dass sie versuchen, herauszubekommen, worüber wir uns unterhalten.

»Es ist wirklich keine große Sache«, sage ich und versuche ihre Reaktion abzuschwächen.

»Keine große Sache? Sagst du mir wenigstens seinen Namen?«

»Wenn ich selbst weiß, ob das funktionieren kann, werde ich dir jede Frage beantworten. Aber jetzt will ich einfach nicht darüber sprechen.«

Nun lässt Mia sich enttäuscht zurück in ihren Stuhl sinken. Doch noch mehr wird sie nicht aus mir herausbekommen. Zumindest nicht heute.

»Aber sag mir wenigstens, wann du ihn kennengelernt hast.« Flehend sieht sie mich an.

»Das ist schon etwas her.«

»Na gut, jetzt weiß ich wenigstens, dass dein seltsames Verhalten mit einem Mann zu tun hat. Aber ich will ihn mal treffen.«

»Irgendwann«, murmle ich. Meine Stimme ist so leise, dass ich nicht genau weiß, ob sie mich verstanden hat. Doch ehrlich gesagt ist es mir auch egal.

Ich werfe wieder einen Blick in Roys Richtung. Noch immer stehen er und die beiden Männer dort. Nun scheinen sie sich aber beruhigt zu haben. Roy hingegen starrt weiterhin auf den Boden.

Denkt er vielleicht an mich?, frage ich mich, bevor ich es verhindern kann. Dieser Gedanke sorgt dafür, dass mir schwindelig wird. Ich muss tief durchatmen, bis ich mich wieder im Griff habe.

Es dauert nicht lange, bis sie sich in Bewegung setzen und verschwinden. Ich schaue ihnen nach, bis ich Roy in der Menschenmenge nicht mehr erkennen kann.

In letzter Sekunde kann ich verhindern, dass mir ein Seufzen über die Lippen dringt. Es fühlt sich merkwürdig an, dass er verschwunden ist, ohne mich zu bemerken. Doch ich halte mir vor Augen, dass ich ihn auch nur durch Zufall gesehen habe. Das rede ich mir zumindest ein.

Außerdem habe ich keine Anstalten gemacht, ihn auf mich aufmerksam zu machen. Und das nur, weil ich nicht anhänglich sein will.

Die nächste Stunde geht schnell vorbei. Ich bin froh, dass ich mich darauf eingelassen habe. Mia schafft es zwar nicht, mich komplett von meinem bevorstehenden Date abzulenken, doch ich habe die Befürchtung, dass ich zu Hause nur hin und her gerannt wäre.

»Wir sehen uns morgen im Büro«, verabschiede ich mich und umarme sie.

»Ich wünsche dir noch einen schönen restlichen Abend. Und mach nichts, was ich nicht auch machen würde.«

Ich hätte ihr nicht sagen dürfen, dass ich mich gleich noch mit ihm treffe, denke ich, während ich zu meinem Wagen gehe und einsteige.

Kaum habe ich die Tür zugezogen, schließe ich meine Augen und lasse meinen Kopf nach hinten an die Stütze fallen. Ich habe wieder das Bild vor Augen, wie Roy sich vorhin über den Nacken strich. Diese harmlose Bewegung wirkte bereits unheimlich sexy auf mich. Ich konnte erkennen, wie unter seinem Shirt die Muskeln arbeiteten. Und alleine dieser Anblick hatte gereicht, dass ich am liebsten zu ihm hinausgegangen wäre.

Doch mir ist klar, dass dieses Verlangen nach ihm gefährlich ist. Vor allem, weil er so ist, wie er ist. Mein Verstand sagt mir, dass er es in der Vergangenheit mit der Treue nicht sehr genau genommen hat. Und ich kann mir nicht vorstellen, dass sich meinetwegen ändert.

Doch so sehr ich es mir auch wünsche, ich schaffe es nicht, ihn mir aus dem Kopf zu schlagen.

»Verdammt«, fluche ich, ehe ich den Motor starte und mich auf den Weg zu meiner Wohnung mache.

10

Roy

Es ist frustrierend, wenn man bei der Suche nach einer Person immer nur auf der Stelle tritt. Die ganze letzte Nacht haben meine Brüder damit zugebracht, den Typen zu finden. Und auch jetzt hatten wir kein Glück. Dabei haben wir wirklich jede einzelne Adresse abgeklappert, die wir auftreiben konnten und die in irgendeinem Zusammenhang mit diesem Wichser steht. Wir sind sogar bei seinen Ex-Freundinnen gewesen. Doch auch dort ist er nicht aufgetaucht.

Oder sie wollten es einfach nicht zugeben, denke ich. Bei diesem Gedanken wird mein Frust noch größer.

Doch jetzt werde ich das alles erst mal in die hinterste Ecke meines Kopfes verbannen und mich auf July konzentrieren. Denn ich darf das mit ihr nicht vermasseln.

Bei dem Gedanken an sie lockern sich meine verspannten Muskeln. Je näher ich ihrer Wohnung komme, umso weniger kann ich es erwarten, sie wiederzusehen. Es kommt mir wie eine Ewigkeit vor, bis ich vor ihrem Haus anhalte. Kurz schaue ich nach oben, wo sich ihre Wohnung befindet, und kann die Lichter sehen, die hinter den Fenstern brennen. Ich überlege, ob ihre Schwester wohl noch wach ist, doch eigentlich ist es mir egal.

Schnell steige ich aus dem Wagen und eile zur Eingangstür, um zu klingeln. Dann gehe ich zurück zu meinem Wagen, lehne mich an die Karosserie und verschränke die Arme vor der Brust.

Kaum ist July durch die Tür ins Freie getreten, bleibt sie stehen und betrachtet mich. Sie hat eine enge Jeans an, in der man perfekt ihren wunderschönen Hintern begutachten kann. Auch ihr Top überlässt nichts der Fantasie.

Von einer Sekunde auf die andere schießt mir das Blut in den Schwanz, sodass ich mir am liebsten in den Arsch treten würde. Das hier ist der falsche Augenblick, um einen Ständer zu bekommen und mir vorzustellen, wie ich sie über die Motorhaube meines Wagens lege.

»Hi«, begrüßt sie mich gut gelaunt, obwohl ich ihr ansehen kann, wie nervös sie ist.

»Wunderschön«, raune ich stattdessen und stoße mich vom Auto ab. Mit langsamen Schritten gehe ich auf sie zu und lasse dabei meinen Blick immer wieder über ihren Körper wandern. Ich lasse keinen Zweifel daran, dass ich jeden Buchstaben genau so meine, wie ich ihn gesagt habe.

Verführerisch, mit leicht geöffneten Lippen steht sie vor mir und wendet ihren Blick nicht ab. Heute Morgen hat sie noch schüchtern auf meine Nähe reagiert. Deswegen bin ich davon ausgegangen, dass sie mir auch nun ausweichen würde. Doch sie tut es nicht. Ruhig steht sie da und macht den Eindruck, als würde sie darauf warten, dass ich endlich bei ihr ankomme.

Ich lasse mir noch etwas Zeit, bis ich endgültig stehen bleibe. Sanft streiche ich ihr über die Wange und küsse die Stelle, die meine Fingerspitzen berührt haben. Ich spüre das Zittern, das augenblicklich durch ihren Körper geht und erst wieder nachlässt, als ich mich zurückziehe.

Ihre Augen sind geschlossen, was für mich Zeichen genug ist, dass sie mir vertraut. Und dieses Gefühl, das sich bei dieser Erkenntnis in mir aufbaut, ist das Beste, was ich je empfunden habe.

Einen Moment betrachte ich sie einfach nur. Am liebsten würde ich sie an mich ziehen und nie wieder loslassen. July verschafft mir eine innere Ruhe, die ich so noch nie gespürt habe.

Leise atme ich einmal tief durch.

»Bereit?«, frage ich und halte ihr dabei meine Hand hin.

July ergreift sie nicht sofort, sondern sieht sie nachdenklich an. Als sie schließlich doch ihre Hand in meine legt, spüre ich die Verbindung zwischen uns, die von Anfang an da war.

Gemeinsam gehen wir zu meinem Wagen und steigen ein. Während wir durch die Straßen kurven, sehe ich aus dem Augenwinkel, dass sie mich nachdenklich mustert. Die wenigen Lichter der Straßenlaternen, die hereinscheinen, werfen Schatten auf ihr hübsches Gesicht. Nur zu gerne würde ich wissen, was in ihr vorgeht. Doch ich brauche sie nicht zu fragen. Sie würde es mir nicht sagen. Das sagt mir wiederum mein Gefühl.

»Neugierig?«, frage ich sie nach ein paar Minuten, da ich die Stille zwischen uns nicht mehr aushalte.

»Ein wenig«, antwortet sie.

Mein leises Lachen erfüllt den Wagen. Anstatt etwas zu sagen, greife ich über die Mittelkonsole nach ihrer Hand. Aufmunternd drücke ich sie und hoffe, dass ich July wenigstens etwas von ihren Gedanken abbringen kann.

Noch nie ist mir der Weg zu meiner Wohnung so lang vorgekommen wie jetzt. Mir kommt es vor, als würde jede Ampel auf unserem Weg Rot zeigen. Als wir endlich durch das riesige Tor fahren, durch das man auf das Grundstück gelangt, bin ich fast schon erleichtert.

»Hier wohnst du?« July ist überrascht. Und das wäre ich an ihrer Stelle auch.

»Ja, gemeinsam mit meinen Brüdern. Jeder hat eine Wohnung in dem Haus, sodass wir uns nicht gegenseitig auf die Nerven gehen.«

»Sind das die beiden Männer, mit denen du heute Abend unterwegs warst?«

Sämtliche Muskeln in meinem Körper spannen sich an. Sogar meine Lippen pressen sich zu einer dünnen Linie zusammen. Ich bin sprachlos, was mir selten passiert.

Langsam fahre ich auf meine Garage zu und parke den Wagen davor. Doch kaum habe ich den Motor abgestellt, kommt mir eine Frage in den Kopf, die einfach nicht mehr verschwinden will.

Weiß sie Bescheid?

Meine Brüder und ich haben uns geschworen, dass wir nie jemandem davon erzählen werden. Dennoch frage ich mich, ob sie vielleicht doch etwas mitbekommen hat. Schließlich standen wir mehr als einmal in der Zeitung. Doch dann halte ich mir vor Augen, dass das nicht sein kann. Nicht einmal unsere Eltern wissen Bescheid. Da kann ich mir nicht vorstellen, dass sie nach einer Woche einen Verdacht hat. Aber so ganz sicher bin ich mir auch nicht.

»Woher weißt du das?«, erkundige ich mich schließlich.

»Ich bin mit meiner Freundin nach dem Training noch in eine Bar gegangen. Und da habe ich dich und die anderen beiden gesehen. Ihr standet direkt vor dem Fenster, nur ein paar Meter entfernt.«

Scheiße.

Als ich darüber nachdenke, was ich am besten erwidern könnte, ohne mich zu verraten, beobachte ich sie. Ihre Augen huschen unruhig hin und her und mehrmals zieht sie die Unterlippe zwischen die Zähne.

»Ja, das waren meine Brüder. Aber wieso hast du denn nichts gesagt?«

»Zum einen, weil ich euch nicht stören wollte. Und zum anderen, weil ich mit meiner Freundin unterwegs war, die mir eh schon deinetwegen auf die Nerven geht.«

Bei ihren letzten Worten muss ich grinsen. »Ahhh, deine Freundin geht dir also auf die Nerven? Meinetwegen?« Es hört sich zwar wie eine Frage an, allerdings ist es eine Feststellung, und ich äußere sie voller Genugtuung.

»Ja, und das ist noch untertrieben.«

Da ist er wieder. Der Ton, der mein Interesse an ihr geweckt hat. Und der Ausdruck in ihren Augen, der mich herausfordert und mir zu verstehen gibt, dass sie keine Angst hat, es mit mir aufzunehmen.

Und darüber freue ich mich, weil es bedeutet, dass die Schüchternheit verschwunden ist.

»Untertrieben? Das musst du mir genauer erklären.«

Ich sehe ihr an, dass sie sich windet. Und ich freue mich darüber, dass ich sie aus ihrem Schneckenhaus locken kann.

»Na ja«, murmelt sie schließlich und rutscht dabei auf ihrem Sitz herum. Ich könnte es ihr einfach machen und sie erlösen, doch das habe ich nicht vor. Mir gefällt unser kleines Spiel viel zu sehr. Und vor allem würde ich es wirklich gerne wissen. »Sie war der Meinung, dass wir ... uns treffen sollten.«

In diesem Moment fällt mir ein riesiger Stein vom Herzen. Ich habe einen Ruf, genau wie meine Brüder. Und der eilt mir voraus. Vor allem in den Anwaltskanzleien. Umso erleichterter bin ich darüber, dass ich ihre Freundin auf meiner Seite hatte, noch bevor ich July davon überzeugen konnte, sich mit mir einzulassen.

»Und was ist mit deiner Schwester?« Es scheint mir wichtig, zu wissen, was sie von mir hält. Denn sie scheint July nahezustehen.

»Sie ist mehr oder weniger der gleichen Meinung.«

Plötzlich kommt es mir vor, als wäre der Wagen zu klein. Zu klein für mich, um zu atmen oder mich zu bewegen. Ich werde von dem Wunsch beherrscht, July zu zeigen, was sie mit mir anstellt. Und das, obwohl wir uns erst seit einer Woche kennen.

Schnell steige ich aus, gehe um den Wagen herum und öffne die Tür auf der Beifahrerseite. Während ich ihr hinaushelfe, halte ich ein wenig Abstand, da sie sonst die Beule in meiner Hose sofort erkennen würde. Doch das ist nicht der einzige Grund.

Das Risiko, dass einer meiner Brüder zu Hause ist und gerade aus dem Fenster sieht, ist mir zu hoch. Ich will sie nicht von den beiden fernhalten, schließlich wird sie ihnen früher oder später ohnehin über den Weg laufen. Doch gerade habe ich keine Lust auf oberflächliche Unterhaltungen.

Mit großen Schritten führe ich July am Arm auf die Tür zu, hinter der sich meine Wohnung befindet. Doch bevor ich einen Schritt zur Seite trete, um sie hereinzulassen, greife ich nach ihrer Hand und verschränke meine Finger mit ihren. Ein warmes Gefühl durchfährt mich.

Ich war noch nie jemand, der lange zögert, wenn er einmal einen Entschluss gefasst hat. Und ich will sie bei mir haben.

Nachdem ich das Licht im Flur eingeschaltet habe, beobachte ich July dabei, wie sie sich umsieht. Hier habe ich einen Spiegel, eine Garderobe und ein Schuhregal stehen. Und ein paar Bilder von meiner Familie hängen an der Wand.

Da July gerade nicht auf mich achtet, nutze ich die Gelegenheit und stelle mich so dicht vor sie, dass sie meine Anwesenheit spürt, auch wenn ich sie nicht berühre. Beinahe sofort sieht sie zu mir auf. Ihre Lippen sind ein Stück geöffnet, während ich ihren Herzschlag beinahe hören kann. Meine wachsamen Augen ruhen auf ihr.

Es ist zu früh. Es geht einfach zu schnell.

Ich ignoriere diesen Gedanken, auch wenn er der Wahrheit entspricht. Doch wenn es um sie geht, habe ich mich nicht im Griff. Das hatte ich von dem Moment an nicht mehr, in dem ich sie das erste Mal in meinem Büro gesehen habe. Deswegen versuche ich gar nicht erst, mein Verlangen nach ihr unter Kontrolle zu bringen. Auch, wenn es das Vernünftigste wäre.

Die nächsten Sekunden scheinen eine Ewigkeit zu dauern.

Eindringlich blicke ich auf die Frau hinab, die mein Leben durcheinanderbringt.

»Roy«, wispert sie mit bebender Stimme.

Ich muss all meine Selbstbeherrschung aufbringen, um einen Schritt von ihr zurückzutreten und sie ins Wohnzimmer zu führen. Dabei kommt es mir so vor, als würde ich mich viel weiter von ihr entfernen, als ich es in Wirklichkeit tue.

»Setz dich doch. Ich bin gleich wieder da.« Ich zeige auf das große Sofa in der Ecke. Dann haste ich in die Küche, greife mir zwei Weingläser und die Weinflasche und gehe wieder ins Wohnzimmer.

Dort bleibe ich jedoch wie angewurzelt in der Tür stehen und betrachte July. Sie sitzt auf der schwarzen Couch, hat die Beine an den Oberkörper gezogen und den Kopf an die Kissen gelehnt. Es sieht aus, als würde sie hier wohnen.

Und auch wenn das total verrückt klingt, so freue ich mich darüber.

Reiß dich zusammen, ermahne ich mich. *Du musst die Oberhand behalten und ihr zeigen, was du ihr alles geben kannst.*

Ein leichtes Lächeln legt sich auf meine Gesichtszüge, als ich nähertrete. »Hier.« Ich reiche ihr eines der beiden Gläser und fülle es.

»Danke.«

»Du hättest heute ruhig etwas sagen können«, beginne ich, als ich mich neben sie setze.

»Was?«, fragt sie. Sie scheint nicht zu wissen, wovon ich spreche. Allerdings dauert es nicht lange, bis ihre Miene sich verstehend aufhellt.

»Meine Brüder würden dich gerne kennenlernen. Ich habe ihnen nicht sehr viel erzählt und deswegen sind sie etwas sauer auf mich.«

»Ach«, entfährt es ihr. »Wieso das denn?«

»Na ja, sie sind beeindruckt davon, dass du dich mir nicht sofort an den Hals geschmissen hast. Und ich habe ihnen nur gesagt, dass ich eine wunderschöne Frau getroffen habe. Auch heute habe ich mehr oder weniger ein Geheimnis um unsere Verabredung gemacht.«

July wird rot. Ihre Reaktion auf meine Worte gibt mir zu verstehen, dass sie selten Komplimente bekommt. Deswegen setze ich auch das auf meine Liste der Dinge, die ich ihr jeden Tag sagen will.

»Und hast du ihnen sonst noch etwas verraten?«

»Nichts«, flüstere ich mit leiser Stimme.

Mir gefällt die Vorstellung, dass wir eine geheime Beziehung führen. Doch auf der anderen Seite bedeutet das auch, dass ich niemandem zeigen kann, dass sie mir gehört. Und das ist etwas, worüber ich nicht glücklich bin.

Ich hebe meine Hand und lege sie an Julys Wange. Kaum berühre ich ihre Haut, schließt sie die Augen und lehnt sich an mich. Normalerweise bin ich keiner dieser Männer, die Gefühle zeigen. Doch bei ihr mache ich gerne eine Ausnahme. »Woran denkst du?« Ich hasse es, dass sie sich vor mir verschließt.

»Nichts.«

»Lügnerin.«

Ruckartig hebt sie ihren Kopf und sieht mich an. Mir ist klar, dass es nun an ihr ist, herauszufinden, was in mir vorgeht. Doch ich verziehe nicht einen einzigen Muskel, sodass sie an meiner Miene nichts ablesen kann.

»Ich denke an viele Dinge. Und was ist mit dir?«

»Was soll mit mir sein?«, frage ich überrascht nach. Ich hätte nicht gedacht, dass sie den Spieß umdreht.

»Na ja, du bist mindestens genauso still wie ich.« July zuckt mit den Schultern, grinst dabei jedoch frech. »Also, worüber denkst du nach?«

»Dich.« Ich sage nur dieses eine Wort, und trotzdem weiß ich, dass ich sie damit aus dem Gleichgewicht gerissen habe. Ich weiß ja nicht, mit was für Idioten sie vorher zusammen war, aber ich bin keiner von denen, und deswegen wird sie für mich immer an erster Stelle stehen. Egal, was passiert.

Beinahe unsicher starrt sie mich an. Ich kann ihr förmlich dabei zusehen, wie die Nervosität zurückkehrt. Allerdings will ich das nicht. Doch bevor ich etwas dagegen unternehmen kann, spricht sie weiter.

»Dabei gibt es bei mir eigentlich gar nicht so viel, worüber man nachdenken könnte. Mein Leben ist überschaubar und nahezu langweilig. Vor allem im Gegensatz zu deinem. Als Staatsanwalt hat man bestimmt die unterschiedlichsten Fälle auf dem Schreibtisch liegen.«

»Ja, obwohl ich finde, dass es langweilig manchmal ganz gut trifft.«

»Meinst du?« July blickt mich zweifelnd an.

»Ja, sonst hätte ich es nicht gesagt. Genauso wie ich der Meinung bin, dass du wunderschön bist. Ich habe genau gesehen, wie du rot angelaufen bist, als ich das gesagt habe.«

»Vielleicht ein wenig«, gibt sie zu und hält dabei den Daumen und den Zeigefinger ein Stück voneinander entfernt.

»Das steht schon mit auf meiner Liste. Sie wird immer länger und länger.«

»Deine Liste? Wovon redest du?«

»Es gibt eine Liste an Dingen, die ich jeden Tag mit dir machen und dir sagen möchte.« Meine Stimme klingt ganz ernst. Trotzdem scheint sie davon auszugehen, dass ich sie auf den Arm nehme.

»Und was steht da noch drauf?«

Abwartend sieht sie mich an. Doch ich werde es ihr nicht sofort sagen. Ich lasse meine Fingerspitze von ihrer Wange weiter nach unten über ihre Haut wandern, bis ich ihren Hals erreicht habe. Aber auch dort mache ich keine Pause. Träge gleitet mein Finger immer weiter nach unten, bis er auf ihrem Schlüsselbein innehält. Dabei erkenne ich die Gänsehaut, die sich auf ihrem Körper gebildet hat.

In Windeseile greife ich nach Julys Hand und ziehe sie dicht an mich heran, sodass ich mit dem Rücken in den Kissen lande und sie auf mir liegt. Mit beiden Händen umgreife ich ihr Gesicht, damit sie nicht wegsehen kann.

»Etwas, was ich immer und immer wieder tun könnte«, erkläre ich mit rauer Stimme.

Kaum habe ich ausgesprochen, drücke ich meine Lippen hart auf ihre. Ich gebe ihr nicht die Chance, sich daran zu gewöhnen, sondern lasse meine Zunge über ihre Unterlippe fahren. Ein leises Stöhnen entweicht July, während sie in meinen Händen zu Wachs wird.

Die Anspannung weicht aus ihrem Körper. Je länger unser Kuss dauert, desto enger schmiegt sie sich an mich. Aber vor allem wird mein Schwanz immer dicker, sodass schon bald meine Hose spannt.

11

July

Es geht alles zu schnell, denke ich mehrmals, während seine Zunge meine umkreist. Dennoch überlasse ich ihm die Kontrolle über mich und meinen Körper.

Roys Hände fahren über mein Top und streicheln mich. Ich gebe mich so sehr diesem Gefühl hin, dass ich kaum merke, wie seine rauen Hände das Oberteil immer weiter nach oben schieben. Ein Zittern überkommt mich.

Mein Verstand sagt mir, dass ich auf Abstand zu ihm gehen soll. Doch mein Herz verlangt etwas anderes. Und in diesem Fall höre ich darauf. Schließlich habe ich mich schon den ganzen Tag danach gesehnt. Auch wenn es vielleicht nicht meine schlauste Entscheidung ist. Doch ich bin bereit, das Risiko einzugehen.

»Roy«, seufze ich, während er sich ein Stück von mir entfernt, um mir den feinen Stoff über den Kopf zu ziehen.

Sein dunkler und gefährlicher Blick trifft mich und bringt mich zum Schweigen. Dann küsst er mich erneut und öffnet geschickt meinen BH.

Ich weiß gar nicht, wie mir geschieht, als ich plötzlich unter ihm liege. Sanft streicht er mir die Träger von meinen Schultern und schleudert ihn zur Seite. Einen Moment betrachtet Roy mich, bevor seine heißen Lippen sich auf meine Brustwarzen legen und sie in seinen Mund saugen.

Mein Rücken biegt sich durch und meine Finger fahren durch seine

Haare. Er widmet sich ihnen so lange, bis ich das Gefühl habe, dass ich gleich meinen Verstand verliere.

Meine Hand gleitet unter sein Shirt und schiebt es nach oben, bis ich es ihm ebenfalls über den Kopf ziehen kann. Sein durchtrainierter Oberkörper kommt zum Vorschein. Bei seinem Anblick stockt mir kurz der Atem.

Ich hatte mir ja schon gedacht, dass er ansehnlich ist. Doch damit habe ich nicht gerechnet. Ein schiefes Grinsen erscheint auf seinem Gesicht, als er bemerkt, wie ich ihn mit den Augen verschlinge.

Er öffnet meine Jeans und zieht sie mir von den Hüften. Als seine Finger über mein Höschen streichen und sich meiner empfindlichen Stelle nähern, spüre ich das Ziehen in meinem Bauch. Es verstärkt sich von Sekunde zu Sekunde. Am liebsten würde ich ihn anbetteln, doch ich bekomme keinen Ton heraus.

Als würde er wissen, was in mir vorgeht, streift er den dünnen Stoff auch noch von meinem sich windenden Körper und kniet sich zwischen meine Beine, wobei er sie noch ein Stück auseinanderdrückt. Die kühle Luft an meiner feuchten Mitte sorgt dafür, dass ich scharf Luft hole.

Ich kann mich auf nichts mehr konzentrieren, nehme nur noch Roy wahr. Seine Finger fahren an meinen Beinen hoch, bis er meine Hüften erreicht hat. Und dann steckt er seinen Finger ohne Vorwarnung in mich hinein.

Überrascht keuche ich auf. Meine Augen schließen sich und gleichzeitig hoffe ich, dass er das wiederholt. Doch diesen Wunsch erfüllt er mir nicht. Stattdessen höre ich das metallene Klappern seiner Gürtelschnalle.

Als ich meine Augen ein Stück öffne, kann ich erkennen, wie er sich seine Hose abstreift. Als Nächstes zieht er ein Kondom aus der Schublade im Wohnzimmertisch. Dabei entfernt er sich jedoch kein Stück von mir.

Erst jetzt bemerke ich die dicke Beule, die sich in seinen Boxershorts gebildet hat. Der Anblick reicht aus, dass ich noch feuchter werde. Mein

Mund wird trocken, als ich mir vorstelle, wie es wohl ist, von ihm ausgefüllt zu werden.

Ich bin so sehr in dieser Vorstellung gefangen, dass ich zunächst gar nicht merke, wie er seine Lippen zwischen meine Beine senkt und sanft über meine Perle leckt. Mein Körper bäumt sich auf. Roy legt seinen Arm auf meinen Bauch, sodass ich ihm nicht entkommen kann. Doch das will ich überhaupt nicht. Stattdessen recke ich mich seinem Mund entgegen.

Es dauert nicht lange, bis ich spüre, wie sich der Orgasmus in meinem Inneren anbahnt. Ich kralle mich in seinen Haaren fest.

»Roy«, stöhne ich, als ich ihm nicht mehr ausweichen kann. Und das ist der Moment, in dem ich die Kontrolle über meinen Körper verliere.

Mir kommt es vor, als würde ich schweben. Ich kann oben von unten nicht mehr unterscheiden. All meine Muskeln haben sich angespannt und es kommt mir vor, als würde dieser Orgasmus nicht enden wollen.

Ich befinde mich in meiner eigenen Welt. Bereits im nächsten Augenblick dringt er in mich ein. Das Gefühl, ihn in mir zu spüren, überwältigt mich.

Langsam bewegt er sich. So gibt er mir die Gelegenheit, mich an ihn zu gewöhnen. Doch bereits nach wenigen Stößen wird er schneller und wilder. Seine Lippen legen sich auf meine und schlucken die lustvollen Schreie, die aus mir herausbrechen.

»Du bist so eng«, stöhnt er, während er ebenfalls die Kontrolle verliert.

Mit harten Stößen dringt er immer wieder in mich ein und sorgt dafür, dass ich schon bald erneut kurz davorstehe, zu kommen.

Mein Mund öffnet sich, weil ich etwas erwidern will, doch ich bekomme nur ein Stöhnen heraus, als er mit der Zunge über meine Halsschlagader fährt. Meine Brüste sind schwer und sehnen sich danach, von ihm bearbeitet zu werden. Deswegen strecke ich sie ihm noch mehr entgegen. Roy folgt meiner stillen Einladung und nimmt meine Nippel zwischen Daumen und Zeigefinger, um sie zu reizen.

»Komm mit mir«, flüstert er in mein Ohr.

Mehr braucht er nicht zu sagen, um mich über die Klippe zu stoßen. Und gleichzeitig explodiert auch Roy. Der gemeinsame Orgasmus bringt uns noch näher zusammen, als wir es ohnehin schon sind.

Erst, als Roy erschöpft auf mich sinkt, komme auch ich wieder zu mir.

»Das würde ich auch am liebsten jeden Tag mit dir machen. Egal, zu welcher Zeit.«

»Dann mach es doch.«

Ich kann nicht fassen, dass ich das gerade gesagt habe. Aber genauso wenig kann ich es fassen, dass ich gerade wirklich mit ihm geschlafen habe.

Eine Woche, denke ich immer wieder. In nur wenigen Tagen ist es ihm gelungen, mein Leben komplett auf den Kopf zu stellen. Ich habe keine Kontrolle mehr über das, was passiert, wenn er in meiner Nähe ist. Doch wenn ich genauer darüber nachdenke, muss ich sagen, dass ich die vielleicht nie hatte.

Ich lächle ihn einfach nur glücklich an. Denn genau das bin ich in diesem Moment.

Ich will mich ein Stück aufrichten, doch Roy lässt es nicht zu. Schwungvoll lässt er sich neben mich auf das Sofa fallen und zieht mich an seine Brust. Mein Kopf landet auf seiner Schulter.

»Glaubst du wirklich, ich mache das hier mit dir und lasse dich dann wieder auf Abstand gehen?«, fragt er mich ein wenig ungläubig.

»Ich weiß nicht«, gebe ich ehrlich zurück.

»Das kannst du direkt wieder vergessen. Um ehrlich zu sein hasse ich es, wenn du das tust.« Überrascht über seine Worte hebe ich meinen Kopf und schaue ihn an.

Die Leichtigkeit ist verschwunden. Ich weiß nicht, wie wir hierher gelangt sind, doch nun sind wir da.

»Ich …«, beginne ich, obwohl ich nicht weiß, was ich darauf entgegnen soll.

Das übergeht Roy jedoch, indem er mich sanft küsst. So macht er mir klar, dass er sich nicht länger darüber unterhalten will. Und ich will es auch nicht.

Den restlichen Abend sprechen wir über alles, was uns in den Sinn kommt. Ich erzähle ihm von meinen Lieblingsfilmen, von denen er die meisten nicht kennt, ja, von denen er noch nicht einmal gehört hat. Aber wenn ich mir überlege, wie viel er in der Staatsanwaltschaft immer zu tun hat, wundert es mich nicht. Roy ist sicherlich schon froh, wenn er abends einmal früher nach Hause gehen kann.

Es dauert nicht lange, bis meine Lider schwer werden. Ich versuche, dagegen anzukämpfen. Doch bald fallen mir die Augen zu.

Als ich wach werde, ist alles dunkel um mich herum. Vorsichtig versuche ich mich aufzurichten, werde jedoch von einer starken Hand festgehalten, die auf meinem Bauch liegt.

Langsam erinnere ich mich an alles, was in den letzten Stunden geschehen ist. Ich habe wieder die Bilder vor Augen, wie Roy mich ansah, als er sich in mir bewegte. Außerdem spüre ich seine Finger auf meiner Haut. Es dauert etwas, bis ich mich wieder auf das Hier und Jetzt konzentrieren kann.

Seine leisen Atemgeräusche dringen an mein Ohr und zeigen mir, wie dicht er neben mir liegt.

Da die Gardinen nur halb geschlossen sind, fällt ein wenig Licht ins Zimmer. Allerdings reicht es nicht aus, um eine Uhr ausfindig zu machen. Dabei ist heute Montag. Und sollte ich zu spät im Büro sein, wird das bestimmt für Gerede sorgen.

Ein weiteres Mal versuche ich mich aufzurichten, doch Roy gibt nicht nach. Er verstärkt seinen Griff um meine Taille sogar ein wenig.

»Wo willst du hin?«, dringt seine leise und verschlafene Stimme an mein Ohr. Ein Schauer durchfährt mich, als sein heißer Atem mich hinter meinem Ohr kitzelt.

»Herausfinden, wie spät es ist. Ich muss nach Hause und mich für die Arbeit fertig machen«, gebe ich zurück und mache dabei Anstalten, aufzustehen.

Doch Roy ist stärker und das lässt er mich auch spüren. Er gestattet mir nicht, mich auch nur ein winziges Stück zu bewegen. Stattdessen bewegt er sich so, dass ich plötzlich unter ihm liege.

»Wir könnten auch einfach liegen bleiben und uns beide krankmelden, um den Tag auf dem Sofa zu verbringen – nackt.«

Ich spüre sein Grinsen auf meiner Haut, bevor er mich auf den Hals küsst. Seine Hand wandert über meinen Bauch, meine Hüften, bis zu meinem Knie und wieder zurück.

Ein leises Keuchen entfährt mir. Die Vorstellung ist wirklich zu schön. Einfach noch ein paar Stunden mit ihm allein zu verbringen, bevor wir uns wieder mit der Realität auseinandersetzen müssen.

»So verlockend sich das auch anhört, aber ich glaube nicht, dass das eine gute Idee ist.«

»Na gut«, murmelt er, wobei ich allerdings höre, dass er nicht sehr glücklich ist.

In der nächsten Sekunde springt das Display seines Handys an und erhellt den Raum genug, dass ich seine markanten Gesichtszüge erkennen kann. Nicht zum ersten Mal denke ich, dass er nicht wie ein Staatsanwalt aussieht. Würde ich es nicht besser wissen, würde ich ihn eher als Soldaten einstufen. Und wahrscheinlich ist es gerade das, was mich anzieht. Oder besser gesagt, eines der Dinge.

Kurz betrachtet er mich, bevor sein Blick auf das Telefon fällt.

»Es ist fünf Uhr«, sagt er und lässt es wieder verschwinden. »Wann musst du im Büro sein?«

»Um neun«, antworte ich und kuschle mich von Neuem an ihn.

»Ich könnte dich hinbringen und später wieder abholen. Auf diese Weise können wir noch mehr Zeit miteinander verbringen«, schlägt er vor.

»Das hört sich super an. Aber ich muss mich umziehen. Ich glaube, dass meine Kollegen ziemlich blöd schauen würden, wenn ich mit Jeans und T-Shirt im Büro auftauche.« Ich kichere, während ich mir ihre verblüfften Gesichter vorstelle.

»Na gut«, mault Roy, macht dabei jedoch keine Anstalten, aufzustehen. Er zieht die Decke weiter über uns.

Ein paar Minuten bleiben wir noch liegen. Von mir aus hätten es auch Stunden sein können. Mir ist klar, dass ich ihm das nur sagen müsste, und er wäre sofort begeistert. Dennoch bekomme ich die Worte nicht über die Lippen.

»Na komm, sonst wirst du mich noch in Versuchung führen. Und dann wird es nicht einfacher werden, aufzustehen«, brummt Roy und kommt in Bewegung.

»Ja«, murmle ich, obwohl sich alles in mir dagegen wehrt. Ich seufze, als er sich von mir löst und aufsteht. Als Antwort bekomme ich nur sein leises Lachen zu hören.

»Noch hast du Zeit, es dir anders zu überlegen.«

Ich erwidere nichts, sondern werfe ein Kissen in die Richtung, in der ich ihn vermute. Allerdings bin ich mir sicher, dass ich ihn nicht getroffen habe, als sein Lachen lauter wird.

Mit einem Ruck zieht er die Gardinen auf und lässt das Licht der aufgehenden Sonne ins Zimmer. Kurz kneife ich meine Augen zusammen, da das Licht mich blendet, bevor ich sie vorsichtig wieder öffne und mich umsehe. Weit komme ich allerdings nicht, da ich von Roys Anblick magisch angezogen werde.

Komplett nackt steht er einige Schritte von mir entfernt und beobachtet mich. Als ich das bemerke, werde ich rot.

»Überredet dich dieser Anblick, dass du es dir doch anders überlegst?«

»Nein«, antworte ich, auch wenn ich mir alles andere als sicher bin. Doch dann reiße ich meinen Blick von ihm los und schaue mich auf dem Boden um, wo überall unsere Klamotten verstreut liegen.

Langsam stehe ich auf und suche meine Sachen zusammen, doch noch bevor ich fragen kann, wo das Badezimmer ist, steht er plötzlich vor mir und nimmt sie mir wieder aus der Hand. Er wirft sie hinter sich auf das Sofa und lockert den Griff meiner Hand, in der ich die Decke halte, sodass sie ein Stück nach unten rutscht.

Von einer Sekunde auf die andere kann ich beobachten, wie sein Blick dunkel wird. Seine Fingerspitzen berühren die Unterseiten meiner Brüste und eine Gänsehaut breitet sich auf meinem Körper aus. Außerdem setzt das Ziehen in meinem Bauch wieder ein.

»Wunderschön«, murmelt er erneut und küsst mich.

Doch anders als die Küsse der vergangenen Nacht ist dieser Kuss nicht leidenschaftlich. Er ist sanft und oberflächlich, allerdings reicht das aus, damit ich nicht mehr klar denken kann.

»Lass uns wieder ins Bett gehen«, bettelt Roy.

»Ich muss zur Arbeit und bin mir sicher, dass davon auch mehr als genug in deinem Büro auf dich wartet.«

»Vielleicht ein wenig«, murmelt er vor sich hin, während er an die Decke starrt.

Mir scheint, als würde er über etwas nachdenken. Doch dann richtet er seine Aufmerksamkeit wieder auf mich.

»Das Bad ist hinter dem Schlafzimmer«, erklärt er und zeigt dabei in die entsprechende Richtung.

Für einen Moment kommt es mir so vor, als hätte ich etwas Falsches gesagt. Als würde er auf Distanz zu mir gehen. Doch dafür gibt es keinen Grund. Deswegen schiebe ich den Gedanken beiseite.

»Danke«, flüstere ich, greife erneut nach meinen Klamotten und verschwinde.

»Guten Morgen, Roy. So früh schon unterwegs? Normalerweise stehst du doch nicht vor acht auf«, ruft eine laute männliche Stimme, als wir das Haus verlassen und zu seinem Wagen gehen.

Kaum hat der Mann ausgesprochen, höre ich, wie Roy leise neben mir aufseufzt. Als ich ihn ansehe, kann ich sogar einen genervten Ausdruck auf seinem Gesicht feststellen.

Neugierig lasse ich meinen Blick weiter in die Richtung wandern, aus der die Stimme kam. In einiger Entfernung erkenne ich einen Mann, der anscheinend gerade um die Hausecke gebogen ist. Mir fällt auf, dass es einer von den Typen ist, mit denen Roy gestern Abend unterwegs war.

Sein Bruder, schießt es mir durch den Kopf.

»Klappe, Josh«, erwidert Roy, wobei er sich anhört, als würde er knurren. Beinahe böse sieht er seinen Bruder an. »Müsstest du nicht zum Dienst antreten, wärst du auch noch nicht wach.«

Selbst wenn der Umgangston zwischen den beiden eher rau ist, bin ich mir doch sicher, dass sie es nicht so meinen. Würden sie sich immerzu streiten, würden sie bestimmt nicht in einem Haus wohnen.

»Nein, wahrscheinlich nicht, nachdem die letzte Nacht doch noch ein Erfolg war.«

Verwirrt schaue ich zwischen den Brüdern hin und her. Allerdings ist mir klar, dass ich so auch keine Antwort bekommen werde.

»Du musst July sein«, sagt er nun an mich gewandt. Dabei kommt er näher. »Ich bin Josh, der jüngste Bruder.«

»Hi«, erwidere ich, da ich nicht weiß, was ich sonst sagen oder machen soll. Dabei komme ich mir jedoch wie eine Idiotin vor.

Auch wenn mir klar war, dass Roys Brüder hier wohnen, so habe ich nicht damit gerechnet, ihnen heute bereits über den Weg zu laufen. Und schon gar nicht, wenn ich so aussehe wie jetzt. Schließlich konnte ich mir nicht einmal richtig die Haare bürsten.

»Lass dir von ihm nicht auf der Nase herumtanzen. Roy ist es gewohnt, dass alles nach ihm läuft. Aber die meiste Zeit ist er eigentlich sehr umgänglich.« Ich war so sehr auf Josh konzentriert, dass ich gar nicht gemerkt habe, wie noch ein weiterer Mann dazugekommen ist. »Ich bin Chris.«

Roy greift nach meiner Hand und hält sie fest umklammert. Er ist angespannt. Das weiß ich, auch ohne ihn anzusehen. Allerdings weiß ich nicht, wieso. Schließlich sind es seine Brüder.

»Also, ich muss sagen, dass Roy nicht übertrieben hat«, sagt nun Josh und grinst dabei frech.

Ich hingegen ziehe meine Stirn kraus und schaue ihn fragend an, bevor ich mich zu Roy drehe.

»Wunderschön.« Dieses eine Wort reicht aus, um mich erneut aus dem inneren Gleichgewicht zu bringen.

Wenn Roy mir ein Kompliment macht, ist das eine Sache. Darüber freue ich mich, auch wenn ich jedes Mal rot werde. Doch es aus dem Mund seines Bruders zu hören, ist etwas ganz anderes.

Es ist mir peinlich, dass er mich so nennt. Und das hat nicht nur etwas damit zu tun, dass Roy direkt neben mir steht. Sondern auch die Tatsache, dass die beiden Brüder sind, spielt eine Rolle dabei.

Vorsichtig schiele ich zu Roy und versuche herauszufinden, was er davon hält. Doch er macht keine Anstalten, etwas zu seinem Bruder zu sagen. Stattdessen verdreht er nur genervt die Augen.

Ich muss laut lachen. Allerdings beiße ich mir schnell auf die Lippen und verkneife es mir wieder, als ich sehe, wie Roy mich betrachtet. Er sieht nicht sauer aus oder so. Aber gerade scheinen ihm so viele Dinge durch den Kopf zu gehen, dass ich nicht einschätzen kann, was er denkt.

»Da wir die Vorstellungsrunde nun abgeschlossen haben, sollten wir uns auf den Weg machen. Sonst muss ich dich nämlich direkt zum Büro bringen. Wenn ich mich richtig erinnere, hast du dich vorhin noch geweigert.« Er kommt näher und drückt mir einen Kuss auf die Wange.

Auch wenn Chris und Josh dieser Berührung wahrscheinlich keine größere Bedeutung beimessen, so hat sie das für mich. Roy will mir damit zu verstehen geben, dass sein Angebot noch immer steht. Und ich überlege wirklich, ob ich es annehmen soll.

Doch ich halte mir vor Augen, dass es keine gute Idee ist. Deswegen schüttle ich den Kopf.

Er sieht ein wenig traurig aus, auf jeden Fall kommt es mir so vor. Doch dann wendet er sich wieder seinen Brüdern zu.

»Wir sehen uns heute Abend. Und dich rufe ich nachher noch an, Josh«, ruft er ihnen zu, ehe er die Beifahrertür öffnet, sodass ich einsteigen kann.

»Das sind also die Thompson-Brüder«, stelle ich grinsend fest, nachdem er angefahren ist. Dabei werfe ich noch einen letzten Blick auf

Chris und Josh. Sie stehen vor ihren Autos und schauen uns nach. Als wir an ihnen vorbeifahren, winken sie sogar noch einmal.

»Ja, das sind die beiden Chaoten«, grummelt er vor sich hin.

»Und wer sagt mir, dass du nicht so bist?«

»Im Gegensatz zu ihnen bin ich vorbildlich.«

Und wir müssen beide lachen.

12

Roy

»Sehen wir uns heute Abend?«, frage ich July, als ich am Straßenrand hinter ihrem Wagen halte.

Überrascht sieht sie mich an.

»Ja, wenn du Zeit für mich hast«, erwidert sie. Dabei erkenne ich, dass sie zögert.

»Für dich habe ich immer Zeit. Auch wenn ich gerade mitten in einem Gerichtstermin bin.« Ich kann selbst nicht glauben, dass ich das gerade gesagt habe. Aber es ist die Wahrheit. Sollte ihr jemals etwas passieren, würde ich sofort alles stehen und liegen lassen. Und dabei wäre es mir egal, ob ich einen Termin hätte, der über meine berufliche Laufbahn entscheidet, oder nicht.

In diesem Moment wird mir das erste Mal klar, dass es nicht so einfach wird, mein Doppelleben vor ihr zu verheimlichen. Und ich frage mich sogar, ob ich mich ihr nicht einfach anvertrauen sollte. Eigentlich haben meine Brüder und ich abgemacht, dass nie jemand davon erfahren wird, was wir in unserer Freizeit machen. Doch nun bin ich mir nicht mehr sicher, ob ich das auf Dauer verheimlichen kann. Es geht hier schließlich um July.

Der Gedanke, ein Geheimnis vor ihr zu haben, gefällt mir überhaupt nicht.

Verdammt, fluche ich innerlich, lasse sie dabei jedoch nicht aus den Augen.

»Ich hole dich heute Abend ab.«

»Okay«, sagt sie schließlich, als ich schon die Befürchtung habe, dass sie gar kein Wort mehr von sich geben wird.

Ich greife nach ihrem Hals und beuge mich zu ihr hinüber. Unsere Lippen treffen sich. July entspannt sich, während sie mir die Kontrolle überlässt. Ich bin mir sicher, würde ich sie auf die Rückbank ziehen, würde sie sich nicht dagegen wehren.

»Bis heute Abend«, flüstert sie, nachdem ich mich ein Stück entfernt habe. Ihr auf diesem engen Raum so nah zu sein, wäre nicht gut. Ich bekomme keinen Ton heraus. Das erste beschissene Mal in meinem Leben kann ich nur nicken.

»Ich bin so ein dämlicher Idiot«, raune ich mit zusammengebissenen Zähnen, nachdem sie den Wagen verlassen hat. Ich würde gerne noch mehr sagen, als mein Telefon die Ruhe im Wagen unterbricht.

»Ja«, knurre ich ins Handy. Dabei schaue ich nicht einmal auf das Display.

»Ich wollte dir nur sagen, dass wir den Typen in der letzten Nacht noch gefunden haben. Aber wieso hast du denn plötzlich so schlechte Laune?«, fragt Josh am anderen Ende der Leitung. Auch wenn er nicht vor mir steht, so weiß ich doch, dass er gerade grinst. In diesem Punkt sind wir uns ähnlicher, als mir lieb ist.

»Ich habe keine schlechte Laune«, erwidere ich. Dabei versuche ich, mich nicht mehr ganz so gereizt anzuhören.

»Hmmm, da bin ich aber anderer Meinung. Hat July dir etwa gesagt, dass sie dich nicht mehr sehen will?«

»Das hat nichts mit ihr zu tun.« Das stimmt wenigstens zur Hälfte. Sie kann ja nichts dafür, dass ich ihr nicht einfach sagen kann, was ich sonst noch mache. Und zwar vorzugsweise mit den Männern, für die ich nicht die Strafe erreichen kann, die sie verdient hätten.

»Sag es ihr«, fordert mich mein Bruder nun auf.

»Was?«, frage ich, obwohl ich es mir bereits denken kann. Die beiden haben uns schließlich beobachtet. Da müssten sie schon blind sein, um nicht zu sehen, was ich für diese Frau empfinde. Und dementsprechend ist wohl auch klar, in welcher Lage ich mich befinde.

»Das weißt du genau. Sag es ihr einfach. Ich bin mir sicher, dass sie es verstehen wird.«

»Erstens habe ich dich gar nicht für so einfühlsam gehalten«, erwidere ich und hoffe, dass ich ihn so ablenken kann.

»Tja, ich habe viele Seiten. Dennoch habe ich recht. Und das weißt du auch. Und was ist der zweite Punkt?«

»Ich kann es ihr nicht sagen«, murmle ich, während ich wieder anfahre und mich in den Verkehr eingliedere.

»Und wieso? Wenn du willst, dass es ewig hält, dann wirst du ehrlich zu ihr sein müssen. Der Satz ist von Mom, nicht von mir«, fügt Josh noch hinzu.

»Und wenn es nicht hält?«, bricht es aus mir hervor.

»Das Risiko wirst du wohl eingehen müssen.«

Am liebsten würde ich meinen Bruder anschreien, dass er keine Ahnung hat, wovon er spricht. Er selbst war noch nie in dieser Situation. Doch ich kann mich im letzten Moment zurückhalten.

»Wo habt ihr ihn gefunden?«, frage ich stattdessen, um mich von July abzulenken. Ich habe die Hoffnung, dass ich eine Lösung finde, wenn ich mich nicht ständig damit auseinandersetzen muss. Allerdings weiß ich, dass es mir dennoch bestimmt nicht leichter fallen wird.

»In einem Motel, nachdem wir den Polizeifunk abgehört haben«, antwortet Josh. Ich vernehme den Stolz in seiner Stimme, kann ihn aber sehr gut verstehen. Schließlich haben wir lange nach dem Kerl gesucht. Und als ich mich gestern auf den Weg gemacht habe, um July abzuholen, hatte ich die Hoffnung mehr oder weniger schon aufgegeben, dass es uns in dieser Nacht noch glücken würde. Umso mehr freue ich mich darüber, dass meine Brüder ihn doch noch aufgestöbert haben.

»Es wurde eine Lärmbelästigung gemeldet. Wir sind nur hin, weil wir neugierig waren. Doch da ist uns dieser Wichser über den Weg gelaufen.«

»Dann können wir ihn ja nun im Auge behalten.«

»Das werden Chris und ich tun.«

Ich runzle die Stirn, noch bevor ich Josh fragen kann, wie er das meint.

»Du wirst dich um July kümmern.«

»Vergiss es«, murmle ich.

»Nein, ich vergesse es nicht. Glaubst du etwa, dass ich mir irgendwann die Schuld daran geben will, dass es zwischen euch nicht funktioniert hat? Du kannst ja mitkommen, aber du wirst dir bestimmt nicht jede Nacht um die Ohren hauen, wenn du sie stattdessen mit ihr verbringen kannst.«

In diesem Moment wirkt es, als wäre Josh der Ältere von uns beiden. Dabei will ich nur nicht, dass den beiden etwas geschieht. Obwohl meine Brüder alt genug sind, um selbst auf sich aufzupassen.

»Ich fahre jetzt ins Büro. Lass es dir durch den Kopf gehen.«

»Okay, wir sehen uns später beim Training.« Mit diesen Worten lege ich auf und lasse das Handy auf den Beifahrersitz fallen.

Der Vormittag im Büro geht schnell vorbei. Als ich um ein Uhr abhaue, schauen mich zwar ein paar Kollegen blöd an, doch keiner macht Anstalten, etwas deswegen zu sagen. Und selbst wenn sich einer trauen würde, wäre es mir egal. Sollen sie doch sagen, was sie wollen.

Als ich eine Stunde später unser Haus erreiche, steht mein Dad bereits vor dem verschlossenen Tor.

»Eigentlich habe ich gedacht, dass einer von euch da wäre«, begrüßt er mich, nachdem ich neben ihm angehalten habe.

»Komm rein, die anderen beiden müssten noch auf der Arbeit sein.« Mit diesen Worten gebe ich die Zahlenkombination ein und fahre durch das Tor. Es dauert ein wenig, bis mein Dad mir gefolgt ist. Doch schließlich bleibt er auf der anderen Seite des Hofes stehen.

Noch bevor ich ausgestiegen bin, fällt mein Blick auf den Umschlag, den er in der Hand hält. Ein ungutes Gefühl macht sich in mir breit. Bei ihm muss man jederzeit mit allem rechnen.

»Was ist das?«, frage ich ihn, nachdem ich näher gekommen bin.

»Das ist die Bewerbung, um die du mich gebeten hast.« Erwartungsvoll sieht er mich an, während er sie mir unter die Nase hält.

»Dad, er soll sie an die entsprechende Stelle schicken. Es bringt nichts, wenn ich sie abgebe. Das hat keinen Einfluss auf das Auswahlverfahren. Nicht den geringsten.« Um meine Worte noch zu unterstreichen, halte ich meinen Daumen und meinen Zeigefinger ein Stück auseinander. Allerdings macht mein Vater nicht den Eindruck, als würde ihn das interessieren.

»Kannst du es nicht wenigstens versuchen?«

»Die Frage ist doch viel eher, wieso er es nicht selbst versucht. Sind seine Noten so schlecht, dass er anders keine Chance hat?« Mir ist klar, dass diese Frage gemein ist. Aber ich bin gereizt.

Ich will die Wut, die ich aus irgendeinem Grund habe, am liebsten am Sandsack auslassen. Das macht die Unterhaltung mit meinem Dad nicht einfacher. Zumal ich davon ausgegangen war, dass wir dieses Thema abgeschlossen hätten.

»Er war Jahrgangsbester.«

»Dann wird er es bestimmt auch ohne meine Hilfe schaffen. Sorry, Dad, aber ich muss mich um ein paar Sachen kümmern.«

»Wollt ihr heute Abend nicht zum Essen kommen? Deine Mom würde sich freuen, wenn ihr alle da wärt.«

»Ich bin schon verabredet. Und wenn ich mich nicht irre, haben Chris und Josh auch schon etwas vor.« Ich zucke entschuldigend mit den Schultern und drehe mich schnell um.

Ich kenne meinen Vater und weiß deswegen, dass er nicht lockerlassen wird, wenn ich die Unterhaltung nicht unterbreche. Und ich bin nicht bereit, meine Karriere für einen Mann zu opfern, für den es wahrscheinlich nur ein Spiel ist.

Für July würdest du es aber machen, fährt es mir durch den Kopf.

Noch bevor ich meine Wohnung betrete, habe ich mein Hemd aufgeknöpft. Mir ist klar, dass mein Dad noch immer dasteht und mir nachsieht. Wahrscheinlich fragt er sich, was mit mir los ist. Doch ich kann es ihm nicht sagen. Er und Mom würden mir so lange auf die Nerven gehen, bis sie July kennenlernen dürften, und das können wir beide gerade nicht gebrauchen.

»Hier«, sagt Chris und reicht mir eine dicke Akte. Ich war so auf mein Training konzentriert, dass ich gar nicht gemerkt habe, wie meine Brüder in den Raum gekommen sind.

»Ist das die von dem Typen, den wir suchen?«, frage ich ihn außer Atem.

»Ja, und ich kann dir sagen, dass sie sich abenteuerlich liest.«

Schnell blättere ich sie durch. Dabei bleibt mein Blick an den wichtigsten Punkten kleben. Drogenhandel, Vergewaltigung, Diebstahl, Körperverletzung.

»Viel ausgelassen hat er nicht«, entfährt es mir.

»So kann man es auch ausdrücken. Ich kann nicht nachvollziehen, wieso man ihn hat laufen lassen. So einen sollte man für immer einbuchten.«

Ungläubig schaue ich zu Josh. Ich war ja schon davon ausgegangen, dass dieser Typ einiges auf dem Kerbholz hat. Doch damit habe ich nicht gerechnet. Vor allem, weil er für keines seiner Vergehen nicht einmal ein paar Sozialstunden bekommen hat.

»Müsste er nicht einen Bewährungshelfer haben?«

»Hat er. Allerdings hat er sich da seit einer Ewigkeit nicht mehr blicken lassen.«

»Und wieso gibt es dann keinen Haftbefehl?«

»Das wissen wir nicht genau. Es könnte aber daran liegen, dass sein Bruder eine Menge Geld verdient und ihn jedes Mal wieder freikauft.«

»Ich behalte die Akte. Gleich morgen werde ich zum Gericht fahren und mir den erstbesten Richter suchen. Vielleicht habe ich Glück und bekomme einen Haftbefehl für ihn. Wenn ja, werde ich ihn dir direkt bringen«, sage ich.

»Und wenn nicht, werden wir uns den Typen vorknöpfen.«

»Ja.« Mehr sage ich nicht. Denn jeder von uns weiß ganz genau, was das bedeutet.

13

July

Noch nie war ich so unkonzentriert bei der Arbeit wie heute. Ich musste alles doppelt und dreifach machen, weil ich nicht einen einzigen geraden Satz am Stück schreiben konnte.

Roy ging mir in den letzten Stunden nicht aus dem Kopf. Es geht alles so verdammt schnell, dass ich nicht mehr weiß, wo oben und unten ist. Doch er schafft es, dass ich lockerer werde und mich fallen lassen kann, deswegen bereue ich nichts. Schon gar nicht, dass ich mit ihm geschlafen habe.

Obwohl mir wahrscheinlich jeder normal denkende Mensch raten würde, dass ich mich besser im Griff haben sollte. Vor allem in Roys Gegenwart. Doch ich genieße es viel zu sehr, ihm die Kontrolle zu überlassen und abschalten zu können.

»Hi«, begrüßt mich Claire, nachdem ich die Wohnungstür hinter mir geschlossen habe. »Wie lief denn dein Date?«

Neugierig sieht sie mich an. Dabei lehnt sie sich seitlich an die Wand und verschränkt die Hände vor der Brust. Für einen Moment sieht sie aus wie Mom und es kommt mir so vor, als würde sie mit mir schimpfen wollen.

Doch ich erkenne das freche Funkeln in ihren Augen. Deswegen stelle ich meine Tasche auf der Kommode ab und gehe an ihr vorbei in die Küche.

»July, sag schon. Da mein eigenes Liebesleben als nicht vorhanden anzusehen ist, muss ich dir halt auf die Nerven gehen.« Unschuldig sieht sie mich an. Allerdings weiß ich, dass ihr Interesse nichts mit ihrem eigenen Liebesleben zu tun hat. Sie würde mich ungeachtet der Umstände ausfragen.

»Es war gut«, murmle ich.

»Gut? Oder meinst du vielleicht heiß? Ich weiß, dass du erst heute Morgen nach Hause gekommen bist.«

Einen Augenblick schaue ich sie nachdenklich an. Doch ich komme gar nicht mehr dazu, zu antworten, da es in diesem Moment an der Tür klingelt. Claire sieht sofort begeistert aus, während ich versuche, mein schneller schlagendes Herz wieder in den Griff zu bekommen.

»Ist er das?«, fragt sie mich aufgeregt.

»Nein«, antworte ich fest, obwohl ich mir da nicht sicher bin. Ich will meinen Mund öffnen, um noch etwas hinzuzufügen, doch da ist meine Schwester schon verschwunden. Bereits in der nächsten Sekunde höre ich, wie sie die Tür öffnet.

Vorsichtig strecke ich meinen Kopf in den Flur, um zu sehen, wer da kommt.

»Hi, was machst du denn hier?«, frage ich Mia. Prüfend schaue ich sie von oben bis unten an. Doch sie sieht nicht aus, als wäre ihr etwas Schlimmes passiert.

»Ich muss die nächsten drei Stunden irgendwie rumbekommen«, sagt sie und tritt über die Schwelle.

»Was ist passiert?«

»Ich habe mich aus meinem Wagen ausgesperrt. Der Schlüssel liegt noch auf dem Fahrersitz. Und nun muss ich drei Stunden auf meinen Dad warten, der die Ersatzschlüssel hat, damit ich mein Auto wieder öffnen kann. Also dachte ich mir, dass ich den Abend mit euch verbringe, da ich nicht in meine Wohnung komme.«

»Ich habe es dir gesagt«, antworte ich.

»Ja, das hast du. Ist halt eine dumme Angewohnheit, dass ich ihn nie direkt in meine Tasche stecke.«

»So könnte man es auch nennen. Na komm«, fordere ich sie auf und gehe zurück in die Küche.

»Ich hoffe, ich störe euch nicht«, sagt Mia, während sie sich an den Tisch setzt.

»Nein, wir warten nur gerade auf Julys Date«, erklärt Claire, noch bevor ich die Chance habe, überhaupt Luft zu holen.

»Du hast ein Date? Davon hast du auf Arbeit gar nichts gesagt.«

»Ja, ich habe eine Verabredung«, murmle ich. Meine Stimme ist so leise, dass ich selbst kaum hören kann, was ich sage. Dennoch machen mir die Augen meiner Freundin, die immer größer werden, klar, dass sie mich genau verstanden hat.

»Mit wem? Wieso hast du vorhin nichts gesagt?« Ich höre ihr an, dass sie enttäuscht ist. Doch das braucht sie nicht zu sein. Schließlich hat es nichts mit ihr zu tun, dass ich kein Wort darüber verloren habe. Geschweige denn darüber, was in den letzten Tagen geschehen ist.

Sogar Claire hat es nur erfahren, weil Roy unangemeldet hier aufgekreuzt ist.

»Kenne ich ihn?«

»Nein«, antworte ich sofort und werfe meiner Schwester dabei einen mahnenden Blick zu.

Wieso sage ich ihr nicht einfach die Wahrheit?, überlege ich. Gestern habe ich es mir ja schließlich vorgenommen.

»Nicht direkt«, gebe ich also zu.

Innerlich winde ich mich. Aber ich weiß, dass es das Richtige ist. Schließlich kann ich es ihr nicht ewig verheimlichen, und das will ich auch nicht. Mia war sowieso von Anfang an der Meinung, dass ich mich mit Roy treffen sollte. Also kann ich es ihr auch endlich sagen.

»Ich verstehe kein Wort.«

Ein paar Atemzüge lang nehme ich mir Zeit, bevor ich antworte. Ich hole drei Gläser und eine Flasche Wein aus dem Küchenschrank heraus und stelle alles auf den Tisch.

»Der Typ scheint dich nervös zu machen. Allerdings auf eine gute

Art. Du bist doch sonst nicht so verschlossen«, zieht Mia mich weiter auf.

»Du kennst ihn nicht persönlich, hast aber schon das eine oder andere von ihm gehört.«

Ich hoffe, dass das als Hinweis reicht, und sie sich den Rest selbst zusammenreimen kann. Denn so sehr ich mich auch bemühe, ich bekomme die Worte nicht über die Lippen.

Mia zieht ihre Stirn kraus. Mit jeder Sekunde, die vergeht, werde ich unruhiger.

»Ich habe keine Ahnung, von wem du sprichst. Es gibt einige Männer, die ich persönlich nicht kenne, über die ich aber schon vieles gehört habe«, erklärt sie und zuckt dabei mit den Schultern.

»Es ist Roy.« Ich fixiere mein Glas. Ich will gar nicht wissen, was in ihr vor sich geht, sobald sie diesen Namen aus meinem Mund hört.

»Oh mein Gott«, schreit sie, sobald ich ausgesprochen habe. »Staatsanwalt? Heiß? Sexy? Wenn ihr mich fragt, viel zu sexy für die Menschheit? Auf jeden Fall, wenn ich nach den Bildern gehe, die ich im Internet und in der Zeitung von ihm gesehen habe.«

»Ja, genau von dem reden wir«, murmle ich. Dabei nicke ich leicht, um sicherzugehen, dass sie mich verstanden hat.

Kurz ist es ruhig in der Küche. Niemand sagt etwas. Gespannt halte ich die Luft an, während ich darauf warte, dass Mia weiterspricht. Dabei bin ich eine erwachsene Frau und kann mich treffen, mit wem ich will. Trotzdem habe ich die Unterhaltungen mit ihr zum Thema Roy noch sehr gut in Erinnerung.

Als ich nun in Mias Richtung schaue, erkenne ich das schelmische Grinsen auf ihrem Gesicht.

»Wann hast du ihn heute gesehen? Wir waren doch den ganzen Tag zusammen.« Nachdenklich schaut sie an mir vorbei.

»Heute Morgen, als er mich nach Hause gebracht hat.« Mir ist klar, dass das wahrscheinlich sehr viele Informationen auf einmal sind. Doch wenn ich schon dabei bin, dann kann ich es auch auf die harte Tour machen.

Es dauert ein wenig, doch schließlich weicht ihr die Farbe aus dem Gesicht. Ihr Mund steht ein Stück offen, was ein Zeichen für mich ist, dass sie das alles erstmal verarbeiten muss. Und das muss ich auch.

»Wie bitte?«, erkundigt sie sich schließlich.

Leise seufzend erzähle ich ihr die Geschichte. Na ja, nicht die ganze. Dass ich beinahe vergewaltigt worden wäre, behalte ich für mich.

»Wieso hast du mir nichts gesagt?«

»Keine Ahnung«, entgegne ich. »Es hat sich einfach nicht ergeben.« Entschuldigend zucke ich mit den Schultern.

Doch ich sehe ihr an, dass sie sich mit meiner Ausrede nicht zufriedengibt.

»Sich nicht ergeben?«, fragt sie aufgebracht, und zwar so laut, dass ich kurz erschrocken zusammenzucke. »Meine beste Freundin hat etwas mit dem heißesten Anwalt der Stadt, nein, des ganzen Landes, und sagt mir nichts!«

Bei ihren Worten bekomme ich sofort ein schlechtes Gewissen. »Ich habe nichts mit ihm«, widerspreche ich sofort, obwohl es sich sogar in meinen Ohren halbherzig anhört.

»Und wieso bist du dann erst heute Morgen wieder nach Hause gekommen?«, mischt sich nun auch noch meine Schwester ein.

Mehrmals atme ich tief durch, doch es bringt nichts. Das Chaos in mir drin wird nur noch größer. Als ich in die Gesichter der beiden wichtigsten Frauen in meinem Leben schaue, sehe ich, dass sie das auch genau wissen.

»Ist er denn privat ebenfalls so ein Arsch?«, fragt Mia neugierig.

»Nein. Und genau das ist das Problem. Ein wenig erscheint es mir so, als hätte er mehrere Seiten an sich und würde sie zu unterschiedlichen Gelegenheiten zeigen.« Bei meinen Worten muss ich wieder daran denken, wie er mich beschützt hat.

Wie ein Tier ist er auf den Mann losgegangen, noch bevor dieser überhaupt wusste, was Sache ist. Und alleine das steht schon in krassem Kontrast zu dem Mann, der er in den letzten Tagen war.

Doch wenn ich noch weiter darüber nachdenke, bekomme ich nur Kopfschmerzen. Und das kann ich gerade überhaupt nicht gebrauchen.

»Das hört sich doch interessant an«, spricht Mia weiter, da sie anscheinend nichts davon mitbekommen hat, wie es in mir aussieht. Doch ich bin froh darüber. So brauche ich den beiden wenigstens nichts zu erklären.

»Du bist nicht sauer?«, erkundige ich mich und versuche so, das Thema zu wechseln. Alles ist besser, als sich weiterhin über Roy zu unterhalten.

»Wieso sollte ich? Ich muss sogar gestehen, dass ich es vermutlich auch erst mal für mich behalten hätte. Bei einem Mann wie Roy weiß man schließlich nie.« Sie zwinkert mir einmal zu, was mich aber nicht sonderlich aufbaut. »Wie dem auch sei, ich hoffe, ich bin lange genug hier, um ihn noch zu Gesicht zu bekommen.«

»Bestimmt«, sagt nun Claire. Ich hingegen kann nichts anderes tun, als die Augen zu verdrehen.

Die nächsten zwei Stunden unterhalten wir uns über Roy und die *Beziehung*, die ich zu ihm habe. Bis wir endlich bei anderen Themen landen, die nicht ganz so verfänglich sind.

Doch als es an der Tür klingelt, spannen sich automatisch alle Muskeln in meinem Körper an.

»Wir sehen uns«, verabschiede ich mich schnell von Claire und Mia.

Doch sie laufen hinter mir her und beobachten mich, wie ich meine Sachen zusammensuche und die Wohnungstür öffne.

Ich habe es so eilig zu verschwinden, dass ich gar nicht merke, dass sich jemand auf der anderen Seite der Tür befindet. Beinahe renne ich ihn um. Doch noch bevor ich ins Straucheln geraten kann, umfasst er mich und verhindert so einen Sturz. Und dann küsst er mich.

Mein Herz beginnt zu rasen und meine Haut zu kribbeln. Mein Kopf ist wie leer gefegt. Mein Körper schmiegt sich wie von allein an seinen.

Roy. Innerhalb kurzer Zeit entspanne ich mich. Zwar bin ich mir darüber bewusst, dass Claire und Mia uns beobachten, aber jetzt, da

Mia Bescheid weiß, habe ich keinen Grund mehr, mich von ihm fernzuhalten.

»Überrascht?«, fragt er mich so leise, dass ich mir sicher bin, dass die beiden ihn nicht gehört haben.

»Ein wenig«, gebe ich zurück. Dabei versuche ich mein wild schlagendes Herz wieder zu beruhigen. Die Tatsache, dass meine Schwester und meine beste Freundin nur wenige Meter von uns entfernt stehen, macht es nicht besser.

Sein leises Lachen dringt an mein Ohr und jagt mir einen Schauer über den Rücken.

»Ladies«, begrüßt er die beiden nun, doch sie sagen nichts.

Als ich einen Blick in ihre Richtung werfe, erkenne ich das dümmliche Grinsen, das sich auf ihre Gesichter gelegt hat. Vor allem Mia macht den Anschein, als würde sie nicht wissen, wo sie hinsehen soll. Ihr Blick wandert immer wieder zwischen Roy und mir hin und her.

Doch ich schüttle nur den Kopf. So gebe ich ihr zu verstehen, dass ich bei der nächsten Gelegenheit Rede und Antwort stehen werde. Doch jetzt muss sie mit dem auskommen, was ich ihr bereits erzählt habe.

»Bist du fertig?« Roy schaut zu mir herab.

»Ja«, erwidere ich schnell.

Noch bevor die beiden Frauen ihre Sprache wiederfinden können, trete ich in den Hausflur und schließe die Wohnungstür hinter mir.

»War das deine Freundin, die von Anfang an dafür war, dass du dich mit mir triffst?«

Es dauert einen Moment, bis seine Worte in meinem Kopf angekommen sind. Doch dann schaue ihn an. »Was meinst du?«, frage ich irritiert.

»Die Frau, die neben deiner Schwester stand«, erklärt er und zeigt dabei auf die Tür.

»Ach so, ja. Das war Mia, Freundin und Kollegin.«

»Vielleicht sollte ich mich bei ihr bedanken.«

Ich wollte gerade zur Treppe gehen, doch nun drehe ich mich zu ihm um.

»Na ja, sie kennt sicherlich meinen Ruf, und stand trotzdem auf meiner Seite.«

In dieser Sekunde bereue ich es, dass ich ihm von Mia erzählt habe. Am liebsten würde ich die Worte zurücknehmen, allerdings ist es dafür zu spät.

»Ich würde nicht behaupten, dass sie auf deiner Seite stand«, versuche ich ihm ein wenig den Wind aus den Segeln zu nehmen.

»Sondern?«

»Sie hat mir lediglich nahegelegt, dass ich es tun solle.« Während ich spreche, schaue ich ihn nicht an. Ich bin mir sicher, dass er dann die Unsicherheit bemerken würde, die mich aus einem mir unerfindlichen Grund ergriffen hat.

»Okay«, erwidert Roy nur. Er greift nach meiner Hand und geht mit mir gemeinsam nach unten. Ich bleibe skeptisch, doch beschließe dann, nicht weiter darauf einzugehen, da er es wahrscheinlich nur darauf angelegt hat.

Nachdem wir das Haus verlassen haben, drehe ich mich nach rechts und gehe zu meinem Wagen.

»Wo willst du hin?«, fragt er mich. »Mein Auto steht dahinten.«

»Ich werde mit meinem fahren. Dann brauchst du nicht immer hin- und her zu gondeln.«

Für einen Moment sieht er mich an, als würde er davon ausgehen, dass ich einen Scherz mache.

»Ich tue das aber gerne.« Während er spricht, zieht er eine Augenbraue hoch, sodass ich leise lachen muss.

Noch mehr Zeit, die ich mit ihm verbringen kann.

Und genau dieser Gedanke bringt mich dazu, umzudrehen und mich ihm anzuschließen. Denn Fakt ist nun mal, dass ich nicht genug von ihm bekommen kann. Und dabei ist es egal, ob ich im Auto neben ihm sitze oder wir spazieren gehen.

»Lass dich einfach verwöhnen«, raunt er mir ins Ohr, sodass ich für einen Augenblick vergesse zu atmen. Sofort steigen vor meinem geistigen Auge Bilder von dem auf, was wir gestern getan haben. Und das reicht aus, dass das Ziehen in meinem Bauch einsetzt.

Allerdings versuche ich mir das nicht anmerken zu lassen.

14

Roy

Ich kann nicht genug von dieser Frau bekommen. Und dabei weiß ich nicht einmal, wieso. Bis jetzt bin ich allen Beziehungen aus dem Weg gegangen. Noch nie habe ich eine Frau getroffen, die ich ständig um mich haben wollte.

Instinktiv greife ich über die Mittelkonsole hinweg und nehme ihre Hand in meine.

Als ich July das erste Mal gesehen habe, habe ich nicht erwartet, dass sie mir so nahegehen würde. Obwohl ich wusste, dass ich sie haben muss. Vor allem aber hätte ich nicht gedacht, dass es mir beinahe körperliche Schmerzen zufügen würde, wenn ich sie nicht berühre.

»Wie war dein Tag?«, frage ich July, um eine Unterhaltung in Gang zu bringen. Doch das ist nur die halbe Wahrheit.

Zum einen macht mich die Ruhe zwischen uns wahnsinnig. Mir kommt es vor, als würden wir uns voneinander entfernen, wenn wir nicht miteinander sprechen. Aber auf der anderen Seite will ich jedes Detail aus ihrem Leben wissen.

»Gut«, antwortet sie leise und dreht sich zu mir.

Ich werfe einen vorsichtigen Blick in ihre Richtung. Dabei erkenne ich, dass sie mich aufmerksam betrachtet. Beinahe sieht es so aus, als würde sie sich fragen, was hinter meiner Frage steckt.

Dabei will ich ihr nur zeigen, dass ich aufrichtig an ihrem Leben interessiert bin.

Ich will nicht nur Sex mit ihr. Allerdings kann ich ihr das nicht so sagen, zumindest jetzt noch nicht. Sogar mir ist klar, dass es zu früh dafür ist. Doch sie soll wissen, dass sie keine meiner Bettgeschichten ist. Und ich keine andere mehr haben will. Obwohl dieser Gedanke neu für mich ist.

»Und wie war deiner?«, erkundigt sie sich.

»Ein bisschen anstrengend und ein bisschen langweilig.«

»Eine interessante Mischung«, sagt sie.

Gerne würde ich es ihr erklären, allerdings habe ich keine Ahnung, wie ich das machen soll. Vor allem deswegen, weil ich nicht abschätzen kann, wie sie darauf reagiert.

»Hast du gerade erst Feierabend gemacht?«, fragt sie weiter und reißt mich aus meinen Gedanken. Als ich hinter einem anderen Wagen warten muss, schaue ich zu ihr.

July hat den Kopf am Sitz angelehnt. Ihre Augen sind auf mich gerichtet. Ein sanftes Lächeln hat sich auf ihre Gesichtszüge geschlichen.

»Ja, zurzeit ist viel zu tun. Deswegen hört kaum jemand pünktlich auf zu arbeiten.«

Während ich spreche, drehe ich mich wieder nach vorne, damit ich ihr nicht ins Gesicht schauen muss. Mir ist nicht wohl dabei, sie anzulügen, obwohl ich zur Hälfte die Wahrheit gesagt habe. Schließlich haben wir viel zu tun. Doch eigentlich ist das Dauerzustand im Büro.

»Aus diesem Grund bin ich froh darüber, dass ich mich gegen ein Jura-Studium entschieden habe. So verdiene ich zwar weniger, aber das stört mich nicht.« Sie verzieht ein wenig das Gesicht, was mich dazu bringt, leise zu lachen.

»Ja, wahrscheinlich ist das auch besser so. Du würdest eine schlechte Anwältin abgeben«, ziehe ich sie auf.

Ich kann hören, wie sie scharf die Luft einzieht.

»Das war nur ein Scherz«, füge ich schnell hinzu, bevor sie protestieren kann. Um ehrlich zu sein, bin ich sogar der Meinung, dass sie eine wundervolle Anwältin wäre. Die Geschworenen würden ihr zu Füßen liegen, egal ob Mann oder Frau.

»Aber es reicht, wenn einer von uns einen Job hat, der so viel Zeit in Anspruch nimmt. Sonst würden wir uns noch weniger sehen. Und das ist mein Ernst.«

July zuckt zusammen. Auch wenn ich sie nicht direkt ansehe, so habe ich ihre Reaktion doch genau gespürt. Ich merke genau, dass meine Aussage sie nicht kaltlässt.

Schweigend fahren wir weiter. Ich gebe ihr Zeit, um meine Worte zu verdauen. Auch wenn es so einige Dinge gibt, über die ich mich gerne mit ihr unterhalten würde.

Als das Tor, das unser Grundstück von der Straße trennt, in Sichtweite kommt, werde ich lockerer. Ich freue mich darauf, endlich mit ihr in meiner Wohnung zu sein und den restlichen Abend zu genießen. So wie es normale Paare machen, wenn sie nach Hause kommen.

Rasch drücke ich den Knopf auf der Fernbedienung und parke den Wagen in der Garage. Das tue ich in der Hoffnung habe, dass so meine Brüder es nicht mitbekommen, dass ich da bin.

Allerdings dauert es nur zwei Minuten, bis diese Hoffnung zerstört wird. Wir sind nur noch wenige Meter von der Haustür entfernt, als die von Josh aufgeht. Doch es ist nicht mein Bruder, der auf der Bildfläche erscheint, sondern unser Dad.

»Roy«, begrüßt er mich, nachdem sein Blick auf uns gefallen ist. Mit eiligen Schritten kommt er auf uns zu. »Ich habe gar nicht damit gerechnet, dich zu sehen.«

»Ist ja nicht so, als würde ich hier wohnen«, gebe ich murmelnd zurück und lasse meinen Vater nicht aus den Augen.

Doch dieser scheint mich überhaupt nicht zu beachten. Neugierig betrachtet er July, die seinem Blick nicht ausweicht. Mir ist klar, dass mein Dad auf Fremde etwas einschüchternd wirkt. Was noch untertrieben ist. Er ist groß und seinen Augen entgeht nichts. Als Kind hat mich das tierisch genervt.

Aber im Endeffekt überrascht es mich nicht, dass July so cool bleibt. Mir wurde schon oft gesagt, dass mein Auftreten dem meines Vaters ähnelt, und davon hat sie sich auch nicht aus der Bahn werfen lassen.

Zumindest nicht, solange ich einen gewissen Abstand zu ihr gewahrt habe. Doch kaum bin ihr näher gekommen, hat sie mir die Kontrolle überlassen, und ich habe nicht vor, diese wieder abzugeben.

Bei dem Gedanken, wie sie sich unter mir anfühlt, schießt mir das Blut in den Schwanz. Schnell versuche ich mich auf etwas anderes zu konzentrieren.

»Josh meinte, dass du heute vielleicht nicht zu Hause bist.«

Darauf hätte ich auch selbst kommen können, denke ich zerknirscht. Ich lasse es mir jedoch nicht anmerken. Dies ist einer der Augenblicke, in denen ich glücklich bin, Staatsanwalt zu sein. Der Beruf hat seinen Teil dazu beigetragen, dass man nicht auf den ersten Blick erkennen kann, was ich denke.

»Ich bin Dan«, stellt mein Vater sich vor und reicht July die Hand. Erst in diesem Moment wird mir klar, dass ich sie nicht miteinander bekannt gemacht habe. Doch zu meiner Verteidigung muss ich sagen, dass es mir wichtiger ist, July endlich in meine Wohnung zu bringen, anstatt sie meiner gesamten Verwandtschaft vorzustellen.

»July«, entgegnet sie und ergreift seine Hand.

»Meine Freundin«, füge ich schnell hinzu, damit nicht der falsche Verdacht aufkommt, sie wäre nur eine Affäre.

Bei beiden nicht.

Mir gefällt der Gedanke nicht, dass sie davon ausgehen könnte. Und ich möchte auch nicht, dass mein Vater sie herablassend behandelt. July soll wissen, dass sie mir mehr bedeutet, als alle anderen Frauen zusammen.

Leise höre ich, wie July nach Luft schnappt. Ich gehe jedoch nicht darauf ein. Wenn wir gleich allein sind, haben wir genug Zeit, uns darüber zu unterhalten. Falls sie das möchte.

»Na, wenn das so ist, herzlich willkommen in der Familie«, sagt mein Vater gut gelaunt und strahlt sie an, ehe er sich mir zuwendet. »Deine Mom wird sich bestimmt freuen, dass wenigstens einer endlich sesshaft wird. Auch wenn sie der festen Überzeugung war, dass es Chris sein würde, der diesen Schritt zuerst wagt.«

Er lacht leise, doch ich werfe ihm nur einen genervten Blick zu und hoffe, dass er den Wink mit dem Zaunpfahl versteht. Ich hasse diese Geschichten. Und ungefähr genauso sehr hasse ich es, hier mit ihm zu stehen, obwohl ich genauso gut July küssen könnte.

Als ich einen Blick in ihre Richtung werfe, erkenne ich, dass sie ein wenig blass geworden ist. Ich sehe ihr an, dass sie keine Ahnung hat, wie sie reagieren soll. Ich bekomme ein schlechtes Gewissen.

Doch das schiebe ich schnell zur Seite. Ich wollte den beiden nur zu verstehen geben, dass July nun ein fester Bestandteil meines Lebens ist, und deswegen werde ich mich mit Sicherheit nicht entschuldigen.

Aber vielleicht hätte es auch einen besseren Weg gegeben, überlege ich.

»Bevor ich es vergesse – er hat die Bewerbung abgeschickt«, erklärt mein Dad und unterbricht meinen Gedankengang. Doch ausnahmsweise bin ich ihm dankbar dafür.

»Ich drücke ihm die Daumen. Und jetzt werden wir reingehen. Es ist schon spät, und wir waren schon den ganzen Tag unterwegs. Gute Nacht, Dad«, verabschiede ich mich von ihm.

Auch wenn es unhöflich ist, warte ich nicht darauf, dass er etwas erwidert. Ich wende mich stattdessen July zu und ergreife ihre Hand, um mit ihr in meinen vier Wänden zu verschwinden.

»Gute Nacht«, ruft sie noch, als ich sie schon vor mir herschiebe.

»Es hat mich gefreut. Wir sehen uns bestimmt bald wieder.«

»Und bestell Mom schöne Grüße.«

Nachdem wir die Tür erreicht haben, drehe ich mich noch ein letztes Mal in die Richtung meines Vaters. Er steht bereits neben seinem Wagen und winkt uns zu. In diesem Moment nehme ich mir vor, dass wir uns einmal bei meinen Eltern blicken lassen. Schließlich war es schon etwas gemein, dass ich ihn einfach so abserviert habe.

»Dein Vater scheint ein interessanter Mann zu sein«, stellt July fest, nachdem ich die Tür hinter ihr geschlossen habe.

»Ja, so kann man es auch ausdrücken«, gebe ich zurück und mache einen Schritt auf sie zu. Kaum bin ich ihr so nah, dass meine Brust bei jedem Atemzug ihre berührt, umgreife ich ihr Gesicht mit meinen Händen.

Überrascht, aber gleichzeitig auch erwartungsvoll, sieht sie mich an. Ich nehme mir etwas Zeit, um sie zu betrachten. Ihre wachsamen Augen sind auf mich gerichtet. Ihre schwungvollen Lippen haben sich ein Stück geöffnet, als würde sie darauf warten, dass ich sie endlich küsse.

In diesem Augenblick muss ich alles an Selbstbeherrschung aufbringen, was ich finden kann, um sie nicht an die Wand zu drücken und meinen Schwanz in ihr zu versenken. Ich möchte ihrem Stöhnen lauschen und hören, wie sie meinen Namen ruft, wenn sie kommt. Sie soll mir zeigen, dass nur ich ihr diese Lust verschaffen kann.

Die Erinnerung an gestern sorgt dafür, dass ich sofort hart werde. Doch gerade, als ich meinen Kopf senke, um sie zu küssen, wird meine Wohnungstür aufgerissen.

Auch wenn es mir schwerfällt, entferne ich mich ein Stück von July. Aus einem Reflex heraus baue ich mich vor ihr auf, damit man sie nicht sofort sehen kann. Mein Herz rast, doch als ich kapiere, wer uns da überrascht hat, entspanne ich mich ein wenig.

Josh und Chris stehen in der Tür. Wobei von Stehen keine Rede sein kann; vielmehr ist es so, dass Josh Chris stützt, während dieser das Gesicht verzieht.

Auch wenn ich den beiden am liebsten sagen würde, dass sie sich einen beschissenen Zeitpunkt ausgesucht haben, so mache ich mir doch Sorgen. Es geschieht nicht oft, dass man einen von uns so sieht.

»Was ist mit dir passiert?«, frage ich ihn. Dabei mache ich einen Schritt zur Seite, damit die beiden merken, dass July anwesend ist. Nicht, dass sie etwas ausplaudern, was nicht für ihre Ohren bestimmt ist.

Zumindest jetzt noch nicht.

»Hi«, begrüßt Chris sie und humpelt dabei etwas näher. »Schön, dich zu sehen.«

»Hi«, erwidert July leise. Ich brauche sie nicht anzusehen, um zu wissen, wie überrascht sie ist.

Bei der Vorstellung, was meine Brüder zu Gesicht bekommen hätten, wenn sie nur wenige Sekunden später aufgetaucht wären, seufze ich laut auf.

»Was ist passiert?«, wiederhole ich meine Frage, um mich auf andere Gedanken zu bringen. Es hilft nicht, wenn ich jetzt an ihren nackten Körper denke und daran, wie er sich mir entgegenreckt.

»Arbeitsunfall«, antwortet Chris.

»Hmmm. Und wie hast du das angestellt?«, erkundige ich mich bei meinem jüngeren Bruder, obwohl ich es mir bereits denken kann. Doch um wirklich sicherzugehen, will ich es aus seinem Mund hören.

»Nennen wir es mal einen Anfängerfehler«, murmelt er und hüpft durch meinen Flur, bis er die Tür zur Küche erreicht hat.

»Heute ist nicht mein Tag.« Meine Stimme ist nicht mehr als ein Flüstern. Dennoch kann ich nicht verhindern, dass ich wütend klinge.

Dabei will ich mich doch nur in dieser Frau verlieren, denke ich und werfe July einen Blick zu. Am liebsten würde ich ihr ins Ohr raunen, was ich gerade mit ihr machen möchte. Doch so, wie ich July kenne, würde sie mir dafür den Kopf waschen.

»Hast du irgendwo einen Verbandskasten?«, fragt sie mich nun.

Ich brauche einen Moment, um mich so weit zu beruhigen, dass ich meine Laune nicht an ihr auslasse. Denn sie kann nun wirklich nichts dafür. Nein, das ist die Schuld meiner Brüder. Chris zu verarzten, hätte Josh auch allein hinbekommen.

»In der Kommode im Schlafzimmer.«

»Ich hole ihn«, sagt sie und verschwindet.

Gebannt schaue ich ihr nach. Meine Augen kleben dabei an ihren Hüften und ihrem Po. Sanft wiegen sie sich von rechts nach links. Dabei sieht ihr Hintern so verführerisch aus, dass es mir schwerfällt, mich abzuwenden.

»Verdammt«, fluche ich leise, bevor ich meinen Brüdern mit großen Schritten folge.

»Sorry, ich hatte keine Ahnung, dass July bei dir ist. Sonst wären wir nicht hier aufgetaucht«, sagt Chris und lächelt kurz.

Mir liegen die Worte auf der Zunge, dass ich ihm kein Wort glaube. Doch ich schlucke sie hinunter. Stattdessen gehe ich zum Kühlschrank und hole vier Bierflaschen heraus.

»Und was ist passiert?«, frage ich ihn, nachdem ich alle drei geöffnet habe.

»Ich wollte dazwischen gehen, als zwei Halbstarke eine ältere Frau ausgeraubt haben. Na ja, ich habe sie erwischt, allerdings hat sich dabei auch rausgestellt, dass sie noch einen dritten dabei hatten, der Schmiere gestanden hat. Der hat mich überrascht.«

Ich brauche keine weiteren Fragen zu stellen, da ich mir den Rest denken kann. Aber dennoch kann ich mir eine Bemerkung nicht verkneifen.

»Wie war das mit den Alleingängen? Wenn ich mich richtig erinnere, regt ihr beide euch jedes Mal darüber auf, wenn ich das mache. Und nun tut einer von euch dasselbe. Ihr müsst schon zugeben, dass es lustig ist.«

Ich grinse die beiden an.

»Ja, ich weiß, und du hast recht. Keiner von uns sollte das allein versuchen. Ich hatte es nur satt, vor dem Motel zu sitzen und darauf zu warten, dass dieser Schweinehund sich blicken lässt. Der hat seit Tagen nicht sein Zimmer verlassen. Auf jeden Fall nicht, während wir ihn beobachtet haben. Als wüsste er Bescheid. Und da brauchte ich etwas anderes, um meine Wut loszuwerden.«

»Und diese beiden Männer sind dir da gerade recht gekommen«, beende ich seine Erklärung.

Chris nickt. Ich sehe ihm an, dass er noch etwas sagen will, allerdings kommt er nicht mehr dazu. In dem Moment, in dem er den Mund aufmacht, taucht July im Türrahmen auf. Kurz habe ich die Befürchtung, dass sie irgendetwas mitbekommen hat. Doch sie macht nicht den Eindruck, als wäre das der Fall.

Sie eilt zum Küchentisch und stellt den Kasten darauf ab. Doch noch bevor sie ihn öffnen kann, hat Josh ihn zu sich herangezogen, und beginnt, Chris zu verarzten.

Um ihr zu signalisieren, dass sie zu mir kommen soll, strecke ich meine Hand aus. Wenn ich mich schon nicht über sie hermachen kann, dann will ich sie wenigstens so nah wie möglich bei mir haben.

Kaum berühren ihre Finger meine Haut, umschließe ich sie und ziehe July an mich. Ihre Arme legen sich um meine Hüften, während ihr Kopf an meine Brust sinkt. Ihr Geruch steigt mir in die Nase. Und genau wie in den letzten Tagen werde ich ruhiger.

Ich streiche zärtlich über ihren Rücken und nehme einen Schluck aus meiner Flasche, während ich hinter ihrem Rücken nach einer weiteren greife und sie ihr reiche.

Die nächsten Minuten vergehen schweigend, während ich überlege, wie ich die beiden wieder loswerde. Doch egal, wie ich es drehe oder wende, ich bin mir nicht sicher, ob July so begeistert davon wäre, wenn ich meine Brüder einfach vor die Tür setze.

15

July

»Sorry«, sagt Roy, nachdem seine Brüder verschwunden sind.

Die letzten zwei Stunden haben sie mit uns in seiner Wohnung verbracht. Am Anfang kam es mir noch merkwürdig vor, Roy so nah zu sein, wenn Chris und Josh in der Nähe waren und uns beobachteten. Doch Roy schien es nicht zu stören. Er war genauso fürsorglich wie sonst, wenn wir allein sind.

»Wofür?«, frage ich und ziehe meine Stirn ein wenig kraus.

»Dass sie uns so lange auf die Nerven gegangen sind, und vorher auch noch mein Vater. Eigentlich hatte ich einen ruhigen Abend geplant, nur wir beide.« Roy sieht nicht sehr glücklich darüber aus.

Doch bevor er weitersprechen kann, mache ich einen Schritt auf ihn zu und schlinge meine Arme um seine Hüften.

»Du brauchst dir deswegen keine Sorgen zu machen, wirklich. Das ist schon in Ordnung. So hatte ich die Chance, deinen Vater zu treffen und auch deine Brüder besser kennenzulernen.«

Roy verzieht noch immer das Gesicht, als würden meine Worte ihn nicht überzeugen. Doch ich beachte seine Skepsis nicht. Stattdessen stelle ich mich auf die Zehenspitzen und drücke meinen Mund auf seinen, sodass er nichts mehr dazu sagen kann.

Ich gebe zu, dass es überraschend war, heute nahezu seiner ganzen Familie über den Weg zu laufen. Trotzdem gab es mir Gelegenheit, Roy besser zu verstehen. Ich spüre, dass er ein Geheimnis hat. Und vielleicht hoffe ich, es so zu erfahren. Auch wenn ich mit Sicherheit sagen kann, dass das nicht funktionieren wird. Ich meine, seine Brüder werden wohl kaum hinter seinem Rücken etwas preisgeben. Bei Claire würde ich das ja auch nicht tun.

Seine Hände umschließen sanft meinen Hals, während seine Zunge meine umfährt. Ich schmelze dahin, überlasse ihm die Kontrolle. Doch er lässt schon bald wieder von mir ab. Uns trennen zwar nur wenige Zentimeter, doch es kommt mir so vor, als wäre er plötzlich viel weiter weg.

Sein stechender Blick durchdringt mich. Ich versuche, herauszufinden, was in ihm vorgeht. Doch er bleibt mir ein Rätsel.

»Möchtest du etwas essen?« Roy mustert mich prüfend.

Da ich mich noch immer in meiner eigenen Welt befinde, brauche ich etwas, um wieder in der Realität anzukommen. Doch dann hebe ich überrascht die Augenbrauen, denn ich habe etwas anderes im Sinn.

Das zeige ich ihm auch, indem ich den Kopf schüttle und mir dabei verführerisch auf die Unterlippe beiße. Mein Blick haftet an ihm.

Noch im gleichen Moment verdunkeln sich seine Augen. Roy macht einen Schritt auf mich zu und zwingt mich dazu, nach hinten auszuweichen. Das tut er so lange, bis ich die Wand in meinem Rücken spüre. Ich habe keine Zeit mehr zu reagieren, da er mich bereits wieder küsst. Dieses Mal legt er seine Hände auf meine Hüften und hält mich fest. Doch ich will mich ihm auch gar nicht entwinden.

Binnen Sekunden ist mein Kopf wie leer gefegt. Ich kann keinen klaren Gedanken mehr fassen und nehme nichts anderes wahr außer diesem Mann. Ich würde es nicht einmal merken, wenn seine Brüder wieder in der Tür stünden.

In mir wächst der Wunsch, ihm die Klamotten vom Körper zu reißen und mich ihm hinzugeben.

Seine Hände fahren über meinen Körper und schieben mein Shirt dabei nach oben, bis er es mir über den Kopf ziehen kann. Achtlos lässt er es auf den Boden fallen.

Seine Hände sind überall. Genau wie sein Mund, der mich reizt.

Meine Augen schließen sich lustvoll, während mein Kopf an die Wand sinkt.

Mit der Zunge fährt er meinen Hals hinunter. Ich bin so sehr auf dieses Gefühl konzentriert, dass ich nicht merke, wie er mir den BH abstreift.

»Roy«, stöhne ich, wobei ich meine eigene Stimme kaum wiedererkenne.

Nur am Rande nehme ich wahr, wie er den Gürtel an meiner Hose öffnet und mir dann beides über den Hintern nach unten zieht. Hastig streife ich mir den Stoff von den Füßen.

Als Nächstes mache ich mich an seiner Hose zu schaffen. Allerdings zittern meine Hände so sehr, dass es eine Ewigkeit dauert, bis ich ihn endlich davon befreit habe. Doch kaum ist sie ebenfalls auf dem Boden gelandet, umgreift er meinen Hintern und hebt mich hoch.

Meine Beine schlingen sich um Roys Hüften, um nicht zu fallen. Doch er hält mich sicher fest und küsst mich.

Roy sorgt dafür, dass ich nicht mehr weiß, wo oben und unten ist. Ich weiß nur, dass ich ihn spüren will.

»Ich ahne, was dir gerade durch den Kopf geht«, raunt er mir mit gefährlicher Stimme ins Ohr. »Du willst, dass ich das hier mache«, flüstert er weiter und schiebt einen Finger in mich.

Mein Stöhnen wird immer lauter und meine Muskeln spannen sich an. Ich weiß, wenn er so weitermacht, werde ich kommen. Ich kann es nicht aufhalten, dafür sehne ich mich zu sehr nach ihm.

Und anscheinend spürt er das, denn er hört sofort wieder auf.

»Und das will ich auch. Wären meine Brüder nicht aufgetaucht, wäre ich schon viel eher über dich hergefallen.« Seine Worte jagen mir eine Gänsehaut über den Körper.

Am liebsten würde ich ihn anbetteln, mich endlich zu erlösen. Doch ich schaffe es nicht, meinen Mund zu öffnen, geschweige denn, einen Ton von mir zu geben.

Seine Zähne reizen meine Brustwarzen, bis ich das Gefühl habe, den Verstand zu verlieren. Mit meinen langen Nägeln kratze ich über seinen Rücken, sodass ich mir sicher bin, Spuren zu hinterlassen. Doch mir gefällt der Gedanke, dass jeder sehen kann, was wir getan haben. Auch wenn ich mir sicher bin, dass es niemand zu Gesicht bekommen wird.

Ich dränge mich ihm noch mehr entgegen, obwohl das kaum noch möglich ist.

»Roy«, bettle ich nun doch, da ich ihn endlich in mir spüren will.

Ich kann fühlen, wie sich ein Grinsen auf seine Gesichtszüge schleicht, bevor er mir meinen Wunsch im nächsten Augenblick erfüllt.

Ein lautes Stöhnen entfährt mir. Vorsichtig dringt Roy in mich ein, bis er mich komplett ausfüllt. Er gibt mir einige Sekunden Zeit, um mich daran zu gewöhnen, bevor er sich wieder zurückzieht. Doch als ich nur noch die Spitze seines Schwanzes in mir spüre, weitet er mich erneut. Dieses Mal jedoch schneller.

Seine Bewegungen machen mir wortlos klar, dass ich ihm gehöre. Ihm allein.

Langsam bahnt sich der Orgasmus in mir an, während Roy immer wieder in mich eindringt. Meine Muskeln spannen sich an und mein Stöhnen wird lauter.

In diesem Moment bin ich mir nicht sicher, ob seine Brüder mich nicht hören können. Doch gerade ist mir das vollkommen egal.

Als Roy mit den Zähnen sanft über meine Halsschlagader fährt, verliere ich die Kontrolle über meinen Körper. Ich ziehe mich um ihn herum zusammen, während ich spüre, wie auch er sich immer mehr anspannt.

Dieser Orgasmus scheint eine Ewigkeit zu dauern. Als er mich aus seinen Fängen entlässt, befinde ich mich noch immer in meiner eigenen Welt. Erschöpft lasse ich meinen Kopf auf Roys Schulter sinken und versuche, zu Atem zu kommen.

Noch immer habe ich die Beine um seine Hüften geschlungen, sodass wir miteinander verbunden sind. Und keiner von uns macht Anstalten, etwas daran zu ändern.

»Bin ich dir nicht etwas zu schwer, um mich so zu tragen?«, frage ich, als ich wieder in der Lage bin, vollständige Sätze von mir zu geben. Trotzdem ist meine Stimme brüchig und so leise, dass ich mir nicht sicher bin, ob er mich verstanden hat.

»Nein, du wirst mir niemals zu schwer werden.«

Seine Worte bringen mich zum Lachen. Eine Weile bleiben wir noch so stehen, bevor er sich in Bewegung setzt und das Sofa ansteuert.

Vorsichtig beugt er sich mit mir nach vorne und legt mich in den Kissen ab. Ein leises Wimmern entfährt mir, als er sich von mir löst. Für einen Moment würde ich ihn am liebsten daran hindern, sich zu entfernen. Doch da hat er sich mir schon entzogen und greift nach der dünnen Decke, die über der Lehne hängt.

»Jetzt werde ich uns aber etwas zu essen suchen«, erklärt Roy, nachdem er sie über meinen nackten Körper gebreitet hat.

»Jäger und Sammler«, scherze ich.

Für einen Augenblick funkeln seine Augen vergnügt, doch dann werden sie ernst. Ich frage mich, ob ich etwas Falsches gesagt habe. So nachdenklich habe ich ihn noch nie erlebt, auch wenn wir uns noch nicht lange kennen. Doch ich sehe ihm an, dass ihn irgendetwas beschäftigt.

»Wenn, dann Jäger«, antwortet er entschlossen.

Er schenkt mir noch ein freches Grinsen und verlässt dann den Raum. Ich kann nicht anders, als zu beobachten, wie sich sein nackter Arsch entfernt. Erst, als er sich außer Sichtweite befindet, lasse ich meinen Kopf in die Kissen fallen. Dabei geht mir sein Gesichtsausdruck jedoch nicht aus dem Kopf. Doch ich schiebe den Gedanken daran, so gut es geht, zur Seite.

Dieser Mann ist gefährlich, das habe ich von Anfang an gespürt. Er gehört eindeutig zu denjenigen, bei denen man genau weiß, worauf man sich einlässt. Sie machen keinen Hehl daraus. Und trotzdem ist da etwas, was er mir verheimlicht.

Dennoch genieße ich die Zeit mit Roy viel zu sehr, sodass ich gewillt bin, es auf mich zukommen zu lassen. Egal, wie es ausgehen wird.

Langsam übermannt mich die Müdigkeit und meine Augen fallen

zu. Dabei will ich nicht schlafen. Ich kann nicht sagen, wann ich ihn wiedersehe. Ich will jede Sekunde ausnutzen, die ich mit ihm verbringen kann. Ich will seine Stimme an meinem Ohr hören. Ich will seine Hände auf meiner Haut spüren und wissen, dass sie mich beschützen. So lächerlich das wahrscheinlich auch klingt.

Es ist nicht das erste Mal, dass ich mir in Erinnerung rufe, wie schnell sich alles für mich geändert hat. Und das reicht, dass mir davon schwindelig wird.

»Du scheinst in letzter Zeit viel nachzudenken«, flüstert Roy, als er sich über das Sofa beugt.

Erschrocken richte ich mich ein Stück auf und schaue in seine vergnügt funkelnden Augen.

»Was soll ich sagen?«, erwidere ich mit geheimnisvoller Stimme. »Du hast mir ja auch einen verdammt guten Grund geliefert, über den ich nachdenken kann.«

Roy lacht leise, während er um das Sofa herum geht, um sich neben mich sinken zu lassen. Dabei bleibt mein Blick an seiner noch immer nackten Körpermitte kleben. Niemals hätte ich es für möglich gehalten, dass ich mich einmal so sehr nach einem Mann verzehre wie nach ihm.

Als würde er genau wissen, was in meinem Kopf vorgeht, lächelt er mich an und stellt zwei Teller vor mir ab. Dann schlüpft er schnell zu mir unter die Decke, sodass mein Rücken an seiner warmen Brust liegt.

Kaum spüre ich seinen Körper an meinem, entspanne ich mich. Dieser Mann hat eine Macht über mich wie kein anderer zuvor. Allerdings bin ich bis jetzt auch nie in die Verlegenheit gekommen, jemandem diese Macht über mich zuzugestehen. Doch bei ihm habe ich keine Wahl. Roy hat sie sich einfach genommen, vom ersten Augenblick an.

Da ich mich nicht von ihm abwende, sehe ich nur aus dem Augenwinkel, wie er eine Erdbeere vom Teller nimmt und sie mir hinhält. Ein schelmisches Grinsen erscheint auf seinem Gesicht, als ich die eine Hälfte mit meinen Lippen umschließe. Ich warte, bis er den Rest der Frucht in den Mund genommen hat. Erst dann beiße ich genüsslich ab und küsse ihn dabei.

Seine sanften Lippen jagen mir einen Schauer über den Rücken, sodass sich meine Brustwarzen erneut aufrichten.

»Ich weiß ja nicht, wie es dir geht, aber ich bin dafür, dass wir das jeden Abend machen.«

Es dauert ein wenig, bis seine Worte bei mir angekommen sind. Doch dann betrachte ich ihn überrascht.

»Jeden Abend?«

»Jeden einzelnen. Nackt auf dem Sofa liegen, kuscheln, Erdbeeren essen und dabei irgendeinen Schrott im Fernsehen schauen.«

Im Stillen muss ich zugeben, dass sich dieser Gedanke zu verlockend anhört. Und das zeige ich ihm auch, indem ich mich noch dichter an ihn dränge. Sein Geruch steigt mir in die Nase, auf diese Weise fühle ich mich ihm noch verbundener.

In seinen Armen bin ich zu Hause. Das wird mir in diesem Moment klar. Und seltsamerweise macht mir diese Erkenntnis keine Angst. Sie zeigt mir, dass ich Roy vertraue. Auch wenn ich mir nicht sicher bin, ob ich das wirklich tun sollte. Doch irgendetwas sagt mir, dass er mir nicht wehtun wird.

»Das hört sich gut an«, flüstere ich.

»Dann ist das also beschlossene Sache. Unser ganz spezielles Date.« Mit diesen Worten legt Roy seine linke Hand auf meine Hüfte, während er mit der anderen nach der Fernbedienung greift und eine Serie anschaltet.

Ich hingegen kann mich keine Sekunde auf das konzentrieren, was dort läuft. Ich habe nur Augen für ihn. Nehme jeden Atemzug wahr. Jede einzelne seiner Bewegungen.

Glücklich schließe ich die Augen, während Roy mir einen sanften Kuss auf die Haare drückt.

»Wann genau wolltest du mir davon erzählen?«, überfällt mich Mia, als ich am nächsten Tag das Büro betrete. Sie lässt mir keine Gelegenheit, mich auf meinen Stuhl zu setzen, sondern fällt direkt mit der Tür ins Haus. Und das, sobald sie mich erblickt.

Stumm gebe ich ihr zu verstehen, dass ich etwas Zeit brauche. Dennoch lässt sie mich nicht aus den Augen. Nichts entgeht ihr. Innerlich winde ich mich, doch ich zeige es ihr nicht. Zumindest hoffe ich das. Wirklich sicher bin ich mir nämlich nicht.

»Also?«, fordert sie mich schließlich unnachgiebig auf.

»Mehrmals wollte ich es dir sagen«, antworte ich.

»Und wieso hast du es dann nicht getan?«

»Müsste ich raten, würde ich sagen, weil es nicht ganz so einfach ist, wie man sich das vorstellt«, erwidere ich mit scharfer Stimme. Doch da tut es mir bereits leid. »Sorry«, murmle ich deswegen. »Ich stehe ein wenig neben mir. Die Wahrheit ist, dass ich nicht genau sagen kann, wie es passiert ist. Aber plötzlich habe ich mich auf ein Date mit ihm eingelassen. Und innerhalb weniger Tage sind wir an dem Punkt angekommen, an dem wir uns nun befinden.«

Ich zucke mit den Schultern, während ich überlege, ob man es so ausdrücken kann. Doch wenn ich ihr nicht sagen will, was in dieser einen Nacht geschehen ist, dann ist das meine einzige Möglichkeit. Deswegen belasse ich es dabei.

»Hmmm«, macht Mia. Ich hasse es, wenn sie mich so ansieht, als wäre ich ein kleines Kind, von dem sie erfahren will, ob es die Wahrheit sagt oder nicht. Doch mehr möchte ich ihr nicht erzählen. Deshalb wird sie damit vorliebnehmen müssen.

»Was ist?«, frage ich.

»Nichts, ich finde es nur super. Ihr zwei gebt ein wunderschönes Paar ab.«

»Oh nein«, entfährt es mir noch in der gleichen Sekunde, in der sie geendet hat. »Fang du nicht auch noch damit an. Wir haben bis jetzt zwar viel Zeit miteinander verbracht, aber das war's auch schon. Wir sind definitiv nicht zusammen.«

Es fällt mir schwer, das zu sagen. Vor allem, wenn ich daran denke, wie wohl ich mich in Roys Gegenwart fühle.

In seinen Armen bin ich zu Hause.

Die Erinnerung daran, wie es sich anfühlt, von ihm gehalten zu werden, weckt den Wunsch, direkt wieder zu ihm zu fahren. Doch ich schiebe diesen Gedanken zur Seite und widme meine Aufmerksamkeit wieder meiner Freundin.

»Wir sind wirklich nicht zusammen.« Ich versuche, meine Stimme fest und über jeden Zweifel erhaben klingen zu lassen. Vor allem, weil es die einzige Möglichkeit ist, um Mia den Wind aus den Segeln zu nehmen. Doch ich brauche nur einen Blick in ihr Gesicht zu werfen, um zu sehen, dass sie mir nicht glaubt.

»Rede es dir ruhig weiter ein.«

»Ich rede mir nichts ein. Ich bin mir sogar ziemlich sicher, dass er irgendwann die Schnauze voll von mir hat. Und dann wird er sich auf die Nächste stürzen.«

Meine Worte sind gelogen, genauso wie meine Gleichgültigkeit. Gestern hat Roy nicht den Eindruck auf mich gemacht, als würde er irgendwann genug von mir haben. Vor allem, da er beschlossen hat, dass wir jeden Abend nackt auf seinem Sofa verbringen werden. Und sollte es doch so weit kommen, wird es mir das Herz in tausend Stücke zerreißen.

Doch darum kann ich mich kümmern, wenn es so weit ist. Gerade will ich nicht daran denken, geschweige denn, mich darüber unterhalten, was vielleicht in zwei oder drei Wochen sein wird.

»Wenn du das glaubst, dann glaub es ruhig weiter. Ich habe gestern allerdings beobachten können, wie ihr euch angesehen habt. Und für mich sah es nicht so aus, als wäre es etwas auf Zeit. Aber was weiß ich schon? Bei mir war jede Beziehung schlimmer als die davor.« Entschuldigend hebt Mia die Hände.

Doch ihre Worte lassen die Hoffnung in mir wachsen.

16

Roy

Frustriert starre ich auf den Bildschirm und hämmere dabei auf die Tastatur ein. Mir ist klar, dass es nichts bringt, aber an irgendetwas muss ich meine schlechte Laune auslassen. Und nun muss leider die Tastatur dafür herhalten.

Jeder Mitarbeiter, der an der offenen Tür meines Büros vorbeigeht, wirft einen vorsichtigen Blick in meine Richtung. Am liebsten würde ich ihnen sagen, dass sie sich um ihren eigenen Scheiß kümmern sollen, doch ich halte mich zurück. Ich gestatte mir allerdings, ihnen einen wütenden Blick zuzuwerfen. Schnell ziehen sie den Kopf ein und verschwinden wieder.

Seitdem meine Brüder es vor einer Woche darauf angelegt haben, dass July mein Geheimnis erfährt, kann ich mich auf nichts anderes mehr konzentrieren. Immer wieder überlege ich, ob es funktionieren kann.

Kann ich eine Beziehung mit ihr führen und weiter auf die Jagd gehen? Oder besser, will sie überhaupt eine Beziehung mit mir führen, wenn sie weiß, dass ich mich jeden Abend in Gefahr begebe, bevor ich zu ihr komme?

Wie eine kaputte Schallplatte gehen mir die Worte ohne Unterbrechung im Kopf um. Keine Frage, ich will July in meinem Leben haben. Noch nie war ich mir so sicher, wie ich es dieses Mal bin.

Ich liebe diese Frau, schießt es mir durch den Kopf.

Bis jetzt habe ich mich noch nie mit diesem Thema auseinandergesetzt. Ich hatte bisher auch keinen Grund dafür, und das, obwohl ich viele Frauenbekanntschaften gemacht habe. Doch keine einzige von ihnen reicht auch nur ansatzweise an July heran.

Ich liebe sie, habe sie vom ersten Moment an geliebt, als sie mein Büro betreten hat.

Der Gedanke an eine gemeinsame Zukunft mit ihr macht mir keine Angst, obwohl ich sonst immer derjenige war, der eine *Beziehung* beendet hat, sobald sie etwas tiefer ging. Und so froh ich auch darüber bin, dass ich endlich die Frau gefunden habe, mit der ich mein Leben verbringen will – es bringt mich in eine verflixte Zwickmühle.

Ich kann ihr nicht die Wahrheit sagen. Würde ich das tun, würde ich riskieren, sie zu verlieren. Und das will ich nicht. Auf der anderen Seite ist mir aber auch bewusst, dass ich es nicht ewig für mich behalten kann. In diesem Punkt muss ich Chris und Josh zustimmen, auch wenn ich das nur ungern mache.

»Mr Thompson?«, ertönt die Stimme meiner Sekretärin.

Langsam hebe ich meinen Kopf und schaue genervt in ihre Richtung. Schüchtern und ein wenig unbeholfen steht sie da und scheint nicht zu wissen, was sie machen soll.

Bin ich denn eigentlich nur von grauen Mäuschen umgeben?, frage ich mich, als ich sie genauer betrachte. *Mal abgesehen von July.*

Denn sie ist die einzige Person, die jemals dieses Büro betreten hat und sich nicht von mir hat beirren lassen. Und ich bin mir sicher, dass sie mir noch immer die Meinung sagen würde, wenn ich es darauf ankommen ließe.

»Ist etwas passiert?«, frage ich, nachdem die Sekretärin auch nach einigen Sekunden nichts weiter von sich gegeben hat. Dabei beobachte ich, wie sie sich innerlich windet.

Sie braucht es nicht zu sagen, ich kann mir auch so vorstellen, dass einer der anderen sie zu mir geschickt hat.

»Was kann ich für Sie tun?«, frage ich nun deutlich freundlicher.

Überrascht über meinen versöhnlichen Ton schaut sie mich an. An-

scheinend überlegt sie, ob ich sie verarschen will. Doch ich bleibe ernst und warte geduldig, dass sie sich wieder gefangen hat.

»Ähmmm«, stottert sie vor sich hin.

Ich muss meine Lippen fest zusammenpressen, um nicht leise zu lachen. Das würde nur dazu führen, dass sie noch länger dastünde und nicht wüsste, was sie sagen solle.

»Ich habe hier ein paar Unterlagen, die unterschrieben werden müssen, damit sie zum Gericht können.«

Während sie spricht, hält sie die Mappe hoch, als würde das alles erklären.

»Geben Sie her«, sage ich und schlucke das Seufzen hinunter, das sich einen Weg nach draußen bahnen möchte.

Langsam kommt sie näher. Dabei ruht ihr Blick auf mir, als würde sie erwarten, dass ich gleich wieder laut werde. Es juckt mich wirklich in den Fingern. Schon immer habe ich dieses Zögern gehasst.

Doch schon habe ich Julys Bild vor Augen, was mich daran hindert, meiner Ungeduld Ausdruck zu verleihen. Oder, noch schlimmer, etwas von mir zu geben, was ich bereuen würde.

Dankbar lächle ich meine Sekretärin an, nachdem sie die Mappe vor mir auf die Tischplatte gelegt hat. Dann unterzeichne ich schnell die Unterlagen, damit sie wieder verschwinden kann. Das tut sie dann auch zügig.

Einen Moment schaue ich ihr noch nach, um sicherzugehen, dass sie nicht noch etwas vergessen hat. Anschließend greife ich mir die nächste Akte von dem viel zu großen Stapel. Doch ich komme nicht sehr weit, da bereits kurz darauf meine Bürotür mit einem viel zu lauten Knall zugeschlagen wird.

Alarmiert hebe ich erneut den Kopf und spanne meine Muskeln an. Doch es ist kein Eindringling, der mich da überrascht, sondern Josh. Sein Blick bringt mich allerdings dazu, dass ich nun doch seufze.

»Was?«, frage ich ihn scharf.

»Ich weiß, dass du deine eigene Sicht auf die Dinge hast, die dir in der letzten Zeit geschehen sind. Aber dennoch ist sie falsch.«

»Von welchen Dingen sprichst du?« Fragend ziehe ich die Augenbrauen hoch.

»Das weißt du genau. July, dein Verhältnis mit ihr. Nein, ich korrigiere mich: deine Beziehung zu ihr.«

Noch immer steht er in der Mitte des Raums und schaut mich herausfordernd an. Zu gerne würde ich ihm sagen, dass ich mich darüber mit ihm nicht unterhalten werde, doch ich kenne meinen Bruder gut genug, um zu wissen, dass es ihn nicht davon abhalten würde, es dennoch zu tun.

»Was ist mit ihr?«, frage ich ihn stattdessen.

»Du musst es ihr sagen.« Seine Stimme ist eindringlich, als würde er mich beschwören wollen.

»Wieso seid ihr so scharf darauf, dass sie die Wahrheit erfährt? Wenn ich dich daran erinnern darf, waren wir uns alle einig, dass nie jemand darüber Bescheid wissen darf.«

Ich lege meine Arme auf den Schreibtisch und versuche, so ruhig wie möglich zu bleiben. Doch in mir drin sieht es anders aus.

»Ja, das waren wir. Zu dem Zeitpunkt war aber auch nicht absehbar, dass einer von uns einmal eine Freundin haben würde. Wenn wir eines von Mom und Dad gelernt haben, dann, dass man nur eine glückliche Beziehung führen kann, wenn man ehrlich zueinander ist.«

Leider muss ich ihm recht geben. Unsere Eltern gehören zu den Paaren, die alles über den anderen wissen, und das ist wahrscheinlich der Grund dafür, dass sie sich kaum streiten.

»Das beantwortet aber noch nicht meine Frage, wieso ihr so scharf darauf seid.«

»Nun ja, man könnte sagen, dass es gleich mehrere Gründe dafür gibt. Und die haben etwas mit dir zu tun.« Mit diesen Worten nickt er in meine Richtung.

»Mit mir?« Ich kann die Überraschung nicht aus meiner Stimme heraushalten.

»Zum einen wird es mit der Zeit sicherlich nicht einfacher werden. Sollte sie es irgendwann durch Zufall erfahren, ist sie bestimmt sauer auf dich. Und ich könnte es verstehen. Und dann ist da noch der Punkt, dass du sie liebst. Würdest du das nicht tun, hättest du dich schon das erste Mal, als sie dich abblitzen ließ, von ihr abgewandt. Hast du aber nicht.«

Ich zucke zusammen.

»Du brauchst erst gar nicht versuchen, es zu leugnen. Ich weiß es, und Chris weiß es auch. Du liebst sie und das ist super. Aber wenn du willst, dass ihr eine Zukunft habt, dann musst du es ihr sagen. Da sind wir uns einig.«

»Seit wann seid ihr so weise?« Ich kann nicht anders, als meinem Bruder einen genervten Blick zuzuwerfen.

»Das hat nichts mit weise zu tun. Das nennt man gesunden Menschenverstand.«

»Bist du nur deswegen gekommen?«, frage ich und hege die Hoffnung, dass das Gespräch über July beendet ist.

Denn das ist alles nicht so einfach.

»Yep, nur aus diesem Grund. Aber wir hätten da eine wirklich wundervolle Idee für dich.«

»Eine Idee?« Ich bin mir nicht sicher, ob ich wissen will, was jetzt kommt.

»Fahrt übers Wochenende weg. Bei euch ging alles so schnell, dass euch ein wenig Ruhe vielleicht ganz guttut.«

Nun schaue ich ihn entgeistert an. Ich hatte nicht erwartet, dass meine Brüder uns so genau im Auge hätten, geschweige denn, dass sie sich ihre eigenen Gedanken dazu machten. Schließlich gehörten sie noch nie zu denen, die pausenlos über das Liebesleben anderer spekulierten.

Genauso, wie ich nie eine feste Beziehung wollte, schießt es mir durch den Kopf. Doch der Vergleich passt.

»Wir sollen wegfahren?« In diesem Moment erscheint es mir einfacher, mich auf dieses seiner Argumente zu konzentrieren.

»Wieso nicht? Mit dem Idioten werden Chris und ich auch allein fertig. Bis jetzt hat er keine Anstalten gemacht, überhaupt sein Zimmer zu verlassen. Wir können zu zweit auf die Jagd gehen.«

Der Gedanke, die nächsten Tage mit July an einem Ort zu verbringen, an dem meine Brüder nicht plötzlich in der Tür stehen können, ist einfach zu schön. Außerdem bin ich mir sicher, dass sie sich auch darüber freuen würde.

Nur wir beide.

»Chris kann kaum vernünftig laufen. Ich glaube nicht, dass es eine so gute Idee ist, wenn ich einfach verschwinde. Auch wenn es nur bis Sonntag ist«, wende ich dennoch ein.

»Wenn du mit den Gedanken bei deiner Frau bist, bist du uns auch keine große Hilfe.«

Schlagartig liegen mir die Worte auf der Zunge, dass July nicht meine Frau ist. Schließlich sind wir von diesem Punkt noch weit entfernt. Ich habe bisher nicht einmal an diesen Schritt gedacht, genauso wenig, wie ich an das Wörtchen Liebe gedacht habe. Für mich hatte immer nur festgestanden, dass ich sie bei mir haben will.

»Alter, wir wollen dir nur helfen.«

»Ja, ich liebe sie«, flüstere ich, ohne dabei auf Joshs Worte einzugehen.

Und es ist wahr. July ist die Frau, die ich liebe. Und das will ich ihr immer und immer wieder zeigen. Ich will jede freie Sekunde mit ihr verbringen.

»Unseren Segen habt ihr.« Jetzt hört er sich schon viel zufriedener an. Und auch sein Gesichtsausdruck zeigt mir, dass ich das Richtige gesagt habe. »Sie ist lieb, sieht gut aus und vor allem ist sie gut für dich. Aber wir haben diesen Teil nie bedacht. Deswegen muss unser Beschluss halt angepasst werden.« Mit hochgezogenen Augenbrauen sieht er mich an und steht wieder auf.

Angepasst werden. Ich hasse diesen Ausdruck.

»Soll ich dir mal etwas sagen?«, frage ich ihn und erhebe mich ebenfalls.

»Ich bin ganz Ohr.«

»Ich hätte niemals erwartet, dass ich mit einem von euch eine solche Unterhaltung führen würde.«

»Oh, du kannst dich darauf verlassen, dass wir sie noch viel öfter führen werden. Auf jeden Fall so lange, bis du es ihr endlich gesagt hast. Und jetzt solltest du ihr von deinen Plänen fürs Wochenende berichten und ein Zimmer reservieren.« Mit diesen Worten dreht Josh sich um und verschwindet, noch bevor ich die Chance habe, ihm etwas an den Kopf zu werfen.

»Verdammt«, fluche ich. Dabei streiche ich mir über den Nacken und hoffe, dass ich so meine verspannten Muskeln lockern kann.

Aus einem Reflex heraus greife ich nach meinem Handy, das neben der Tastatur liegt. Ich ringe mit mir. Doch bevor ich es mir anders überlegen kann, gebe ich Julys Nummer ein und drücke das grüne Symbol.

»Hi«, begrüßt sie mich, nachdem es ein paarmal geklingelt hat.

»Hi, meine Hübsche.« Einen Moment ist es still in der Leitung, doch dann höre ich, wie etwas im Hintergrund gesagt wird und dabei auch mein Name fällt. Ein schiefes Grinsen erscheint auf meinem Gesicht, während ich daran denke, wie sie ihrer Freundin gerade sagt, dass ich am Telefon bin.

»Ist etwas passiert?« Ihre alarmierte Stimme dringt durch den Hörer an mein Ohr.

»Nein, alles in Ordnung«, erwidere ich sofort, um ihr die Panik zu nehmen. »Ich rufe nur an, um dir mitzuteilen, dass du nach der Arbeit sofort nach Hause fahren sollst, um ein paar Klamotten zu packen.« Vor meinem inneren Auge kann ich sehen, wie sie die Stirn krauszieht.

Ich werde es ihr dieses Wochenende sagen, beschließe ich, bevor ich ihr erkläre, was ich vorhabe. Auch wenn ich ihr noch nicht verraten kann, was ich in meiner Freizeit treibe, so will ich doch wenigstens in diesem Punkt ehrlich zu ihr sein.

»Wir werden übers Wochenende wegfahren. Nur du und ich, keine nervigen Familien oder Freunde.«

Auch jetzt sehe ich wieder ihr ungläubiges Gesicht vor mir und kann mir ein leises Lachen nicht verkneifen.

»Wohin denn?«

»Das ist eine Überraschung.« Diese Worte klingen eindeutig besser, als wenn ich ihr sagen würde, dass ich das selbst noch nicht wisse. Aber es dauert noch ein paar Stunden, bis wir losfahren, und bis dahin werde ich schon einen passenden Ort finden.

Genau genommen ist es egal, wo wir die nächsten paar Tage verbringen. Die Hauptsache ist, dass wir zusammen sind.

July sagt lange nichts. Ich hasse es, wenn ich nicht weiß, was in ihr vorgeht.

»Okay«, seufzt sie schließlich auf, was mich erleichtert durchatmen lässt. Allerdings kann ich ihr auch anhören, dass sie noch immer nicht so genau weiß, was sie davon halten soll. An ihrer Stelle würde es mir nicht anders gehen.

Kurz überlege ich, ob ich ihr sagen soll, dass sie nicht so viele Klamotten brauchen wird, doch das kann ich mir im letzten Moment verkneifen. Selbst wenn ich vorhabe, die meiste Zeit mit ihr im Bett zu verbringen und sie nach allen Regeln der Kunst zu verwöhnen.

»Wir können auch zu Hause bleiben.« Es fällt mir schwer, das zu sagen. Doch ich will sie nicht in die Ecke drängen oder zu irgendetwas zwingen, was sie nicht will. Allerdings muss ich zugeben, dass ich enttäuscht darüber wäre.

»Nein, ich freue mich schon. Ich bin nur etwas überrascht.«

»Gewöhn dich dran. Ich bin immer für eine Überraschung gut.«

Ich warte nicht darauf, dass sie noch etwas sagt, sondern lege auf.

17

July

Grenzenlos überfordert stehe ich vor meinem Kleiderschrank. Noch immer habe ich keine Ahnung, was ich mitnehmen soll.

Ich freue mich auf ein paar ungestörte Tage mit Roy. Die Erinnerung an seinen verkniffenen Gesichtsausdruck, als seine Brüder in der Tür standen, bringt mich zum Lachen.

»Was ist so lustig?«, fragt Claire, die unversehens hinter mir auftaucht.

Als ich mich zu ihr drehe, sehe ich, wie sie sich mit dem Bauch voran auf mein Bett fallen lässt, sodass sie ihr Kinn auf den Handflächen abstützen kann. Erwartungsvoll sieht sie mich an.

»Nichts«, erwidere ich.

»Hmmm«, macht sie nur. »Hast du nachher wieder ein Date mit deinem scharfen Staatsanwalt?« Claire wackelt mit den Augenbrauen, woraufhin ich die Augen ein wenig verdrehe.

Seitdem sie Roy das erste Mal gesehen hat, bekomme ich bei jeder sich bietenden Gelegenheit zu hören, wie gut er aussieht. Und genau das Gleiche gilt für Mia.

Auch dieses Mal liegen mir die Worte auf der Zunge, dass er nicht »mein« Staatsanwalt sei. Doch nach den letzten Tagen bin ich mir nicht mehr so sicher. Wir sind uns eindeutig nähergekommen. Auch wenn ich den Sex mit ihm liebe, so steht er nicht im Vordergrund. Wir können uns genauso gut unterhalten, zusammen lachen oder einfach kuscheln.

Ja, wir haben jeden Abend nackt auf dem Sofa verbracht. Und aus diesem Grund ziehe ich es vor, meinen Mund zu halten.

»Falls du es genau wissen willst, bin ich das Wochenende nicht da.«

»Wo bist du denn?«

»Weg«, flüstere ich und konzentriere mich wieder auf den Inhalt meines Kleiderschrankes. Doch egal, wie oft ich ihn begutachte, ich habe keine Ahnung, was ich einpacken soll.

»Ahhh«, ruft Claire und klatscht dabei begeistert in die Hände. »Daher weht also der Wind.«

»Woher?« Ich bin mir nicht sicher, ob ich die Antwort wissen will. Doch nun habe ich die Frage gestellt und kann sie nicht zurücknehmen. Und irgendwie bin ich auch neugierig, was sie als Nächstes sagt.

»Ein Wochenendausflug mit dem Mann, der dich um den Verstand bringt. Und das heißt, dass ihr einen gewissen Punkt überschritten habt.«

Langsam, beinahe in Zeitlupe, drehe ich mich zu meiner Schwester um. Ich habe keine Ahnung, was ich darauf erwidern soll, da sie recht hat. Allerdings kann ich nicht genau sagen, welchen Punkt genau wir überschritten haben.

Mir ist egal, wie sie mein Schweigen auslegt.

»Das ist super, wirklich. Ihr zwei seid ein süßes Paar.« Entschuldigend zuckt sie mit den Schultern. »Außerdem brauchst du dir nun keine Sorgen mehr darüber zu machen, dass er nichts für dich empfindet.«

»Das habe ich auch überhaupt nicht«, verteidige ich mich sofort.

Doch an der Art und Weise, wie Claire mich ansieht, kann ich erkennen, dass sie mir nicht glaubt. Und es ist wahr. In mir sieht es nämlich so aus, dass ich nicht möchte, dass die Sache mit Roy nur von kurzer Dauer ist. Aber ein winziger Teil in mir hält mehrmals am Tag vor Augen, dass er genau der Typ Mann ist, der keine feste Bindung eingeht.

»Aber natürlich nicht«, pflichtet sie mir ironisch bei und setzt damit noch einen oben drauf.

Seufzend lasse ich mich auf die Bettkante sinken und fahre mir übers Gesicht. Doch auch so kann ich nicht klarer denken. Nicht, wenn es um Roy geht.

»Warum gibst du es nicht wenigstens vor Mia und mir zu? Ich bin deine Schwester und Mia deine beste Freundin. Da braucht es dir nicht peinlich zu sein, dass du verunsichert bist.«

In diesem Moment komme ich mir vor, als wäre ich die kleine Schwester, und nicht sie. Sie hat recht.

»Wahrscheinlich, weil es mir schon schwerfällt, es überhaupt vor mir zuzugeben.« Nun bin ich es, die mit den Schultern zuckt.

»Ach, komm schon. Wie oft hast du bei mir gesehen, dass es mir so ging? Und es wäre schön, wenn ich beim nächsten Mal auch so einen Mann treffen würde.«

»Die viel wichtigere Frage ist nicht, ob er etwas für mich empfindet. Sie lautet viel eher, was ich für ihn fühle«, murmle ich leise vor mir hin.

Ich bin mir nicht sicher, ob ich das zu ihr oder zu mir sage. Deswegen weiche ich ihrem Blick aus.

»Du liebst ihn«, stellt Claire fest.

Ich nicke nur.

Und genau das ist das Problem.

»Jetzt hast du Angst, dass er dir das Herz brechen könnte.«

Wieder nicke ich.

»Ich kann dir nur den Rat geben, dich auf das Wochenende einzulassen. Er würde bestimmt nicht so einen Aufwand betreiben, wenn er das mit euch beenden wollte. Nutze die Gelegenheit und versuche, herauszubekommen, was er empfindet. Dabei brauchst du ihm ja nicht zu offenbaren, wie es dir geht.«

Aus ihrem Mund hört sich das einfach an. Doch ich habe bereits die Erfahrung gemacht, dass nichts einfach ist, wenn es um Roy geht.

»Ich weiß, du hast dich am Anfang dagegen gewehrt, überhaupt auf ein Date mit ihm zu gehen. Aber er hat nicht lockergelassen, bis du zugestimmt hast. Wärst du ihm egal, wäre das nur eine Nummer auf Zeit für ihn, würde er sich nicht solche Mühe mit dir geben.«

Die Worte meiner Schwester kommen zwar bei mir an, allerdings dauert es ein wenig, bis ich den Sinn dahinter verstanden habe.

Er hätte schon beim ersten Nein keinen weiteren Versuch unternommen.

Ich spüre, wie die Hoffnung in mir größer wird. Allerdings verbiete ich mir das, da ich nicht enttäuscht werden will. Ich werden die nächsten Tage einfach auf mich zukommen lassen.

Mit großen Schritten nähert Roy sich mir. Seine Augen sind auf mich gerichtet, was es mir beinahe unmöglich macht, ruhig weiterzuatmen. Mein Kopf ist leer, sodass ich meinem Körper nicht einmal den Befehl dazu erteilen kann.

»Hi«, raunt er mir ins Ohr, nachdem er mir so nahegekommen ist, dass ich seinen heißen Atem auf meiner Haut spüren kann. Ich kann nichts mehr erwidern, da er mir bereits einen Kuss gibt.

Im gleichen Moment, in dem seine Hände meine Hüften umgreifen, erwacht eine Begierde in mir, wie nur er sie hervorrufen kann. Das Kribbeln in meinem Inneren setzt ein, während ich mich eng an ihn presse. Mittlerweile ist mir diese Reaktion auf ihn vertraut, allerdings wirft sie mich noch immer aus der Bahn, als wäre es das erste Mal, dass er mich berührt.

»Ich dachte schon, du hättest mich vergessen«, entgegne ich, als ich meine Sprache wiedergefunden habe.

»Dich würde ich niemals vergessen. Bist du fertig?«

Als Antwort nicke ich und zeige auf den Koffer, der neben der Wohnungstür steht. Kurz folgt er meinem Blick, ehe er mich wieder ansieht. Doch dann grinst er frech.

»Verrätst du mir jetzt, wo es hingeht?«, erkundige ich mich.

»Das wirst du noch früh genug erfahren«, flüstert er mit verschwörerischer Stimme.

Als Roys Lippen meine Haut streifen, bildet sich eine Gänsehaut auf meinem Körper. Ich habe wieder vor Augen, was er damit mit meinem Körper anstellen kann. Doch es gelingt mir, unter größten Schwierigkeiten, mir in Erinnerung zu rufen, dass wir im Hausflur stehen. Und auch in der Wohnung ist es nicht sicherer. Schließlich hält sich dort meine Schwester auf.

Als würde er wissen, was in mir vor sich geht, stupst er mich mit der Nase an.

»Erfahre ich wenigstens, wie du auf die Idee gekommen bist, diesen Ausflug zu planen?«, versuche ich weiter mein Glück und greife nach meiner Tasche.

Als ich mich jedoch wieder zu ihm drehe, steht er so dicht vor mir, dass ich ihn beinahe über den Haufen renne. Erschrocken hebe ich meinen Kopf und schaue ihn an.

»Ich will, dass wir Zeit zu zweit verbringen. Und damit meine ich nicht in meiner Wohnung, wo wir Gefahr laufen, jederzeit gestört zu werden. Sondern, wo ich dir zeigen kann, wie viel du mir bedeutest. Na komm, wir haben noch ungefähr zwei Stunden Fahrt vor uns.« Roy greift mit der einen Hand nach meinem Koffer und mit der anderen nach meinen Fingern.

»Claire?«, rufe ich noch, um mich von meiner Schwester zu verabschieden. »Ich bin jetzt weg. Wir sehen uns übermorgen.«

Kaum habe ich ausgesprochen, steckt sie ihren Kopf aus der Wohnzimmertür.

»Ich wünsche euch viel Spaß, und tut nichts, was ich nicht auch tun würde.« Sie zwinkert mir noch einmal zu, ehe sie wieder verschwindet.

Roy wirft mir einen fragenden Blick zu, doch ich schüttle nur den Kopf. Ich weiß genau, worauf sie anspielt, will mich jetzt aber nicht darüber unterhalten. So zwischen Tür und Angel ist nicht der beste Ort und auch nicht der beste Zeitpunkt dafür. Eigentlich will ich überhaupt nicht über dieses Thema sprechen. Vor allem nicht, solange ich nicht weiß, wie er darüber denkt.

Während wir die Treppen hinuntersteigen, läuft Roy hinter mir und pustet mir in den Nacken, sodass ich kichern muss.

»Was ist denn heute los mit dir?«, frage ich ihn, als wir den Bürgersteig erreicht haben.

»Nichts, ich freue mich nur auf ein paar ruhige Tage mit meiner Freundin.«

Ruckartig bleibe ich stehen. Ich spüre seinen verwunderten Blick auf mir.

»Magst du es nicht, wenn ich dich so nenne?«

»Doch, ich liebe es sogar.« Schnell stelle ich mich auf die Zehenspitzen und küsse ihn, ehe ich an ihm vorbei auf seinen Wagen zugehe.

Sein heiseres Lachen dringt an mein Ohr, doch ich beschließe, dass ich nicht darauf eingehen werde.

18

Roy

»Wir sind da«, verkünde ich, als ich gute zwei Stunden später den Wagen in der Einfahrt vor dem Haus, in dem wir das Wochenende über wohnen werden, parke.

Wir befinden uns in einem Vorort von Houston. Da ich selber noch nicht hier war, weiß ich leider nicht sehr viel über den Ort. Doch was ich weiß ist, dass hier fast nur Einfamilienhäuser stehen, in denen Familien wohnen. Die Straßen sind bekannt für ihre Feste und dafür, dass es nicht sehr viel passiert. Und genau das ist es, was ich jetzt brauche.

Das Haus gehört einem Kollegen, der es irgendwann einmal aus einer Laune heraus gekauft hat. Doch die meiste Zeit des Jahres steht es leer, sodass er mir gerne die Schlüssel überlassen hat.

Die Straßenlaternen spenden gerade so viel Licht, dass wir die Umrisse unseres Ferienhäuschens erkennen können. Zwei Tage trauter Zweisamkeit liegen vor uns, und ich freue mich auf jede einzelne Sekunde.

Ich erhasche einen Blick auf July, die sich neugierig umschaut. Ich lasse sie nicht aus den Augen. Dabei wächst meine Befürchtung, dass sie meine Idee mit dem Ausflug scheiße findet. Und der Einfall ist ja auch total kitschig. Da würde es mich nicht wundern, wenn sie mich fragt, ob ich sie noch alle habe.

»Es ist wunderschön hier«, murmelt sie nach einer gefühlten Ewigkeit ein wenig müde.

Auch wenn ich es mir nicht anmerken lasse, sorgen ihre Worte dafür, dass mir ein riesiger Stein vom Herzen fällt. Allerdings bräuchte ich mir gar keine Mühe zu geben, um einen neutralen Gesichtsausdruck beizubehalten, da July noch immer das Haus mustert.

»Ich kann es kaum erwarten, es von drinnen zu sehen«, fügt sie noch hinzu und wirft mir dabei einen kurzen Blick zu.

Wortlos steige ich aus und gehe um den Wagen herum, um ihre Tür zu öffnen. Als ich ihre kühlen Finger auf meiner Haut spüre, würde ich sie am liebsten sofort gegen den Wagen gelehnt in Besitz nehmen. Es ist nur eine unschuldige, beinahe beiläufige Berührung, trotzdem sorgt sie dafür, dass mir das Blut in die Körpermitte schießt. Und wenn sie mir dann auch noch diesen Blick schenkt, habe ich mich nicht mehr im Griff.

Innerlich seufze ich. Außerdem halte ich mir vor Augen, dass es sicherlich für Gerede sorgen würde, wenn ein Staatsanwalt Ärger mit der Polizei bekäme, weil er nicht die Hände von seiner Freundin lassen konnte. Deshalb sollte ich mich wenigstens noch für kurze Zeit gedulden.

Ganz davon abgesehen macht es sie wahnsinnig, nicht von mir berührt zu werden. Das hat sie mir mehr als einmal gezeigt.

Dennoch lasse ich es mir nicht nehmen, mich zu July hinunterzubeugen und ihr einen Kuss zu geben. Auch, wenn es nur ein flüchtiger ist.

»Hier werden wir auf jeden Fall ungestört sein«, flüstere ich ihr ins Ohr, nachdem ich meine Lippen von ihren gelöst habe.

Ich spüre die Gänsehaut auf ihrem Körper und weiß, dass ich daran schuld bin. Sie reagiert auf jede noch so kleine Berührung. Und das macht mich mehr an, als in den meisten Alltagssituationen gut für mich ist.

Aber das ist auch ein Zeichen für mich, dass sie die Frau ist, mit der ich mein Leben verbringen will. Dass sie die Frau ist, die mir gehört und die mir niemand mehr nehmen kann.

Man müsste schon sehr dämlich sein, das überhaupt zu versuchen, denke ich und kann es mir dabei kaum verkneifen, zu knurren.

»Komm, wir holen unsere Koffer und gehen rein.«

Mit diesen Worten entferne ich mich von ihr, auch wenn es mir schwerfällt. Schnell lade ich unser Gepäck aus und gehe gemeinsam mit July auf die Eingangstür zu.

»Willkommen«, raune ich ihr zu, nachdem ich aufgeschlossen habe.

July geht an mir vorbei und schaut sich nach allen Seiten um. Kurz bleibt mein Blick an ihr hängen, bevor ich mich ebenfalls umsehe. Bis jetzt habe ich das Haus nur auf Bildern gesehen, doch die Realität entspricht den Aufnahmen vollkommen.

Wir stehen mitten im Wohnzimmer. Es ist hell eingerichtet und hat riesige Fenster, die tagsüber das Licht hereinlassen. Doch nun befinden sich dicke Vorhänge dafür, sodass niemand hereinschauen kann. Es gibt sogar einen Kamin, der sich auf der anderen Seite des Zimmers befindet.

July entfernt sich einige Schritte von mir, bevor sie sich nach mir umdreht. Ich erkenne das Funkeln in ihren Augen, das mir Gewissheit gibt, dass ich mich für das Richtige entschieden habe. Die Müdigkeit, die ich eben noch an ihr bemerkt habe, ist schlagartig verschwunden.

Langsam gehe ich auf sie zu und lege meine Hände auf ihre Hüften.

»Ich habe uns Essen bestellt. Dann brauchen wir heute nicht mehr zu kochen oder das Haus zu verlassen«, erkläre ich und schiebe sie dabei vor mir her, bis wir das Sofa erreicht haben. »Du legst dich hin und ich werde dich verwöhnen.«

Ich sehe July an, dass sie protestieren will. Allerdings bin ich froh darüber, dass ihr kein Ton über die Lippen kommt. Nach allem, was in den letzten Wochen geschehen ist, will und werde ich ihr jeden einzelnen Wunsch von den Augen ablesen.

»Wann hast du das denn gemacht?«, fragt sie stattdessen und hebt dabei die Augenbrauen leicht.

Ich gebe ihr noch einen Kuss auf die Stirn, ehe ich ihr bedeute, dass sie sich hinlegen soll. Ohne sich von mir abzuwenden, lässt sie sich auf das Sofa fallen und zieht die Beine unter den Hintern.

»Noch bevor ich dich abgeholt habe. Ich habe denen eine Zeitangabe gemacht, um sicher zu sein, dass sie nicht zu früh kommen.«

Auf ihren Lippen erscheint ein sanftes Lächeln, von dem ich überhaupt nicht genug bekommen kann. Stundenlang könnte ich es mir ansehen und danach noch immer das Gefühl haben, als hätte ich es nicht oft genug gesehen.

Für diese Augenblicke lebe ich.

Bis jetzt habe ich immer meinen Job und die Jagd auf Schwerverbrecher als den Sinn meines Lebens angesehen. Damit habe ich den größten Teil der letzten Jahre zugebracht. Die Affären, die ich dazwischen hatte, sind es nicht einmal wert, dass ich sie erwähne.

Doch es gefällt mir, dass mir diese Momente nun wichtiger sind als alles andere. Zumal ich nie daran geglaubt habe, dass ich irgendwann einmal eine Frau über mein Hobby stellen würde.

Ich lasse mich neben July in die Kissen sinken und ziehe ihren Körper an meinen. Nichts läuft, weder der Fernseher noch das Radio.

»Die Stille ist ganz ungewohnt.« July lacht.

»Ja, aber das war auch der Sinn des Ausfluges. Nur wir beide«, gebe ich ebenfalls lachend zurück. Ich möchte noch etwas hinzufügen, doch da klingelt es an der Tür. »Das muss unser Essen sein«, stelle ich fest und drücke ihr noch einen Kuss auf die Lippen, bevor ich aufstehe.

Schnell gehe ich zur Tür, nehme die Wärmebehälter entgegen und reiche dem Mann ein paar Geldscheine. Er bedankt sich noch bei mir, ehe er zu seinem Wagen zurückkehrt.

»Du kümmerst dich um das Essen und ich werde mich schnell umziehen«, verkündet July und schlingt dabei von hinten die Arme um mich. Auf meiner Brust verschränkt sie ihre Hände und hält mich so gefangen.

Ich spüre, wie sie ihr Gesicht an meinen Rücken legt.

»Du machst aber nicht den Eindruck auf mich, als wäre es das, was du vorhast.«

»Pssst«, macht sie und zwickt mich in den Bauch. »Ich genieße die Ruhe.«

Bei ihren Worten kann ich nicht anders, als laut aufzulachen.

»Das ist nicht lustig. Sobald wir zurück in San Antonio sind, wird es wieder chaotisch werden. Da möchte ich jede einzelne Sekunde genießen.«

Es dauert ein wenig, bis ich es schaffe, mich wieder zusammenzureißen. Doch dann drehe ich mich zu ihr um und stelle dabei das Essen auf der Kommode neben mir ab.

»Ich könnte dir auch die Klamotten mit den Zähnen ausziehen«, schlage ich vor.

An ihrem Blick kann ich genau erkennen, dass mein Vorschlag die gewünschte Wirkung nicht verfehlt. Ich kann spüren, wie ihr Herz schneller schlägt und sie sich noch dichter an mich drückt.

»Dieser Gedanke klingt wirklich zu verführerisch. Allerdings habe ich seit heute Mittag nichts mehr gegessen und langsam bekomme ich Hunger«, erwidert July. Dabei schielt sie in Richtung der Essensbehälter, bevor sie mich wieder ansieht.

»Dann geh nach oben und zieh dir etwas Bequemes an.« Ein letztes Mal küsse ich July, bevor sie sich von mir löst und nach ihrer Tasche greift.

Ich schaue ihr nach, bis sie aus meinem Blickfeld verschwindet. Doch selbst dann gehe ich nicht sofort in die Küche, sondern nehme mir einen Moment Zeit. So gut es geht, versuche ich mich zu sammeln.

Schon vor ein paar Tagen ist mir klar geworden, dass ich mich verändert habe, seitdem July in mein Leben getreten ist. Ich bin zwar noch immer der knallharte Staatsanwalt, der sich nicht auf der Nase herumtanzen lässt, und ich scheue mich auch noch immer nicht davor, anderen die Meinung zu sagen.

Doch wenn July in meiner Nähe ist, werde ich ruhiger. Sie hat eine Wirkung auf mich, die ich niemals für möglich gehalten hätte. Ich will sie beschützen und ihr gleichzeitig die Welt zu Füßen legen. Jeden Tag aufs Neue.

»Scheiße«, murmle ich.

Schnell gehe ich in die Küche und verteile das Essen auf zwei Tellern. Doch kaum habe ich diese auf dem Wohnzimmertisch platziert, verschlägt Julys Anblick mir die Sprache.

Heilige Scheiße, schießt es mir durch den Kopf, als ich sie mit den Augen verschlinge.

Sie trägt Leggings, die ihre perfekten Beine und ihren sexy Po zur Geltung bringen. Ihr Shirt ist zwar etwas weiter, trotzdem kann man jede einzelne Rundung darunter erkennen. Und das ist nicht alles. Der Stoff ist ein wenig durchsichtig, sodass mein Blick an ihren Brüsten kleben bleibt, die von einem dunklen BH verhüllt werden.

Sie sieht so heiß aus, dass ich mich auf nichts anderes mehr konzentrieren kann. Wie ein Raubtier bewege ich mich auf sie zu. Unsere Blicke treffen sich. Ich bleibe so dicht vor July stehen, dass ihr Geruch in meine Nase steigt. Langsam hebe ich meine Hand und lege sie an ihre Wange, während sie gleichzeitig nach meinen Hüften greift.

In diesem Moment kommt es mir so vor, als würde unsere Umgebung um uns herum versinken. Es gibt nichts anderes mehr, nur noch July und mich. Und so wird es für die nächsten Tage bleiben. Ganz genau so, wie ich es mir vorgestellt habe.

July sagt nichts. Sie hält sich an mir fest, während sie sich auf die Zehenspitzen stellt und mich küsst. Ihre Lippen sind sanft und ihre Berührungen zurückhaltend. Doch das reicht, um das Verlangen nach dieser Frau in mir zu wecken.

Das Blut schießt mir in den Schwanz, sodass es nicht lange dauert, bis meine Hose zu eng wird. Ich umgreife Julys Hintern und hebe sie auf meine Arme. Ihre Lippen lösen sich nicht von meinen, während ich sie zum Sofa trage und auf die Decke lege, die dort zur Dekoration ausgebreitet liegt.

Gerade ist mir alles egal. Mit der Hand fahre ich unter ihr Shirt und taste mich immer weiter nach oben, bis ich den unteren Rand ihres BHs erreicht habe. Ich muss mich mehrmals ermahnen, ruhig zu bleiben.

Am liebsten würde ich ihr diese Hose runterreißen und mich in ihr vergraben. Doch ich will auch mit ihr spielen. Mir Zeit für sie und ihre Bedürfnisse nehmen. Sie lieben, so wie sie es verdient hat.

Mit der Zungenspitze fahre ich über ihre Halsschlagader und spüre das Zittern, das durch ihren Körper geht. Augenblicklich werde ich noch härter, sodass es schon fast wehtut. Doch auch jetzt ignoriere ich mein brennendes Verlangen.

In Zeitlupe ziehe ich ihr das Shirt über den Kopf und werfe es zur Seite. Die rechte Hand lasse ich auf ihren Rücken gleiten und öffne den BH-Verschluss, sodass ich sie auch von diesem Kleidungsstück befreien kann.

Kaum berührt die kühle Luft ihre Nippel, bäumt July sich ein Stück auf und streckt mir ihre Brüste entgegen. Nur zu gerne nehme ich die Einladung an. Ich sauge abwechselnd an ihnen, umspiele sie, während ich die andere zwischen Daumen und Zeigefinger zwirble.

Julys Atmung wird schneller. Ich bin mir sicher, wenn ich jetzt meine Hand zwischen ihre Beine lege, ist sie mehr als bereit, mich in sich aufzunehmen. Langsam richte ich mich auf und ziehe ihr dabei die Hose von den Beinen. Es fällt mir schwer, mich zurückzuhalten, doch ich sehe ihr an, dass es ihr gefällt. Von Sekunde zu Sekunde wird sie ungeduldiger, doch sie genießt es.

»Roy«, bettelt sie schließlich mit heiserer Stimme.

Hastig entledige ich mich meiner Kleidung. Ich will mich wieder auf July legen, doch sie ist schneller. Noch bevor ich mich überhaupt auf sie zubewegen kann, hat sie sich aufgesetzt und nimmt meinen Schwanz in ihren Mund. Sanft fährt sie mit ihren Zähnen daran entlang und entlockt mir so ein Stöhnen. Um sie besser dabei beobachten zu können, halte ich ihr die Haare aus dem Gesicht.

Ich habe fast den Punkt erreicht, an dem ein Orgasmus beinahe unausweichlich ist. Doch ich will nicht kommen. Zumindest jetzt noch nicht. Deswegen entziehe ich mich ihr und schüttle den Kopf. Ein enttäuschter Ausdruck macht sich auf ihrem wunderschönen Gesicht breit. Doch ich bleibe standhaft.

»Wenn du so weitermachst, ist der Spaß vorbei, noch bevor wir überhaupt richtig angefangen haben.«

Ich küsse sie und drücke sie dabei wieder in die Kissen. Meine Finger erkunden jeden Zentimeter ihres Körpers, während ich ihre Beine immer weiter auseinander drücke.

Dann dringe ich in sie ein. An der Art und Weise, wie sie die Luft einzieht, merke ich, dass sie damit nicht gerechnet hat. Behutsam bewege ich mich in ihr. Doch dann werde ich schneller. Julys Finger krallen sich an meinem Rücken fest und ihren Kopf birgt sie an meiner Schulter. Mit einer Hand presse ich ihren Oberkörper an meinen, um ihr noch näher zu sein.

Ich genieße jeden Augenblick, jede Bewegung. Jedes Stöhnen, das aus ihrem Mund kommt, macht mich noch härter. Jedes Mal, wenn sie meinen Namen keucht, fällt es mir noch schwerer, nicht sofort zu kommen.

Doch es dauert nicht lange, bis ich merke, wie sie sich um mich herum anspannt. Und das reicht aus, damit ich spüre, wie auch der Druck in mir immer größer wird.

»Komm mit mir«, raune ich ihr ins Ohr.

Um sie endgültig zum Höhepunkt zu treiben, kneife ich sie in die Nippel. Kaum habe ich sie losgelassen, bäumt July sich auf und verliert die Kontrolle über ihren Körper. Sie überlässt es mir, sie zu führen und wieder sicher zur Erde zu bringen. Und dieses Wissen sorgt dafür, dass mich ebenfalls der Orgasmus überrollt. Dabei sage ich ihr in Gedanken immer und immer wieder, wie sehr ich sie liebe, wie sehr ich sie brauche. Aber vor allem sage ich ihr, wie sehr ich sie in meinem Leben haben will.

Schwer atmend komme ich zu mir. Ich erhasche noch einen Blick auf July, bevor sie ihren Kopf an meiner Brust versteckt. Doch der reicht mir aus, dass sich ein kleines Grinsen auf mein Gesicht stiehlt.

Ich liebe diesen spontanen Sex mit ihr. Genauso sehr, wie ich sie liebe.

Vorsichtig streiche ich ihr übers Gesicht und drücke ihr dann noch einen Kuss auf die Haare, ehe ich mich aufrichte und die Decke über uns ausbreite.

»Ich glaube, als dein Kollege dir die Schlüssel gegeben hat, hatte er nicht daran gedacht, dass wir das Sofa dazu benutzen würden«, flüstert July und kichert dabei.

»Nein, wahrscheinlich nicht. Aber ich glaube, dass er im letzten halben Jahr nicht einmal hier war«, gebe ich zurück und reiche ihr dabei einen der beiden Teller.

»Schön doof.«

»Warum?« Fragend schaue ich sie an.

»Wenn man so ein schönes Haus hat, müsste man doch jedes Wochenende hier verbringen. Auf jeden Fall würde ich das machen.«

July zuckt mit den Schultern. Doch ich betrachte sie kurz nachdenklich. Um mir jedoch nichts anmerken zu lassen, greife ich nach dem anderen Teller und schalte den Fernseher ein.

19

July

Als ich am nächsten Morgen wach werde, dauert es ein wenig, bis ich mich orientiert habe. Kurz kommt es mir so vor, als würde ich noch immer schlafen und hätte das alles nur geträumt. Doch ich brauche mich nur im Schlafzimmer umzusehen, um zu wissen, dass wir uns tatsächlich nicht in San Antonio befinden. Im Gegensatz zu Roys Schlafzimmer ist dieses hier eher schlicht eingerichtet und in einem hellen braun eingerichtet. Und dieser Punkt sorgt dafür, dass ich lächeln muss.

Wir sind in Houston und werden bis morgen Abend auch noch hierbleiben!

Glücklich seufze ich und sinke dabei etwas tiefer in die dicken Kissen, die im ganzen Bett verteilt sind. Roys leises Grummeln dringt an mein Ohr und meine Laune schwingt sich auf in ungeahnte Höhen.

Ich spüre seinen festen Griff um meinen Körper und kuschle mich noch dichter an ihn heran. Hätte mir vor drei Wochen jemand genau diese Situation vorhergesagt, hätte ich denjenigen für verrückt erklärt. Ich wäre nicht einmal im Entferntesten auf die Idee gekommen, dass es so laufen könnte. Und das ist wahrscheinlich auch der Grund dafür, dass ich mein Glück noch immer nicht fassen kann.

»Guten Morgen«, haucht Roy mir ins Ohr. Dabei streift sein heißer Atem meine Haut und kitzelt mich, sodass ich leise kichere.

»Morgen«, gebe ich zurück, nachdem ich mich wieder etwas beruhigt habe. Dabei lasse ich meinen Zeigefinger über eines seiner zahlreichen Tattoos wandern, die seine Arme, seine Schultern und seine Brust zieren.

Auch wenn es nicht das erste Wochenende ist, das wir miteinander verbringen, ist es doch etwas anderes. Hier befinden wir uns in unserer eigenen Welt. Hier ist niemand, der uns stört.

»Können wir heute nicht einfach im Bett liegen bleiben?«, frage ich unschuldig und ziehe die Decke noch ein Stückchen höher.

Roy lacht leise, dann bewegt er sich blitzschnell, und ehe ich mich versehe, liege ich unter ihm. Er ist mir so nah, dass ich schon die Augen zum Kuss schließen will. Doch stattdessen betrachtet er mich durchdringend, als würde er meine Gedanken lesen wollen.

»Ich muss zugeben, dass das ein verlockender Gedanke ist«, sagt er mit geheimnisvoller Stimme. »Doch ich habe eigentlich gedacht, dass wir schön frühstücken gehen und dann einen langen Spaziergang machen.«

Verspielt stupst er mich mit der Nase an. Dann küsst er mich endlich. Sanft kratze ich mit den Nägeln über seinen Rücken und entlocke ihm so ein Stöhnen. Kurz habe ich die Hoffnung, dass er es sich doch noch anders überlegt, doch da löst er sich bereits wieder ein Stück von mir.

»Wir können auch etwas anderes unternehmen. Uns etwas ansehen, zum Beispiel. Entscheide du. Heute Abend habe ich allerdings einen Tisch beim Italiener reserviert.«

Wieder sieht er mich auf seine mysteriöse Art an. Doch ich komme nicht mehr dazu, ihn zu fragen, denn er beginnt, mich zu kitzeln.

Ich ziehe ihn noch dichter an mich heran, da ich nicht will, dass er sich von mir trennt, doch Roy ist stärker als ich. Und er setzt noch einen oben drauf und zieht mir die Decke weg, sodass ich nackt vor ihm liege. In der nächsten Sekunde haut er mir auf den Arsch, und ich richte mich erschrocken auf.

Lachend entfernt er sich. Ich sage nichts, auch wenn es mir schwerfällt, sondern strecke ihm nur die Zunge raus.

Als wir eine Stunde später das Haus verlassen, werden wir von der warmen Sommerluft und singenden Vögeln begrüßt.

»Wo fahren wir hin?«, frage ich Roy, nachdem ich mich auf den Beifahrersitz gesetzt habe.

»In der Innenstadt von Houston soll es ein schönes Café geben. Und ich wüsste auch schon ein paar Sachen, die wir uns danach ansehen können.« Mit diesen Worten startet er den Motor und fährt rückwärts aus der Einfahrt.

Während er sich einen Weg in die Stadt sucht, hält er meine Hand. Sanft fährt sein Daumen über meinen Handrücken, während ich auf die Stelle schaue, an der wir uns berühren.

Seine Nähe setzt etwas in mir frei. Niemals hätte ich gedacht, dass ich so empfinden kann, doch es ist so. Und es macht mir keine Angst. Nein, ich genieße es.

Bei Roy brauche ich mir keine Gedanken zu machen, dass er etwas falsch verstehen könnte. Bei ihm fühle ich mich geborgen und sicher. Aber vor allem weiß ich, dass er niemals etwas tun würde, was mir schadet. Ich kann nicht genau sagen, wieso ich dieses Gefühl habe. Doch ich spüre es einfach.

Er ist der Mann, den ich liebe und mit dem ich den Rest meines Lebens verbringen will.

Um mich auf andere Gedanken zu bringen, konzentriere ich mich auf die Umgebung. Ich versuche es zumindest. Denn so wirklich funktioniert es nicht. Ich nehme Roy neben mir nur noch intensiver wahr.

Nur am Rande nehme ich wahr, dass sich überall um uns herum Wolkenkratzer befinden. Überall befinden sich exklusive Geschäfte, zwischen verschiedenen Bars und Restaurants.

»Da hinten gibt es ein nettes Café«, reißt er mich aus meinen Gedanken. Ich war so sehr in meiner eigenen Welt versunken, dass ich gar nicht gemerkt habe, wie er am Straßenrand gehalten hat.

»Wie kommt es, dass du dich hier so gut auskennst?«, frage ich ihn. Ich versuche, so beiläufig wie möglich zu klingen. Dabei habe ich jedoch Panik, dass ich nicht die erste Frau bin, die er hierher mitgenommen hat. Und ich kann nicht genau sagen, wie ich reagieren werde, wenn es wirklich so ist.

»Der Kollege, in dessen Haus wir uns einquartiert haben, hat mir den Tipp gegeben, dass wir zum Frühstück dorthin gehen sollen.«

Kaum hat er ausgesprochen, lächelt er mich an, ehe er aussteigt. Mit großen Schritten umrundet er seinen Wagen.

Auch wenn etwas albern ist, so bin ich doch über die Maßen erleichtert über seine Antwort. Damit er nichts merkt, steige ich ebenfalls aus und greife nach seiner Hand, die er mir entgegenstreckt, als ich in Reichweite bin.

Gemeinsam schlendern wir die Straße entlang, bis wir das Bistro erreicht haben. Es liegt ein wenig versteckt, sodass man es nicht auf den ersten Blick erkennt. Allerdings sieht es romantisch aus. Die Fenster sind mit Blumen vollgestellt und auch vor dem Eingang erkenne ich einige Pflanzenkübel. Es ist so ein kleiner Laden, wie man ihn sich in Paris vorstellt.

Roy führt mich jedoch noch ein Stückchen weiter um die nächste Ecke herum, wo sich ein paar Tische befinden.

»Setz dich«, sagt er.

»Du bist ja ein richtiger Gentleman«, stelle ich scherzhaft fest, nachdem er mir den Stuhl zurechtgerückt hat.

»Ja, ich habe viele Seiten. Die meisten kennen allerdings nur eine.«

Ich brauche ihn nicht zu fragen, welche er meint. Nachdem ich ihn nun schon ein paar Mal im Büro erlebt habe, kann ich es mir sehr gut vorstellen.

»Dann bin ich froh, dass ich zu den Wenigen gehöre, die wissen, dass du auch anders sein kannst«, flüstere ich und schaue mich dabei um.

Ich spüre seinen Blick auf mir. Er beschert mir eine Gänsehaut und nimmt mich gefangen.

»Ich auch.« Seine Worte sind so leise, dass ich ihn kaum verstehen kann. Deswegen sehe ich ihn fragend an, doch Roy wiederholt sie nicht.

»Nett ist es hier«, stelle ich fest, als ich die Ruhe zwischen uns nicht mehr aushalte.

Roy erwidert nichts. Stattdessen greift er nach meinen Händen und verschränkt seine Finger mit meinen. Als ich mich auf dieses eine Date mit ihm eingelassen habe, hätte ich es nicht für möglich gehalten. Doch mittlerweile fühlt es sich normal für mich an. Und ich will nicht, dass dieses Gefühl jemals endet.

»Danke«, sage ich, nachdem wir unsere Bestellung aufgegeben haben.

»Wofür?« Verwirrt sieht Roy mich an.

»Dass du mich hergebracht hast«, antworte ich. Um meine Worte noch zu verdeutlichen, mache ich eine Handbewegung, die nicht nur das Café, sondern die ganze Umgebung einschließt.

»Das habe ich gerne gemacht. Und soll ich dir etwas verraten?« Roy lehnt sich ein Stück nach vorne, als würde er ein riesiges Geheimnis mit mir teilen wollen.

»Was denn?«

»Ich habe mir überlegt, dass wir das in Zukunft öfter machen könnten. Nach der Arbeit wegfahren, um das Wochenende an einem anderen Ort zu verbringen. Vor allem, da dies die einzige Möglichkeit zu sein scheint, wie wir Ruhe und Zeit füreinander haben.«

Ich lache leise.

»Ja. Bei mir stören meine Schwester und meine Freundin und bei dir deine Brüder. Nicht, dass ich sie nicht mögen würde, aber etwas mehr Privatsphäre wäre wahrscheinlich gar nicht mal so schlecht.«

Vor allem, wenn ich an die letzten Tage denke, füge ich in Gedanken noch hinzu. Ich bin mir sicher, dass ich ihm das nicht sagen muss, da er sich das denken kann. Und ich brauche nur einen Blick in sein gequältes Gesicht zu werfen, um zu wissen, dass er genau versteht.

»Ich verspreche dir, dass es ruhiger wird. Mit meinen Brüdern werde ich ein ernstes Wörtchen sprechen.«

Roy führt meine Hand an seine Lippen und küsst sie.

»Wieso hast du dich eigentlich dazu entschieden, mit deinen Brüdern in einem Haus zu wohnen?«, erkundige ich mich, als wir nach dem Frühstück durch einen nahe gelegenen Park spazieren. Da schönes Wetter ist, sind viele Familien unterwegs. Die Kinder spielen auf den Wiesen, während die Eltern auf den Bänken sitzen und sich unterhalten. Ich genieße die Sonne auf meiner Haut.

Roy hat seinen Arm um meine Hüfte gelegt, sodass wir uns noch näher sind. Seine Wärme auf meiner Haut zu spüren, lässt sie kribbeln und mein Herz schneller schlagen.

»Wir haben uns schon immer gut verstanden. Sicher, wir ziehen uns gerne mal auf, aber das ist ja nichts Ungewöhnliches.«

»Wem sagst du das?«, frage ich ihn seufzend. Dabei denke ich an Claire und wie oft ich sie schon verflucht habe, weil sie mich nicht in Ruhe lassen konnte. Erst recht, als wir noch bei unseren Eltern gewohnt haben.

»Vor ein paar Jahren haben wir das unbebaute Grundstück von einer Tante unserer Mutter geerbt und uns gedacht, dass es doch eine super Idee wäre, wenn wir uns dort gemeinsam etwas aufbauen.« Roy zuckt mit den Schultern. »Es ist keine aufregende Geschichte. Wir hatten die Gelegenheit und haben sie genutzt, damit wir keine Miete mehr zahlen mussten. So teilen wir uns die Kosten.«

»Bis jetzt habe ich immer gedacht, dass nur Schwestern auf so eine Idee kommen«, erkläre ich.

»Nein, wie du siehst, tun das auch Brüder. Damals hatte es ganz gut gepasst. Wir waren einander ziemlich ähnlich, und in gewisser Weise sind wir das noch immer.«

»In gewisser Weise?« Ich bin mir nicht sicher, ob ich ihm damit zu nahe trete, doch nun habe ich die Frage gestellt und kann sie nicht mehr zurücknehmen.

»Ich sage mal so: In den letzten Wochen hat sich einiges geändert.«

Mit diesen Worten bleibt er stehen und dreht mich zu sich herum, sodass er mich in seine Arme schließen kann. Ich verliere mich in seinen Augen. Von der ersten Sekunde an hat er mich so in seinen Bann gezogen.

Roy umfasst meinen Hals zart mit seinen großen Händen und küsst mich leidenschaftlich.

Mir ist klar, dass wir wahrscheinlich den anderen Spaziergängern im Weg stehen, doch es ist mir egal. Sollen sie doch denken, was sie wollen, ich will nur diesem Mann nah sein.

Der Kuss scheint eine Ewigkeit zu dauern. Als Roy sich von mir löst, bin ich völlig außer Atem.

Ein sexy Lächeln umspielt seine Lippen, als er mich liebevoll betrachtet. Sanft streicht er mir eine Strähne aus dem Gesicht und legt dann seine Hand an meine Wange. Ich schmiege mich an ihn und schließe meine Augen.

»Ich glaube, wir sollten weitergehen«, murmelt er und gibt mir noch einen Kuss auf die Nasenspitze.

Den restlichen Tag schauen wir uns jedes Fleckchen in Houston an. Zumindest kommt es mir so vor. Als wir abends wieder vor dem Haus von Roys Arbeitskollegen ankommen, schmerzen meine Füße.

»Ich hoffe, du hast noch genügend Energie für unser Abendessen«, sagt Roy, nachdem er die Tür hinter uns geschlossen hat.

»Da ich beim Essen nicht laufen muss, steht dem nichts im Weg«, erwidere ich lachend und streife mir meine Schuhe von den Füßen.

»Wir müssen nicht gehen. Wir können auch hierbleiben und uns noch einen gemütlichen Abend machen«, schlägt er rasch vor und kommt mir dabei ein wenig näher.

»Oh nein, vergiss das sofort wieder. Ich will mit dir ausgehen, und genau das werden wir auch machen.« Meine Stimme ist fest und lässt keinen Widerspruch zu.

Trotzdem sieht Roy mich prüfend an. Um seine restlichen Zweifel zu zerstreuen, drücke ich ihm einen Kuss auf die Wange, ehe ich nach oben gehe und ins Schlafzimmer verschwinde.

Es dauert nicht lange, bis ich höre, wie er mir folgt. Seine Schritte sind langsam und leise. Dennoch dringen sie deutlich zu mir. Ich bleibe mitten im Schlafzimmer stehen und drehe mich zu ihm um. Doch er macht keine Anstalten, sich mir zu nähern. Stattdessen lässt er sich auf die Kante des Bettes sinken und sieht mir dabei zu, wie ich langsam meine Klamotten ausziehe.

Ich kann erkennen, wie sein Blick diesen gefährlichen Ausdruck annimmt. Und das reicht schon aus, damit sich eine Gänsehaut auf meinem Körper bildet. Dieser Mann hat mich im Griff. Dafür braucht er mich nicht einmal zu berühren.

»Was ist?«, frage ich ihn tonlos, nachdem mein Rock zu Boden gefallen ist. Um meine Frage noch zu unterstreichen, ziehe ich eine Augenbraue hoch.

»Nichts, ich beobachte dich einfach gerne.« Seine Stimme ist dunkel und mindestens genauso gefährlich wie der Ausdruck in seinen Augen. Sie jagt mir erneut eine Gänsehaut über den Körper und sorgt dafür, dass ich mich nur schwer im Griff habe.

Langsam nähere ich mich ein paar Schritte, bis ich schließlich zwischen seinen Beinen stehen bleibe. Meine Hände lege ich auf seine Schultern, was ihn dazu bewegt, seinen Kopf zu heben und mich anzuschauen.

»Du siehst mir also gerne dabei zu, wie ich mich ausziehe?« Mir ist klar, dass ich seine Worte wiederhole. Doch ich lasse meine Stimme ein wenig geheimnisvoll und verspielt klingen.

Er weicht mir nicht aus. Seine dunklen Augen sind auf meinen Körper geheftet, als würde er fürchten, ihn nie wieder zu Gesicht zu bekommen.

»Oh ja«, flüstert er. Sein Zeigefinger fährt über meinen Körper, bis er den Saum meines Tangas erreicht hat.

Ich wünsche mir, dass er seine Lippen auf die empfindliche Stelle zwischen meinen Beinen drückt und mir so ein Stöhnen entlockt. Ich will Roy die Kontrolle überlassen und ihm zeigen, wie sehr ich ihm vertraue. Wie sehr ich ihn liebe.

Doch bevor ich das machen kann, drängt er mich einen Schritt nach hinten und erhebt sich. Dabei lässt er mich noch immer nicht aus den Augen.

»Ich weiß, was du willst. Und du kannst mir glauben, dass ich das auch will. Schon den ganzen Tag stelle ich mir vor, wie ich meinen Schwanz in dir versenke. Du wirst dir wahrscheinlich denken können, dass es nicht gerade einfach ist, sich mit diesem Bild im Kopf auf etwas anderes zu konzentrieren.«

Mein Mund wird trocken. Als Antwort bekomme ich nur ein Nicken zustande. Zu mehr bin ich gerade nicht in der Lage. Ich komme mir wie eine Idiotin vor, weil er es mit diesen wenigen Worten geschafft hat, mich aus dem Gleichgewicht zu bringen.

»Und das werde ich heute noch tun. Aber nicht jetzt. Jetzt werden wir uns fertig machen und dann einen romantischen Abend miteinander verbringen.«

Aus einem Reflex heraus beiße ich mir auf die Lippen. In diesem Moment kann ich es kaum erwarten, endlich wieder mit ihm hier zu sein und mich ihm hinzugeben.

20

Roy

Es hätte im Schlafzimmer nicht viel gefehlt und ich hätte sie genommen. Ich wollte ihr Stöhnen hören. Und das will ich noch immer. Zu wissen, dass ich derjenige bin, der ihr diese Lust verschaffen kann, der ihr diese Erlösung bescheren kann, zeigt mir, dass sie mir gehört.

Doch das werde ich in wenigen Stunden ausgiebig nachholen, beschließe ich, als ich einen Blick auf die wunderschöne Frau werfe, die mir gegenübersitzt.

Aufmerksam betrachtet sie mich. Ihre Augen leuchten und auf ihre sanften Lippen hat sich ein bezauberndes Lächeln gelegt. Es ist das Lächeln, das ich am liebsten den ganzen Tag an ihr sehen möchte. Es ist noch strahlender als die Lichter, die den Innenraum erhellen.

Ich kann mich nur auf sie konzentrieren. In diesem Moment bin ich froh, dass wir nicht mittendrin sitzen, sodass wir mehr Privatsphäre haben. Auch wenn alle Tische weit genug auseinander stehen, sodass man die anderen nicht belauschen kann. Außerdem sind im gesamten Restaurant große Palmen verteilt, die einen noch mehr von den anderen Gästen abschirmen.

»Von mir aus können wir das jedes Wochenende machen«, stellt July übermütig fest.

Oder ich kaufe hier ein kleines Häuschen, denke ich. Mir liegen die Worte auf der Zunge, doch ich spreche sie nicht aus. Es würde nur zu einer Diskussion führen. Dabei wäre es für mich kein Problem. Ich verdiene genug in meinem Job. Doch ich bin mir sicher, dass ich dieses Argument nicht vorbringen muss.

Aus diesem Grund beschließe ich, dass ich gleich am Montag einen Makler anrufen werde. Er soll mir ein paar Häuser vorschlagen und Bilder schicken. Als Überraschung für July.

»Ja«, sage ich stattdessen nur.

Ich greife nach ihrer Hand und verschränke meine Finger mit ihren. Ihr leises Lachen dringt an mein Ohr. Ich sehe ihr an, dass sie glücklich ist. Es war die richtige Entscheidung, ein paar Tage hier zu verbringen, auch wenn wir uns morgen wieder auf den Heimweg machen müssen.

»Auf die umwerfende Frau, mit der ich den Abend verbringen darf«, sage ich und halte ihr dabei mein Glas entgegen.

Ich beobachte, wie sie bei meinen Worten ein wenig rot im Gesicht wird. Doch sie versucht es zu überspielen, indem sie lächelt und mit mir anstößt.

Mein Mund öffnet sich, da ich noch etwas sagen will. Doch da fällt mein Blick auf einen Mann, der gemeinsam mit einer Frau das Restaurant betritt. Ich bin mir sicher, dass ich ihn schon einmal irgendwo gesehen habe. Allerdings kann ich sein Gesicht keinem Namen zuordnen. Doch das ändert nichts an der Tatsache, dass die Alarmglocken in meinem Kopf laut schrillen.

»Roy? Ist alles in Ordnung?«, fragt July besorgt. Dabei sieht sie mich abwartend an, ehe sie meinem Blick folgt. »Kennst du sie?«

Kaum sind ihre Worte bei mir angekommen, reiße ich ruckartig meinen Blick von den beiden los. Ich sehe July an, dass sie nicht sehr begeistert ist. Die Vorstellung, dass sie eifersüchtig ist, bringt mich zum Grinsen. Es ist einer der kleinen Punkte, die mir zeigen, dass sie ernsthafte Gefühle für mich hegt.

»Nein«, sage ich deswegen schnell. July soll erst gar nicht auf die Idee kommen, dass die Frau eine Verflossene von mir ist. »Ihn kenne ich irgendwoher«, murmle ich, während ich mein Gehirn durchforste.

Ich weiß, dass es irgendetwas mit meinem Job zu tun hat. Aber da sehe ich jede Woche so viele Menschen, und das schon seit Jahren, dass ich mich nicht mehr an alle erinnern kann. Dabei habe ich eigentlich ein gutes Erinnerungsvermögen.

Doch als ich mich endgültig von dem Pärchen abwenden will, fällt es mir wieder ein. Und das gefällt mir noch weniger.

»Scheiße«, entfährt es mir. Das Wort hat meinen Mund verlassen, ehe ich es verhindern kann.

Mit weit aufgerissenen Augen beobachte ich die beiden.

»Was ist?« July zieht die Stirn kraus, bevor sie sich noch einmal in die Richtung der Neuankömmlinge dreht.

»Nichts«, sage ich und hoffe, dass sie es dabei belässt. In mir wehrt sich alles dagegen, ihr zu sagen, wer der Typ ist, der sich nur ein paar Meter von uns entfernt aufhält.

Sie muss nicht wissen, dass dieser Mann Matt Wayne ist. Und noch weniger muss sie wissen, dass dieser Mann der Grund dafür ist, dass meine Brüder und ich das machen, was wir machen.

Fünf Jahre ist es nun her, dass ich ihn das letzte Mal gesehen habe. Damals habe ich ihn wegen mehrfacher Vergewaltigung angeklagt. Er hatte seine Opfer gequält und ihnen gedroht, sie zu töten, wenn sie jemandem davon erzählten. Viele hatten dichtgehalten. Doch es gab ein paar wenige, die eine Aussage gemacht haben. Nur deswegen konnte er überhaupt verurteilt werden. Und ich bin mir sicher, hätten sich noch mehr dazu entschlossen, ihr Schweigen zu brechen, wäre er länger ins Gefängnis gegangen.

Wenn ich mich richtig erinnere, hätte er noch die nächsten zwei Jahre dort verbringen müssen. Ich presse meine Lippen zu einer dünnen Linie zusammen. Ich muss mich gewaltig am Riemen reißen, um mir meine Anspannung nicht so sehr anmerken zu lassen.

Trotzdem kommt es mir vor, als hätte July etwas begriffen, als ich einen Blick in ihr Gesicht werfe. Sorgenvoll betrachtet sie mich. Man kann ihre Miene eigentlich gar nicht falsch deuten. Trotzdem hoffe ich, dass ich mich täusche.

»Aber wir sind nicht hier, um uns mit anderen Leuten zu beschäftigen«, starte ich einen Ablenkungsversuch.

Sie lässt es sich nicht nehmen, noch ein letztes Mal in Waynes Richtung zu schauen, bevor sie sich mir wieder zuwendet.

Während des Essens erzählt sie mir von ihrer Familie. Für alle anderen klingen diese Geschichten wahrscheinlich langweilig. Doch ich höre ihr gerne zu. Dabei ist es mir in erster Linie egal, was sie erzählt.

Ich merke, dass sie sich genau so eine glückliche Beziehung wünscht, wie ihre Eltern sie führen. Und die Tatsache, dass sie vor drei Wochen noch immer Single war, zeigt mir, dass sie den richtigen Partner noch nicht gefunden hatte.

Doch damit ist nun Schluss. Denn ich werde ihr jeden Tag aufs Neue beweisen, dass ich der Mann an ihrer Seite bin.

»Ich bin gleich wieder da«, sage ich, als ich sehe, dass Matt aufsteht und in Richtung der Toiletten geht. Ich habe die Hoffnung, dass ich so erfahre, wieso er schon wieder draußen ist. »Und dann werden wir nach Hause fahren und ich werde dich verwöhnen, immer und immer wieder«, flüstere ich in Julys Ohr, nachdem ich neben ihr stehen geblieben bin und mich nach unten gebeugt habe.

Augenblicklich kann ich die Gänsehaut erkennen, die sich auf ihrem Körper ausbreitet. Doch das ist nicht ihre einzige Reaktion auf meine Worte. Ihr Mund öffnet sich ein Stück und ihre Atmung beschleunigt sich, wie ich am Heben und Senken ihrer Brust erkennen kann.

Und dann werde ich dir sagen, dass ich dich liebe.

Ich muss aufpassen, dass mir diese Worte nicht jetzt schon über die Lippen kommen. Dabei wird der Druck von Minute zu Minute größer. Sie wollen heraus, aber das werde ich mit Sicherheit nicht hier zwischen Tür und Angel zulassen.

Deswegen entferne ich mich schnell. Mit großen Schritten schlage ich die Richtung ein, in die auch Wayne verschwunden ist.

Ich werfe einen letzten Blick über meine Schulter zu July. Doch sie schaut mir nicht nach, worüber ich froh bin. Erst dann betrete ich den Toilettenbereich. Da ich Wayne nirgends erkennen kann, stelle ich mich an eines der Waschbecken und warte dort auf ihn. Es dauert nur ein paar

Minuten, bis er neben mir auftaucht. Starr schaue ich in den Spiegel und beachte ihn nicht. Trotzdem kann ich seinen Blick auf mir spüren.

Doch auch wenn er vorerst sein Schweigen nicht bricht, bin ich mir sicher, dass er mich sofort erkannt hat. Schließlich bin ich dafür verantwortlich, dass er die letzten Jahre im Gefängnis verbracht hat. Und so jemanden vergisst man nicht.

Ich drehe mich zu ihm und schaue ihn fragend an. Nun kann ich dabei zusehen, wie alle Farbe aus seinem Gesicht weicht, während er überlegt, wie er mich am besten wieder loswird. In den vergangenen Jahren bin ich mehr als einmal Zeuge dieser Reaktion geworden, sodass ich sie mittlerweile genau zuordnen kann. Und das bringt mich innerlich ein wenig zum Schmunzeln.

Ich könnte es ihm einfach machen, doch das habe ich überhaupt nicht vor. Ich fand damals schon, dass er zu glimpflich davonkam. Und dass er nicht einmal die ganze Zeit absitzen musste, macht es nicht besser.

»Sie sind es«, stellt er tonlos fest. Doch noch immer stelle ich mich ahnungslos.

»Wer bin ich?«, frage ich ihn scheinbar verwirrt.

»Sie sind der Staatsanwalt, dem ich die letzten Jahre zu verdanken habe.« Wütend zischt er die Worte. Und auch sein Gesichtsausdruck passt dazu. Ich brauche nicht großartig zu überlegen, um zu wissen, dass es ihm nicht gefällt, mich hier zu sehen. Das ist aber sein Problem und nicht meins.

Er macht einen Schritt auf mich zu, als würde er mich einschüchtern wollen. Doch da ist er nicht der Erste. Und das war schon lange so, bevor ich angefangen habe, auf die Jagd zu gehen.

»Ja, so könnte man es beschreiben«, entgegne ich ruhig und verziehe keine Miene.

In meinem Inneren sieht es aber ganz anders aus. Ich bin sauer. Sauer, weil er viel zu wenige Jahre bekommen hat. Und vor allem sauer, weil er die noch nicht einmal komplett da verbracht hat, wo er hingehört.

Bedrohlich blickt er mich an. Allerdings schafft er es damit nicht einmal ansatzweise, mich zu beeindrucken.

»Ich habe mir gewünscht, dass du mir irgendwann über den Weg läufst. Unzählige Male habe ich mir das vorgestellt. Allerdings hätte ich nicht gedacht, dass es so schnell passieren würde.« Waynes Stimme ist noch ein wenig schärfer geworden. Doch auch jetzt lasse ich mich nicht aus der Ruhe bringen.

»Das trifft sich gut. Mir geht es nämlich nicht anders.«

Kaum habe ich geendet, holt Wayne aus. Da ich mich darauf eingestellt habe, bin ich schneller. Geschickt weiche ich zur Seite aus, sodass er ins Leere schlägt. Verwundert sieht er sich um, bis sein Blick auf mich fällt.

»Ich habe keine Ahnung, was du alles mit den Frauen angestellt hast. Allerdings bin ich mir sicher, dass da noch viel mehr war, als sie vor Gericht erzählt haben.« Ich halte seinem Blick stand.

»Was soll ich sagen? Ich kann dir nur versichern, dass sie genauso ihren Spaß hatten wie ich.«

Vor meinem geistigen Auge entsteht ein Bild von July. Und die Vorstellung, dass er mit ihr tut, was er den anderen Frauen angetan hat, sorgt dafür, dass ich nicht mehr klar denken kann. Ohne zu überlegen, hole ich aus und schlage ihm mitten ins Gesicht. Langsam dreht er wieder seinen Kopf in meine Richtung und blickt mich wütend an.

»Ich habe keine Ahnung, wieso du wieder draußen bist. Aber ehrlich gesagt ist es mir auch egal. Ich verspreche dir, wenn du auch nur noch einer einzigen Frau etwas antust, dann werde ich dich finden. Und du kannst mir glauben, dass dir das dann nicht gefallen wird.«

Meine Stimme klingt ruhig und gelassen, dennoch lasse ich keinen Zweifel daran, dass ich jedes Wort ernst meine.

»Dafür hast du nicht die Mittel, und auch nicht die Zeit«, spricht er weiter. Doch der Ton seiner Stimme verrät mir, dass er sich da gar nicht so sicher ist.

Du weißt nicht, wie du mich einschätzen sollst, überlege ich. Bei diesem Gedanken macht sich Genugtuung in mir breit.

»An deiner Stelle wäre ich vorsichtig.« Während ich spreche, lehne ich mich ein Stück nach vorne. Meine Stimme ist leise und kalt. Mir ist klar, dass wir unter vier Augen sind, doch ich will ihm klarmachen, dass er mich mit seinen Drohgebärden nicht beeindrucken kann.

Dieser Mann ist es gewohnt, die Oberhand zu haben. Doch bei mir gelingt ihm das nicht.

Wahrscheinlich hatte er auch im Knast das Sagen. Doch diese Erkenntnis sorgt dafür, dass es mich noch mehr freut, dass ich ihm eine Lektion erteilen kann.

Da er auch einige Augenblicke später noch keine Antwort parat hat, drehe ich mich um und lasse ihn stehen. Dabei achte ich jedoch auf jedes Geräusch, um sicherzugehen, dass er nicht noch einmal auf mich losgehen will.

July wirft mir einen Blick zu, als würde sie nicht wissen, was sie sagen solle, als ich mich ihr wieder gegenübersetze. In diesem Moment frage ich mich, ob sie vielleicht merkt, dass etwas nicht stimmt.

Natürlich merkt sie das, schießt es mir durch den Kopf. Schließlich hat sie ein Gespür dafür, wenn etwas nicht stimmt. Doch ich halte mir vor Augen, dass sie nichts von der Unterhaltung mit Matt wissen kann. Dafür hätte sie uns belauschen müssen. Und das kann ich mir nun beim besten Willen nicht vorstellen.

»Ist alles in Ordnung?«, fragt sie mich vorsichtig.

Doch noch bevor ich etwas erwidern kann, bevor ich überhaupt den Mund aufmachen kann, kommt Matt mit energischen Schritten auf uns zu. Um zu verhindern, dass er überhaupt die Chance hat, in Julys Nähe zu kommen, erhebe ich mich erneut und stelle mich so vor sie, dass Matt sie nicht anschauen kann. Er braucht erst gar nicht auf die Idee zu kommen, dass sie sein nächstes Opfer wird.

Wenn er auch nur Anstalten macht, in ihre Nähe zu kommen, werde ich ihn mindestens einen Kopf kürzer machen, denke ich. Meine Augen kneife ich ein wenig zusammen, um ihm das wortlos zu verstehen zu geben.

»Ich würde meinen Arsch darauf verwetten, dass du wissen willst, wieso ich wieder auf freiem Fuß bin. Es wundert mich, dass du es noch nicht erfahren hast. Schließlich bist du Staatsanwalt!«

Bis vor wenigen Sekunden bin ich davon ausgegangen, dass Matt wegen guter Führung vorzeitig entlassen wurde. Doch seine Worte lassen darauf schließen, dass dem nicht so ist. Doch wenn er meint, dass er mich auf diese Weise überrumpeln kann, hat er sich getäuscht.

»Ich habe einen Deal gemacht.« Mit diesem einen Satz schafft er es nun doch, mich aus der Bahn zu werfen.

Doch schnell rufe ich mir in Erinnerung, dass July sich direkt hinter mir befindet, sodass ich mich binnen eines Wimpernschlages wieder gefangen habe.

»Einen Deal?«, erkundige ich mich mit gleichgültiger Stimme. Doch im Stillen überlege ich bereits, wer so dämlich sein kann, einen Deal mit Matt Wayne zu schließen.

»Ja, einen Deal. Und zwar mit einem deiner Kollegen aus Dallas. Kaum habe ich ihm die Informationen gegeben, die er haben wollte, war ich auf freiem Fuß.«

Ich lasse mir nicht anmerken, dass ich nicht sehr erfreut über die Nachricht bin. Mein Gesichtsausdruck bleibt neutral. In meinem Kopf mache ich mir jedoch eine Notiz, dass ich mich darum kümmern werde. Auch wenn ich Matts Freilassung nicht mehr rückgängig machen kann, so würde ich doch wenigstens gerne den Grund dafür kennen. Und ich kann nur hoffen, dass es einen verdammt guten Grund gibt.

»Verschwinde, am besten so weit weg, wie es nur irgend geht«, knurre ich.

»Sonst was?«

»Sonst werde ich dafür sorgen, dass du wieder in den Knast kommst. Und dieses Mal wirst du nicht rauskommen, weil du irgendwelche Infos hast.«

Ich mache einen Schritt nach vorne und richte mich zu meiner vollen Größe auf. Von mir aus könnte der Präsident am Nachbartisch sitzen, wenn es sein müsste, würde Matt Bekanntschaft mit meiner Faust machen.

Sein leises Lachen dringt an mein Ohr. Er verhöhnt mich, macht sich über mich lustig. Um das zu erkennen, brauche ich nicht sehr viel Menschenkenntnis.

Kurz drehe ich meinen Kopf in Julys Richtung. Ich war so auf Matt konzentriert, dass ich gar nicht gemerkt habe, wie sie aufgestanden ist und sich zwei Schritte entfernt hat. Trotzdem steht sie noch immer hinter mir, sodass ich sie mit meinem Körper vor Matt abschirme.

Auf den ersten Blick erkenne ich, dass sie keine Ahnung hat, was sie von der Szene halten soll. Und ich bin mir sicher, dass es Matts Begleitung genauso geht.

Doch das ist nicht mein Problem. *Und wahrscheinlich ist es sogar besser für sie, wenn sie ihn ganz schnell wieder los ist.*

In dem Moment, in dem ich mich wieder zu ihm drehe, holt er aus und erwischt mich an der Schläfe. Überrascht blinzle ich und versuche meinen Blick wieder scharf zu stellen. Es ging alles so schnell, dass ich nicht reagieren konnte. Ich habe den Schlag nicht kommen sehen und das ist mir vorher noch nie passiert.

»Na, wer ist jetzt der Bessere?«

»Du auf jeden Fall nicht«, antworte ich und lasse meine Faust ebenfalls in seinem Gesicht landen.

Mit schmerzverzerrtem Blick geht Matt zu Boden. Ich beobachte ihn dabei, wie er sich noch mit den Händen abzustützen versucht, doch es bringt nichts. Sein Arm gibt unter ihm nach. Sein Blick ist hasserfüllt, doch mir geht es nicht anders.

Niemand droht mir. Und schon gar nicht, wenn July sich in meiner Nähe aufhält.

Die nächsten Sekunden versuche ich, mich wieder einigermaßen in den Griff zu bekommen. Mehrmals atme ich tief durch, doch meine Nerven wollen sich nicht beruhigen. Mein Herz schlägt wild und mein Körper zittert. Ich habe keine Ahnung, wann ich das letzte Mal so nervös gewesen bin.

Ich bin mir sicher, wenn Matt auch nur noch einen Ton von sich gibt, werde ich für nichts mehr garantieren können. Doch das will ich dann auch gar nicht mehr.

»Roy«, flüstert July hinter mir. Erst, als ich meinen Namen aus ihrem Mund höre, erlange ich die Kontrolle über meine Muskeln wieder, die sich augenblicklich entspannen.

Langsam wende ich mich ihr zu und schaue in ihre wunderschönen Augen. Nachdem man sie beinahe vergewaltigt hatte, wollte ich nicht, dass sie auch nur noch ein einziges Mal mitbekommt, wie ich mich prügle. Man könnte auch sagen, dass dies ein Grund dafür war, dass ich ihr noch nicht gesagt habe, dass ich des Nachts oft das tue, was ich tue. Doch dieser Plan ist nach hinten losgegangen.

Ein wenig zögerlich kommt sie näher. Mir schießt der Gedanke durch den Kopf, dass sie Angst vor mir haben könnte, und das will ich nicht. Niemals würde ich die Hand ihr gegenüber erheben. Doch dann merke ich, dass es nicht Angst ist, sondern Verwirrung. Und das wiederum ist ein Gefühl, mit dem ich klarkomme.

Dicht vor mir bleibt sie stehen und hebt ihre Hand. Sanft streicht sie über meine Lippe. Ich lasse meine Stirn gegen ihre sinken und schließe die Augen.

»Eigentlich solltest du so etwas nicht mehr zu sehen bekommen«, offenbare ich ihr meinen gescheiterten Plan.

July antwortet nicht. Stattdessen verzieht sie ein wenig das Gesicht, sodass ich leise lache. Am liebsten würde ich gemeinsam mit ihr von hier verschwinden. Doch aus dem Augenwinkel kann ich zwei Polizisten erkennen. Ich bin mir sicher, dass es mindestens noch eine Stunde dauern wird, bis wir endlich fahren können.

Diesen Abend habe ich mir anders vorgestellt, denke ich noch, bevor ich ihr einen entschuldigenden Blick zuwerfe. Dann gehe ich zu den beiden Beamten hinüber.

21

July

Ich bin todmüde. Anders kann ich den Zustand, in dem ich mich befinde, nicht beschreiben.

Die letzte Nacht habe ich fast durchgehend wach gelegen. Ich konnte nicht schlafen, so sehr ich es auch wollte. Sobald ich die Augen geschlossen habe, hatte ich wieder die Bilder vor Augen, wie Roy eine verpasst bekam.

Ich wollte ihm helfen, doch ich hatte keine Ahnung, was ich machen sollte. Wie sich allerdings bereits kurz darauf herausgestellt hatte, war es gut, dass ich mich zurückgehalten habe. Sonst wäre ich in einer kleinen Schlägerei gelandet.

Trotzdem würde ich gerne wissen, worum es genau ging. Ich brauchte nicht lange nachzudenken, um zu begreifen, dass dieser Mann einer von denen ist, die wegen Roy im Gefängnis saßen. Und mir ist klar, dass er aus diesem Grund heftigen Groll gegen Roy hegt. Doch gleich aufeinander loszugehen, macht die Situation auch nicht besser.

Gestern habe ich Roy nicht mehr darauf angesprochen, da ich erst ein wenig Zeit verstreichen lassen wollte. Allerdings kann ich auch nicht mit Gewissheit sagen, dass ich dieses schwierige Thema heute anschneiden werde.

Seufzend drehe ich mich auf den Rücken und starre an die Decke. Auch wenn ich kein Fan von Schlägereien bin, bin ich froh, dass Roy sich nicht auf der Nase hat herumtanzen lassen.

Er sah beide Male wirklich heiß aus.

Ein leises Kichern dringt mir über die Lippen, als ich daran denke, wie er seine Muskeln angespannt hat.

»Was ist so lustig?«, fragt mich Roy. Er zieht mich noch dichter an seinen nackten Oberkörper heran.

»Nichts«, gebe ich schnell zurück. Dabei kann ich jedoch nicht aufhören zu lachen.

»Wieso glaube ich dir das nicht?«

»Keine Ahnung.« Neckisch zucke ich mit den Schultern und fahre mit dem Zeigefinger über seine Brust.

»Na gut, dann werde ich das mal so stehen lassen. Aber ich bin froh, dass es dir besser geht. Als wir gestern nach Hause gefahren sind, hatte ich die Befürchtung, dass Matt es geschafft hat, uns das Wochenende zu versauen.«

Schlagartig richte ich mich so weit auf, dass ich mich auf dem Ellbogen abstützen kann. Ich lasse meine flache Hand auf seiner Brust liegen und betrachte ihn nachdenklich.

»Wieso sollte er das geschafft haben?« Ich ziehe meine Stirn kraus.

»Du kamst mir gestern etwas sehr ruhig vor, nachdem diese Scheiße passiert war.«

»Ja, ich musste das alles erst mal verdauen. Doch unser gemeinsamer Fernsehabend hat mir gut gefallen.«

Um ihm zu zeigen, wie ernst ich es meine, kuschle ich mich mit einem glücklichen Lächeln auf dem Gesicht wieder an ihn. Die nächsten Minuten liegen wir schweigend nebeneinander. Sein Zeigefinger streicht mir ohne Unterbrechung von der Schulter über den Rücken, bis zum Ansatz meines Hinterns und wieder zurück.

Ich bin so sehr auf diese Zärtlichkeiten konzentriert, dass ich einen überraschten Laut von mir gebe, als er sich so bewegt, dass ich unter ihm liege. Dabei rutscht die Decke ein Stück nach unten und entblößt meine nackten Brüste.

Rechts und links von meinem Kopf stützt Roy sich ab und lässt seinen dunklen Blick über meinen Körper wandern. Meine Nippel ziehen sich schmerzhaft zusammen. Mit nur einem Blick schafft er es, dass ich nicht mehr weiß, wo oben und unten ist.

Ich lasse ihn nicht aus den Augen, während er keine Anstalten macht, sich zu bewegen. Als ich schon die Befürchtung habe, dass er sich gleich von mir lösen wird, drückt er seine Lippen auf meine.

Noch im selben Moment spüre ich, wie ich feucht zwischen den Beinen werde. Mein Rücken biegt sich durch und meine Brüste recken sich ihm noch mehr entgegen, sodass meine Nippel über seine Haut streifen. Ein leises Stöhnen entfährt mir.

Seine Lippen fahren über meine Haut und setzen sie in Brand. Von Sekunde zu Sekunde wird mir heißer. Ich will seine Hände auf meinem Körper und seine Lippen auf meiner empfindlichsten Stelle spüren. Als würde Roy das fühlen, grinst er mich frech an, ehe sein Mund über meinen Bauch immer weiter nach unten wandert.

Als er endlich sein Ziel erreicht, leckt er darüber und entlockt mir so ein Stöhnen. Es kommt mir vor, als würde in diesem Augenblick sämtliche Last von meinen Schultern fallen. Ich entspanne mich und sinke noch tiefer in die Kissen.

Seine Zunge schnellt über meine geschwollene Perle und sorgt so dafür, dass ich dem Orgasmus immer näher komme. Es dauert nicht lange, bis ich spüre, wie sich das Kribbeln mit rasender Geschwindigkeit in meinem Körper ausbreitet. Schon bald habe ich mich nicht mehr im Griff.

Keuchend kralle ich mich im Laken fest und hoffe, so wenigstens etwas Halt zu finden. Dann überrollt mich der Höhepunkt.

»Roy«, stöhne ich lustvoll auf.

Während ich auf den Wellen des Orgasmus dahintreibe, taucht Roy wieder unter der Decke auf und kommt nach oben. Dann spüre ich, wie er in mich eindringt.

Mein Mund öffnet sich, während ich nach Luft schnappe. Roys Stöße kommen in immer rascherer Abfolge, sodass sich das Gefühl sofort wieder aufbaut, bevor es abklingen konnte. Doch dieses Mal spüre ich, wie auch Roy sich der Erlösung nähert.

Seine Muskeln spannen sich an und er presst die Kiefer aufeinander. Für mich gibt es nur noch uns beide auf der Welt.

»Komm mit mir«, raunt er mit gefährlicher Stimme in mein Ohr. Die Art und Weise, wie er es sagt, zusammen mit seinem heißen Atmen, der meine Haut kitzelt, sorgt dafür, dass ich die Kontrolle verliere.

Und zwar heftiger als jemals zuvor.

Bis jetzt dachte ich, dass die Intensität dessen, was ich in den letzten Wochen zusammen mit ihm erlebt habe, nicht mehr zu übertreffen wäre. Doch gerade überzeugt Roy mich vom Gegenteil.

Schreiend erreiche ich meinen Höhepunkt, während auch Roy sich völlig seiner Lust hingibt. Es scheint eine Ewigkeit anzudauern. Doch auch, als die körperlichen Empfindungen allmählich nachlassen, kann ich noch immer nicht klar denken. Mich erfüllen sämtliche Emotionen, die er in mir auslöst. Und die haben nicht nur etwas mit Sex zu tun.

Ich liebe dich. Die Worte warten nur darauf, dass ich sie endlich ausspreche. Doch ich kann es nicht. Ich weiß nicht wieso, doch plötzlich habe ich Angst. Angst vor seiner Reaktion und davor, enttäuscht zu werden.

Trotzdem schaffe ich es, mich ein wenig zu entspannen. Roy lässt seine Stirn an meine sinken. Ich genieße die Ruhe, die uns umgibt.

Irgendwann richtet er sich ein wenig auf und stützt sich auf seine Ellbogen. Doch er macht keine Anstalten, sich weiter von mir zu entfernen. Und ich will ihm so nahe wie möglich sein. Besonders nach dem gestrigen Abend. Mein Instinkt sagt mir, dass irgendetwas geschehen ist, von dem ich nichts mitbekommen habe.

Doch auch jetzt erkundige ich mich nicht danach. Stattdessen studiere ich Roys Miene.

»Was ist los?«, frage ich ihn.

Er schaut mir tief in die Augen. »Ich liebe dich«, kommt es ihm so leise über die Lippen, dass ich ihn kaum verstehe. Dennoch bin ich mir sicher, dass ich mich nicht verhört habe.

Mein Herz beginnt, schneller zu schlagen, und die Schmetterlinge in meinem Bauch werden wach. Auch wenn sein Blick mir zu verstehen gibt, dass ich ihn richtig verstanden habe, so braucht es doch ein paar Sekunden, bis diese drei kleinen Worte bei mir angekommen sind.

Doch dann lächle ich glücklich. Schnell blinzle ich die Tränen weg, die mir in die Augen steigen wollen. So gut es geht, versuche ich zu verhindern, dass sie sich einen Weg über mein Gesicht bahnen, doch ich schaffe es nicht.

»Nicht weinen«, flüstert er und wischt sie sanft weg.

»Das sind Glückstränen«, erwidere ich. »Ich liebe dich.« Kaum habe ich das ausgesprochen, kann ich beobachten, wie er ebenfalls lockerer wird. Die Anspannung weicht aus uns beiden.

Zärtlich küsst er mich. In diesem Moment weiß ich, dass es richtig war, ihm meine Liebe zu gestehen, auch wenn ich vor wenigen Minuten noch gezögert habe.

Zwar stehen wir noch ganz am Anfang und werden sicherlich noch einiges zu bewältigen haben, doch ich bin mir sicher, dass ich diesen Weg mit ihm gemeinsam gehen will.

Als ich am Montag das Büro betrete, kommt es mir so vor, als wüssten alle Bescheid, wie ich das Wochenende verbracht habe. Dabei kann niemand ahnen, dass ich nun mit einem Staatsanwalt zusammen bin. Obwohl der Blick, den Mia mir zuwirft, Bände spricht.

Den ganzen Vormittag sieht sie mich an, als hätte ich es auf meiner Stirn stehen. Ich kann es mir nicht verkneifen, ihrer unverhohlenen Neugier mit einem genervten Gesichtsausdruck zu.

»Nun rück mal mit der Sprache heraus«, fordert sie mich in der Mittagspause auf.

Obwohl ich ganz genau weiß, worauf sie hinauswill, ziehe ich die Stirn kraus. Ich habe die Hoffnung, dass ich so womöglich noch ein wenig Zeit gewinne. Entkommen kann ich ihr jedoch nicht.

So war Mia schon immer. Wenn sie einmal etwas gewittert hat, dann kann man sie nicht davon abbringen. Egal, wie sehr man es auch versucht.

Leise seufzt sie und verdreht dabei die Augen.

»Wieso stellst du dich dumm?«, fragt sie dann. »Du weißt genau, wovon ich spreche. Natürlich von deinem heißen Wochenende mit dem noch viel heißeren Staatsanwalt. Ich war am Samstag kurz bei euch, weil ich dir ein paar Sachen vorbeibringen wollte. Da hat Claire mir berichtet, dass er dich für ein paar Tage an einen geheimnisvollen Ort entführt hat.«

Nun bin ich es, die leise seufzt und die Augen verdreht.

»Und heute Morgen habe ich gesehen, wie du aus seinem Wagen gestiegen bist.«

»Dann wirst du dir doch wahrscheinlich denken können, wie es in den letzten Tagen zwischen uns lief«, erwidere ich nur und lasse mich auf die Bank vor dem Bürogebäude sinken.

»Ja, aber ich will es von dir hören. Damit ich mir auch sicher sein kann.«

»Ja, wir waren zusammen weg. Einer seiner Kollegen hat ein Haus in Houston.« Mehr sage ich nicht.

»Und?«

»Und was?«, erwidere ich. Dabei will ein Teil von mir endlich mit der Sprache herausrücken, dass wir einander unsere Gefühle gestanden haben. Dennoch macht es mir zu viel Spaß, Mia aufzuziehen.

»Du hasst mich. Das muss es sein. Aber ich weiß nicht, wieso. Warum solltest du mich sonst so sehr auf die Folter spannen?«

Mia verzieht das Gesicht, sodass ich lachen muss. Es dauert einen Moment, bis ich mich so weit beruhigt habe, dass ich ihr antworten kann.

»Ich hasse dich nicht«, kichere ich.

»Das würde ich an deiner Stelle auch sagen.«

Noch immer scheint sie zu schmollen, auch wenn ich mittlerweile das belustigte Funkeln in ihren Augen erkennen kann.

»Na gut, ich werde dir sagen, was passiert ist. Aber du musst mir versprechen, dass du es nicht verrätst. Ich will nicht, dass es die Runde macht. Und schon gar nicht in der Kanzlei. Irgendwann werden sie es eh erfahren, aber so lange hätte ich gerne meine Ruhe.«

»Nun bin ich beleidigt, weil du es überhaupt in Betracht ziehst, dass ich tratschen könnte. Ich bin deine beste Freundin! Schon allein deswegen würde ich das nicht machen. Auch wenn ich zugeben muss, dass ich gerne so manchen Gesichtsausdruck von unseren Kolleginnen sehen möchte. Ich bekomme ja immer mit, wie sie über ihn sprechen.«

Bei ihren letzten Worten werde ich hellhörig. Ich will es nicht, kann es jedoch auch nicht verhindern.

»Was sagen sie denn?«, frage ich deswegen vorsichtig nach.

»Bist du dir sicher, dass du das wirklich wissen willst?«

»Nein, aber nun hast du damit angefangen, da kannst du es auch zu Ende führen.«

Mia sieht nicht glücklich darüber aus. Gequält verzieht sie das Gesicht.

»Du weißt doch, dass Roy bei den meisten Frauen einen gewissen Ruf hat. Und viele unserer Kolleginnen würden ihn definitiv nicht von der Bettkante stoßen.«

Ich schlucke. Auch wenn mir von Anfang an klar war, dass Roy begehrt ist, bekomme ich gerade nur schwer Luft. Mein Hals zieht sich zusammen und mein Herz schlägt schneller. Ich kann das Blut in meinen Ohren rauschen hören.

»July? Ist alles in Ordnung? Du siehst etwas blass aus.« Mia sieht mich besorgt an, doch ich nicke nur.

»Roy hat mir gestanden, dass er mich liebt.« Während ich spreche, schaue ich sie nicht an. Ich versuche, mich an diesem Gedanken festzuhalten, doch die Übelkeit will nicht verschwinden. Kaum habe ich ausgesprochen, spüre ich Mias Hand auf meinem Arm, sodass ich mich ihr nun doch zuwende.

»Er hat was?« Mit großen Augen starrt sie mich an.

Ich kann ihre Reaktion sehr gut verstehen. Hätte mir jemand prophezeit, dass Roy das tun würde, hätte ich denjenigen für bescheuert erklärt. Denn es ist nun mal so, wie Mia gerade gesagt hat. Roy eilt ein Ruf voraus. Und jeder, der schon einmal seinen Namen gehört hat, weiß, dass der Frauenheld nicht an einer festen Beziehung interessiert ist.

Und dieser Ruf wird ihm wahrscheinlich noch eine Zeitlang anhaften.

»Wir haben ein wunderschönes Wochenende miteinander verbracht. Er hat sich so rührend und liebevoll um mich gekümmert, ich kann dir sagen, das war auf jeden Fall nicht der Mann, über den die da oben sich das Maul zerreißen.« Kurz nicke ich in Richtung unseres Büros.

Dann berichte ich Mia etwas ausführlicher von den vergangenen Tagen. Bei jedem Wort kann ich beobachten, wie sie immer ungläubiger wird.

»Wow, ich muss zugeben, dass ich ihn nicht so eingeschätzt hätte«, meint sie, nachdem ich geendet habe. »Aber eigentlich weiß ich auch nicht genau, wie ich ihn eingeschätzt habe. Auf alle Fälle liebt er dich, und wenn ich das Leuchten in deinen Augen richtig deute, dann liebst du ihn auch.«

Als Antwort nicke ich nur. Mir fällt wieder sein glückliches Gesicht ein, als ich ihm gesagt habe, dass ich seine Gefühle erwidere. Die Erleichterung konnte ich genau erkennen.

»Oh mein Gott. Das ist so süß. Ihr zwei seid so süß. Das ist perfekt. Und deswegen brauchst du dir auch keine Gedanken zu machen, dass er sich jemals einer anderen auch nur nähern wird.« Ihre Worte überschlagen sich beinahe, so schnell spricht meine Freundin. Dabei zieht sie mich an sich und umarmt mich. »Ich freue mich für dich – für euch.«

»Danke, aber behalte es für dich«, erinnere ich sie ein weiteres Mal.

»Keine Sorge, ich kann schweigen wie ein Grab. Das geht nur euch und mich etwas an.« Sie zwinkert mir noch einmal zu.

»Und wie war dein Wochenende?«, frage ich sie, um endlich das Thema zu wechseln.

»Langweilig.« Mia hält sich die Hand vor den Mund und tut so, als würde sie gähnen.

»Das kann ich mir bei dir ja gar nicht vorstellen«, antworte ich und werfe ihr einen skeptischen Blick zu.

»Ich war nur kurz bei euch, und die restliche Zeit habe ich auf dem

Sofa verbracht. Dabei habe ich darüber nachgedacht, ob ich mich vielleicht auf so einer Seite für Singles anmelden sollte.«

»Was?« Ich muss mich wohl verhört haben. »Du hast doch immer über diese Seiten geschimpft.«

»Ja, aber das war, bevor du etwas mit Roy angefangen hast.« Mia zuckt mit den Schultern, doch ich habe keine Ahnung, was sie damit sagen will.

»Was hat er damit zu tun?«

»Ich sehe, wie glücklich er dich macht. Und das will ich auch. Ich will einen Mann haben, dem ich bedingungslos vertrauen kann. Auf den ich mich verlassen kann und der mich beschützt, wenn es darauf ankommt.«

Ich zucke zusammen. Ich kann es nicht verhindern. Doch da sie gerade nicht so aussieht, als würde sie mich beachten, hoffe ich, dass sie es nicht mitbekommen hat.

Noch immer habe ich ihr nicht erzählt, was in dieser einen Nacht geschehen ist. Deswegen hat sie nun auch keine Ahnung, wie nah sie der Wahrheit kommt. Denn in dieser Nacht hat er mich beschützt.

»Wenn ich schon im realen Leben keinen Mann kennenlerne, der so ist, dann versuche ich es halt auf diesem Weg.«

Mia zuckt mit den Schultern und macht den Eindruck, als wäre das keine große Sache. Allerdings bin ich mir da nicht so sicher. Schließlich hat sie mehr als einmal betont, was sich dort für merkwürdige Gestalten tummeln. Doch mir ist klar, dass es nichts bringt, mich einzumischen. Schließlich hat sie einen Dickschädel und wird sich nicht davon abbringen lassen.

Deswegen beschließe ich für mich, dass es das Beste ist, wenn ich mich zurückhalte. Dennoch nehme ich mir vor, dass ich sie ein wenig im Auge behalten werde.

»Dann drücke ich dir die Daumen«, sage ich und versuche, mir meine Skepsis nicht allzu sehr anmerken zu lassen.

»Danke, ich hoffe, dass ich Glück habe. Irgendwann muss es ja mal klappen.«

»Und sonst legst du dir einfach ein paar Katzen zu, sodass du nicht mehr allein bist«, witzle ich.

»Wirklich sehr lustig«, erwidert Mia und streckt mir die Zunge raus. Dabei kann sie sich aber das Grinsen nicht ganz verkneifen.

22

Roy

Mit vor der Brust verschränkten Armen stehe ich vor dem riesigen Gebäude, in dem July arbeitet. Dabei habe ich mich an meinen Wagen gelehnt und starre auf die Glastüren. Aufmerksam betrachte ich die Leute, die herauskommen, doch es ist niemand dabei, den ich kenne. Und selbst wenn es so wäre, wäre es mir egal.

Von Sekunde zu Sekunde werde ich ungeduldiger. Ich will July an mich ziehen, sie küssen, und so der ganzen Welt zeigen, dass sie mir gehört. Und zwar nur mir.

Ich habe das Versteckspiel satt. Seit einer Woche sind wir nun wieder in San Antonio und haben es mehr oder weniger für uns behalten. Mal von unseren Freunden und Familien abgesehen, weiß niemand, dass wir ein Paar sind.

Ich kann nachvollziehen, dass July es vorerst für sich behalten wollte. Schließlich arbeitet sie in einer Anwaltskanzlei, in der jeder weiß, wer ich bin. Doch ich will diese Heimlichtuerei nicht mehr. Deswegen stehe ich jetzt hier und warte auf sie. Außerdem habe ich beschlossen, dass ich den Abend mit ihr und meinen Brüdern bei unseren Eltern verbringen werde.

Mein ganzer Körper ist angespannt, während ich mich frage, wie sie wohl darauf reagieren wird, dass ich hier auftauche. Schließlich haben wir uns nicht abgesprochen, ich habe sie nicht einmal vorgewarnt. Man könnte sagen, dass es eine Überraschung werden soll.

Kurz habe ich deswegen ein schlechtes Gewissen und frage mich, ob das wirklich eine so gute Idee ist. Ich will mich nicht mit ihr streiten, und sie würde mir schließlich die Meinung sagen, wenn sie mich nicht hier haben wollte.

Doch bevor ich es mir anders überlegen kann, erscheint sie endlich. Zusammen mit ihrer Freundin verlässt sie das Gebäude und überquert den Vorplatz. July ist so sehr in das Gespräch mit Mia vertieft, dass sie mich erst gar nicht bemerkt. Ich nutze die Gelegenheit und lasse ihren Anblick auf mich wirken.

Ihre Haare hat sie heute Morgen offengelassen, sodass sie ihr nun in weichen Wellen über die Schultern fallen, was sie jünger wirken lässt. Ihre enge Jeans überlässt nichts der Fantasie. Und die Bluse, die sie trägt, treibt das Ganze auf die Spitze. Der Stoff umschmeichelt ihre Rundungen, sodass ich gar nicht anders kann, als mir vorzustellen, an ihren Brüsten zu lecken und sie zu massieren. Das Problem ist allerdings – wenn ich das mache, dann wird es jedem anderen Mann wahrscheinlich auch so gehen, und das gefällt mir überhaupt nicht. Sie ist meine Frau!

Während sie sich weiter in meine Richtung bewegt, schwingen ihre Hüften verführerisch von rechts nach links. Allein dieser Anblick sorgt dafür, dass ich hart werde. Schnell versuche ich, an etwas anderes zu denken, doch so einfach ist das nicht. Das Bild, wie ich sie an die Wand in meinem Flur drücke und meinen Schwanz in ihr versenke, hat sich in meinem Kopf festgesetzt. Mir gelingt es auch nicht, meinen Blick von ihr abzuwenden, um mich so wieder zu fangen.

Schließlich entdeckt July mich. Ein verwirrter Ausdruck schleicht sich auf ihr wunderschönes Gesicht. Verwundert betrachtet sie mich, während sie langsam näher kommt. Dabei folgt Mia ihr in ein paar Schritten Entfernung.

»Was machst …?«, beginnt sie, kann ihre Frage jedoch nicht mehr zu Ende stellen.

Noch bevor sie stehen geblieben ist, stoße ich mich vom Wagen ab und überbrücke die restliche Distanz, die uns noch voneinander trennt.

Bevor July etwas tun kann, lege ich ihr sanft meine Hand in den Nacken und küsse sie. Dieser Kuss lässt keinen Zweifel daran, dass wir mehr als nur Freunde sind. Dass nur ich sie anfassen darf und mich mit jedem anlegen werde, der es wagt, sich ihr zu nähern.

Mir ist es egal, dass ihre Chefs und Kollegen uns sehen können. Mir ist es sogar egal, ob es ihr egal ist oder nicht. Dafür sehne ich mich zu sehr nach ihr. Doch da spüre ich bereits, wie sie sich entspannt und den Kuss erwidert.

»Ich dachte, ich hole dich ab«, murmle ich dicht an ihren Lippen.

Dabei verschweige ich lieber, dass ich das hauptsächlich beschlossen habe, weil zurzeit alles aus dem Ruder zu laufen droht. Und sie ist die einzige Person, die dafür sorgen kann, dass es mir besser geht.

Und das alles nur wegen Matt Wayne, denke ich. Dabei kann ich ein wütendes Knurren gerade noch zurückhalten. Bis jetzt ist es mir noch nicht gelungen, jemanden in Dallas zu erreichen, der bereit ist, mir ein paar einfache Fragen zu beantworten.

Mit July im Arm lässt die Anspannung, die mich in den letzten Stunden deswegen im Griff hatte, ein wenig nach.

»Außerdem sind wir heute Abend bei meinen Eltern zum Essen eingeladen«, füge ich hinzu.

»Sind wir das?« Überrascht betrachtet sie mich.

»Das heißt, nur, wenn du Zeit und Lust hast. Ich bin davon ausgegangen, dass du noch nichts vorhast.« Während ich spreche, schaue ich in die Richtung ihrer Freundin, die uns wiederum nicht aus den Augen lässt.

Julys leises Lachen dringt an mein Ohr und zieht meine Aufmerksamkeit wieder auf sie.

»So kennt man dich ja gar nicht.«

»Wie?«, frage ich.

»So kleinlaut. Hat es dir heute die Sprache verschlagen?«, kontert sie frech.

»Nein«, gebe ich zurück und drücke ihr noch einen Kuss auf die Lippen. »Ich will dich nur nicht von deinen Freunden fernhalten.«

Von einer Sekunde auf die andere sieht sie mich verwundert an.

»Ich glaube, deswegen brauchst du dir keine Sorgen zu machen. Ich wollte nach Hause, und Mia auch. Wir haben nur beschlossen, dass es am Wochenende wieder Zeit für einen Mädelsabend ist«, erklärt July.

Ihr Blick hält mich gefangen. Eigentlich wollte ich sie gerade freigeben, doch nun bleibe ich stocksteif vor ihr stehen. Vor meinem inneren Auge sehe ich, wie ich sie vor dem Typen beschützt habe, der ihr an die Wäsche wollte. Und diese Erinnerung reicht aus, dass meine Anspannung sofort zurückkehrt.

July nickt leicht. Sie weiß genau, was mir gerade durch den Kopf geht.

»Ich verspreche dir, dass ich dir deine Freundin in einem Stück wiederbringen werde«, sagt nun Mia, die plötzlich neben ihr auftaucht. »Ich will ja keinen Ärger mit dem Gesetz.«

»Daran habe ich keinen Zweifel«, erwidere ich.

»Aber ich bin mir sicher, dass du uns auch abholen kannst, oder?«, fragt mich July. Mir ist klar, dass sie versucht, meine Laune wieder ein wenig zu heben. Doch das ist leichter gesagt als getan.

Und wie ich das werde, denke ich, bin jedoch schlau genug, es nicht laut auszusprechen. Vor allem aus dem Grund, weil ich nicht weiß, ob sie Mia von den Vorkommnissen berichtet hat oder nicht.

»Na gut, ihr Süßen. Dann haben wir das ja geklärt. Ich muss mich auf den Weg machen, habe noch ein paar Sachen zu erledigen. Wir sehen uns morgen«, verabschiedet sich Mia von July und verschwindet dann.

»Überrascht, dass ich hier bin?«, frage ich July und beuge mich noch ein Stück näher zu ihr. Ich spüre die Gänsehaut, die sich auf ihrem Körper gebildet hat. Ein vergnügtes Funkeln erscheint in meinen Augen.

»Ein wenig«, gibt sie zu und sieht sich dabei einmal um.

»Dann ist mir das ja gelungen.« Mit diesen Worten küsse ich sie. Das könnte ich ewig machen und würde trotzdem nicht genug von ihr bekommen.

»Ich glaube, wir sollten auch verschwinden.«

»Von mir aus können es ruhig alle wissen«, sage ich herausfordernd. Dabei schaue ich in ihre Augen. Ich lasse nicht den kleinsten Zweifel daran, dass ich meine Worte ernst meine. »Ich liebe dich und will es nicht länger verheimlichen.«

Einen Moment ist July still. Zu gerne würde ich wissen, was in ihrem Kopf vorgeht.

»Ich liebe dich auch.« Glücklich lächelt sie mich an.

»Jetzt fahren wir aber «, sage ich und greife nach ihrer Hand. July blickt sich ein letztes Mal um, während sie mir folgt. »Ja, wahrscheinlich ist das besser. Sonst wirst du noch für den einen oder anderen Unfall sorgen.«

»Mir ist klar, dass sich alle in unsere Richtung drehen.« Ich lache.

»Deinetwegen.«

Skeptisch mustere ich sie. Mir ist klar, dass sich viele Frauen nach mir umdrehen, das war schon immer so. Doch bis jetzt hat mich das nicht sonderlich interessiert, und ich werde July auch sicherlich nicht den Eindruck vermitteln, als würde es mich jetzt interessieren. Keine von denen reicht nämlich auch nur ansatzweise an sie heran.

»Die Männer sind neidisch, weil ich die schönste Frau an meiner Seite habe, die sie jemals gesehen haben und jemals sehen werden. Und die Frauen sind neidisch, weil sie nicht so gut aussehen wie du.«

Ich kann ihr dabei zusehen, wie sie bei meinen Worten rot im Gesicht wird. Doch das versucht July zu überspielen, indem sie mich anstupst.

»Ich glaube nicht, dass das der Grund ist. Müsste ich raten, würde ich eher sagen, dass alle gucken, weil ich mit einem Staatsanwalt hier stehe, der dafür berühmt ist, dass er sich nicht auf eine Frau festlegt. Ich bin mir sicher, dass ein paar von denen dich kennen.«

Schlagartig bekomme ich bei ihren Worten ein schlechtes Gewissen. Ich weiß, dass es sicherlich nicht leicht für sie ist und das auch mit einer der Gründe dafür war, dass sie unsere Beziehung noch nicht öffentlich machen wollte. Doch ich liebe July, und nur so kann ich ihr beweisen, dass sie sich keine Sorgen machen muss.

Als ich sie nun ansehe, macht sie jedoch nicht den Eindruck, als hätte sie das böse gemeint. Ein süßes Grinsen hat sich auf ihre Lippen gelegt, für das ich sie am liebsten noch einmal küssen würde. Mir ist jedoch klar, dass wir noch ewig hier stehen werden, wenn ich diesem Drang jedes Mal nachgebe. Deswegen schiebe ich meinen Wunsch beiseite. Dennoch kann ich dem Drang, sie zu berühren, nicht ganz widerstehen und streiche ihr eine Strähne aus dem Gesicht.

Verliebt und glücklich strahlt July mich an. Da wird mir das erste Mal klar, dass ich den Zeitpunkt, zu dem es noch relativ leicht gewesen wäre, ihr die Wahrheit zu sagen, schon lange überschritten habe. Doch je mehr Zeit vergeht, desto schwieriger wird es. Denn ich will sie nicht verlieren.

Wortlos führe ich sie um den Wagen herum und öffne die Tür auf der Beifahrerseite.

»Und nur zu deiner Info: Die Phase, in der ich nichts habe anbrennen lassen, ist schon seit Wochen vorbei. Um genau zu sein, war sie das spätestens in dem Moment, als eine vorlaute Frau in meinem Büro aufgetaucht ist und meine Welt auf den Kopf gestellt hat.«

Meine Lippen streifen ihr Ohr. Ich spüre das Zittern, das ihren Körper erfasst, und die Gänsehaut auf ihrem Körper. Ich muss mir ein zufriedenes Grinsen verkneifen. Von Anfang an hatte ich diese Reaktion auf sie, und ich genieße es, dass sich nichts daran geändert hat. Aber vor allem hoffe ich, dass es sich auch niemals ändern wird.

July will den Mund öffnen und noch etwas sagen, doch ich bin schneller als sie. Bevor sie überhaupt Luft holen kann, habe ich ihren Mund mit meinem versiegelt.

»Und jetzt steig ein«, fordere ich sie nach einer Weile sanft, aber bestimmt, auf.

Es fällt mir schwer, die Finger von ihr zu lassen. Hätte ich mich nur etwas weniger im Griff, würde ich wahrscheinlich noch auf der Straße über sie herfallen.

Auf der Heimfahrt frage ich mich nicht zum ersten Mal, seitdem wir aus Houston zurückgekommen sind, wie ich ihr am besten erzählen kann, was ich neben meiner Arbeit noch mache. Egal, wie ich es drehe und wende, ich bin mir sicher, dass sie ausrasten wird. Und das vor allem, weil ich nicht von Anfang an ehrlich mit ihr war. Und mit jedem Tag, an dem ich mein Schweigen aufrechterhalte, wird diese Reaktion wahrscheinlich noch schlimmer.

»Was geht dir durch den Kopf?«, fragt July, als wir vor dem Garagentor zum Stehen kommen.

»Nichts«, murmle ich. Mir ist klar, dass dies die Chance wäre, mich zu offenbaren, doch ich schaffe es einfach nicht.

»Lügner«, murmelt sie. Dabei hat sich ein belustigter Unterton in ihre Stimme geschlichen.

Kaum ist dieses eine Wort bei mir angekommen, drehe ich meinen Kopf in ihre Richtung.

»Willst du dich wirklich darüber unterhalten?«, erkundige ich mich.

July sagt nichts, sondern sieht mich nur nachdenklich an. Dann nickt sie.

»Ich habe Stress auf der Arbeit«, antworte ich deswegen ausweichend. Und so ganz gelogen ist das auch nicht. In meinem Beruf hat man immer Stress.

»Geht es um diesen Typen? Den, den wir in Houston gesehen haben?«, hakt sie vorsichtig nach. Mit hochgezogenen Augenbrauen betrachtet sie mich eingehend.

»Ja, unter anderem geht es auch um den. Wobei ich mir darüber im Klaren bin, dass ich eh nichts mehr daran ändern kann. Wenn jemand wirklich einen Deal mit ihm geschlossen hat, dann brauche ich mir die Mühe erst gar nicht zu machen. Und normalerweise würde ich das auch nicht.«

»Aber?« Aufmerksam hört July zu. Mir kommt es so vor, als könnte sie ganz tief in mich hineinblicken und meine Gedanken lesen. So verstanden habe ich mich noch von niemandem gefühlt.

»Er ist schon beim Gerichtsverfahren mit so ziemlich allem durchgekommen. Dennoch habe ich den Kollegen hoffentlich klargemacht, dass ich informiert werden will, wenn er sich das nächste Mal etwas zuschulden kommen lässt. Und sie sollten sich vorher darüber schlaumachen, wen sie da eigentlich aus dem Gefängnis holen.«

»Ich kann mir vorstellen, dass das für dich ein Schlag ins Gesicht ist. Ich an deiner Stelle würde genauso reagieren.«

»Ja, aber ändern kann ich es leider auch nicht. Und jetzt lass uns über etwas anderes sprechen.«

Mit diesen Worten beuge ich mich zu ihr und küsse sie. Am liebsten würde ich sie auf meinen Schoß ziehen und meinen Schwanz in ihr versenken. Es dauert nicht lange, bis er so hart ist, dass es bereits schmerzt. Doch da klopft es an meine Scheibe. Widerwillig trenne ich mich von ihr. Auch July scheint nicht sehr begeistert von der Unterbrechung zu sein, wenn ich ihr leises Seufzen richtig deute.

Vielleicht sollte ich nicht nur ein Haus in Houston kaufen, sondern auch eins hier, überlege ich, während ich mit versteinerter Miene in das grinsende Gesicht meines Bruders Chris blicke. Allerdings wäre das wohl etwas übertrieben. Dennoch nehme ich mir vor, ein ernstes Wörtchen mit den beiden zu sprechen.

Schließlich können wir wohl kaum eine vernünftige Beziehung führen, in dem Wissen, dass jederzeit einer meiner Brüder vor der Tür stehen kann.

»Bei der nächsten Gelegenheit werde ich den beiden auf die Füße treten«, versichere ich July.

Mit einem liebevollen Lächeln auf dem Gesicht betrachtet sie mich.

»Nicht schlimm. Sie sind schließlich deine Brüder.«

Sie ist zu gut für mich, denke ich und drücke dabei ihre Hand.

»Trotzdem sind sie in der Lage, ein paar ihrer Probleme selbstständig zu klären.« Ich habe meinen Satz noch nicht einmal beendet, als ich bereits ein schlechtes Gewissen bekomme. Schließlich kann es sein, dass wirklich etwas passiert ist. Vor allem, wenn ich daran denke, dass ich den beiden in den letzten Tagen keine große Hilfe war.

»Ich liebe dich«, sage ich noch, bevor ich die Tür öffne. Kurz darauf kann ich aus dem Augenwinkel sehen, wie July ebenfalls aussteigt.

»Ich störe euch wirklich nur ungern. Schließlich würde ich gerne Onkel werden. Babys ziehen Frauen magisch an.«

»Was ist?«, frage ich Chris in einem strengen Tonfall, nachdem ich die Autotür hinter mir geschlossen habe. In diesem Moment würde ich ihm am liebsten an die Kehle springen. Was ist nur in ihn gefahren, so etwas von sich zu geben! Und das in Julys Beisein.

Dabei haben wir uns noch nicht ein einziges Mal über Nachwuchs unterhalten, denke ich. Gleichzeitig kommt mir die Frage in den Sinn, wie July wohl mit Babybauch aussieht. Die Vorstellung gefällt mir. Vor allem, weil es sich dabei um mein Baby handeln würde.

Unser gemeinsames Baby.

Doch der Gedanke an so etwas hat hier und jetzt nichts verloren, weswegen ich mich schnell wieder auf meinen Bruder konzentriere.

»Nichts Besonderes. Ich wollte euch nur sagen, dass wir drei Mom und Dad heute Abend alleine beehren werden.« Unschuldig zuckt Chris mit den Schultern.

»Was ist denn mit Josh?«, fragt July und schaut dabei neugierig zwischen uns hin und her.

Ich bin froh darüber, dass sie meine Brüder mittlerweile besser kennt und ihre Schüchternheit gegenüber den beiden verloren hat. Schließlich ist sie meine Frau. Sie weist die beiden zwar nicht in ihre Schranken, wie sie es vor allem in den ersten Tagen bei mir gerne gemacht hat. Doch das liegt nur daran, dass keiner von den beiden ihr bis jetzt Anlass dazu gegeben hat. Das allerdings würde ich gerne sehen.

»Der muss arbeiten. Er hat es selbst vorhin erst erfahren.« Chris sagt das so beiläufig, dass ich ihm beinahe glaube. Doch es ist besser, wenn ich meine Zweifel an seiner Geschichte erst mal nicht äußere.

»Na gut, wir sehen uns dann später.« Während ich spreche, gehe ich an ihm vorbei.

»Was soll ich sagen? Meine Brüder haben wirklich ein super Timing«, stelle ich mürrisch fest, nachdem July und ich meine Wohnung betreten haben.

Ihr leises Lachen dringt an mein Ohr und lockert die Stimmung augenblicklich auf. July tritt vor mich und schlingt ihre Arme um meinen Hals. Ich wiederum lege meine Hände auf ihre Hüften.

»Na ja, sieh es von der Seite: Du bist ihr großer Bruder. Sie sehen zu dir auf. Du bist ihr Vorbild, Dad.«

Kaum hat sie ausgesprochen, drückt sie mir einen Kuss auf die Lippen. Doch ich kann ihn nicht sofort erwidern.

Dad. Dieses eine Wort will mir nicht mehr aus dem Kopf gehen. Dabei kann ich nicht einmal sagen, wieso. Schließlich habe ich mir nie Gedanken darüber gemacht, ob ich Kinder will. Allerdings war ich mir auch immer sicher, dass ich niemals eine feste Beziehung eingehen würde. Und dennoch habe ich es getan. Und je länger mir dieses Wort durch den Kopf geht, desto mehr gefällt es mir. Aber vor allem gefällt mir, dass July dann die Mom wäre.

»Und jetzt werde ich duschen gehen, bevor wir zu deinen Eltern fahren.« Noch bevor ich reagieren kann, löst July sich wieder von mir und verschwindet in Richtung des Badezimmers.

Einen Moment bleibe ich wie angewurzelt stehen und schaue ihr nach. Ich fahre mir über den Nacken und versuche, herauszufinden, wie ich an diesem Punkt in meinem Leben angelangt bin. Doch die Hauptsache ist, dass ich es bin. Und dafür hätte ich keine bessere Frau als July finden können.

Um nicht noch mehr Zeit zu verlieren, setze ich mich in Bewegung und folge ihr. Noch bevor ich überhaupt das Bad betreten habe, habe ich mich bis auf die Boxershorts ausgezogen. Und die sind mittlerweile so eng, dass es mir vorkommt, als würden sie jeden Augenblick reißen.

Leise schließe ich die Badezimmertür hinter mir und bewege mich auf die Dusche zu. Dabei beobachte ich July genau. Sie steht unter dem Wasserstrahl und hat die Augen geschlossen, sodass sie nicht mitbekommt, wie ich hinter sie trete. Mit meinen großen Händen umschließe ich ihre Brüste und drücke zu.

Erschrocken dreht July sich um und sieht mich mit großen Augen an. Doch ich lasse ihr keine Zeit, zu verarbeiten, dass ich hier stehe. Stattdessen presse ich sie mit dem Rücken gegen die kühlen Fliesen.

»Dad?«, raune ich mit gefährlicher Stimme. Mehr sage ich nicht, sondern versiegle ihre Lippen mit meinen.

Ein leises Stöhnen dringt aus ihrem Mund, das mich noch härter werden lässt. July bringt ihren Oberkörper dicht an meinen. Als ihre steifen Nippel meine Brust berühren, beißt sie mir sanft auf die Unterlippe.

Das ist der Augenblick, in dem ich mich nicht mehr bremsen kann. Ich umgreife ihren Hintern und hebe sie hoch, sodass ihre Beine mich umschlingen können. Bereits in der nächsten Sekunde dringe ich in sie ein.

Mit schnellen Stößen weite ich sie. Dabei wandert meine Hand zwischen unsere Körper und streicht über ihre Schamlippen. Ich spüre, wie July sich anspannt, und weiß, dass es nicht mehr lange dauert, bis sie sich fallen lässt. Doch auch ich stehe kurz davor.

Als sie endlich meinen Namen schreit, sorgt das dafür, dass auch ich mich nicht mehr zurückhalten kann.

»July«, stöhne ich, während ich meinen Samen in sie pumpe. Ich lasse meine Stirn an ihre Schulter sinken und versuche, wieder zu Atem zu kommen.

Es dauert eine Weile, bis ich meinen Kopf hebe und direkt in ihre wunderschönen Augen sehe. Aufmerksam beobachtet sie mich. Nichts entgeht ihr. Nicht die noch so kleinste Regung in meinem Gesicht.

»Was dich auch immer beschäftigt, ich bin für dich da«, flüstert sie. Ihre Stimme ist so leise, dass sie beinahe im Rauschen des Wassers untergeht.

»Ich weiß«, gebe ich nur zurück.

Dabei beschäftigt mich gerade so viel. Vor allem aber der Wunsch, eine Familie mit ihr zu gründen.

23

July

Je näher wir Roys Elternhaus kommen, desto nervöser werde ich. Auch wenn ich seinen Vater schon einmal getroffen habe, so ist die Situation nun eine ganz andere. Und die Tatsache, dass Chris hinter uns im Auto sitzt, macht es nicht besser. So kann ich nicht einmal offen mit Roy über den bevorstehenden Abend sprechen. Ich bin mir nämlich sicher, dass sein Bruder uns aufmerksam beobachtet.

Auf der anderen Seite weiß ich nicht, was reden nützen würde. Wenn das mit uns wirklich eine Zukunft haben soll, dann muss ich diesen Schritt irgendwann gehen. Ich kann mich ja nicht immer in Roys Wohnung verstecken.

So habe ich es wenigstens bald hinter mir.

»Ich hoffe, Mom hat ihren berühmten Käsekuchen gebacken. Den musst du probieren, July. Da führt einfach kein Weg dran vorbei. Also falls du auf Diät bist, heute Abend musst du eine Ausnahme machen. Ich verspreche dir, dass du danach nie wieder etwas anderes essen willst«, sprudelt es aus Chris hervor. Sein kindlicher Tonfall bringt mich zum Lachen.

Als ich mich in seine Richtung drehe, sehe ich, dass er von einem Ohr zum anderen grinst. Und auch Roy betrachtet mich.

»Ich glaube, da brauchst du dir keine Sorgen zu machen. Ich habe noch nie eine Diät gemacht.«

Chris reißt seine Augen fassungslos auf.

»Damit bist du wahrscheinlich die erste Frau«, stellt er fest. »Aber im Ernst, Josh verpasst was. Ich bin mir sicher, dass er sich gehörig in den Hintern treten wird.«

»Ich habe es noch nicht ganz verstanden, aber du wirst es mir sicherlich erklären können«, meldet sich nun Roy zu Wort. »Wieso bist du nicht mit deinem eigenen Wagen gefahren?«

Ich brauche ihn nicht anzusehen, um zu wissen, dass er die Lippen zu einer dünnen Linie zusammenpresst. Er war vorhin schon nicht begeistert gewesen, als Chris in seinen Wagen stieg. Doch mich stört es nicht.

»Weil wir alle das gleiche Ziel haben. Da wäre es doch schwachsinnig, mit zwei Autos zu fahren.« Chris hört sich entsetzt an. In letzter Sekunde kann ich verhindern, dass ich in lautes Gelächter ausbreche. »Und so ist es doch auch viel lustiger.«

»Für dich vielleicht«, grummelt Roy neben mir.

Um seine Laune ein wenig zu heben, greife ich über die Mittelkonsole und nehme seine Hand in meine. Aufmunternd lächle ich ihn an, als er in meine Richtung sieht. Dabei streiche ich mit dem Daumen über seinen Handrücken. In diesem Moment gibt es nur uns. Ich schaffe es sogar, seinen Bruder auszublenden. Es dauert nicht lange, bis ich spüre, dass er nicht mehr ganz so schlecht gelaunt scheint.

»Und jetzt hört auf, euch zu streiten«, sage ich dennoch. Keine Ahnung, ob es eine gute Idee ist, wenn ich mich da einmische, doch es kommt mir so vor, als müsste jemand ein Machtwort sprechen.

Schweigend fährt Roy weiter, bis wir das Haus seiner Eltern erreicht haben. Er lässt mich kein einziges Mal los, so, als wäre ich seine Stütze. Dabei ist er in diesem Augenblick viel mehr meine.

»Du brauchst nur einen Ton zu sagen, und wir verschwinden sofort wieder«, flüstert Roy mir ins Ohr, als wir hinter Chris den Weg zur Eingangstür beschreiten. Rechts und links befinden sich große Rasenfläche. In dem gedämpften Licht kann ich erkennen, dass sich dort einige Blumenbeete befinden. Auf den ersten Blick sieht das Haus wie ein ganz normales Einfamilienhaus aus. Nur das es um einiges größer ist.

»Ich kann mir nicht vorstellen, dass es so schlimm werden wird«, erwidere ich. Dabei versuche ich zu verbergen, dass ich das vor allem sage, um mir die Nervosität zu nehmen. Doch meine Aufregung wächst zunehmend, weil ich nicht weiß, was mich hinter dieser Tür erwartet.

Ich war noch nie gut darin, neue Leute kennenzulernen. Als ich Chris und Josh das erste Mal gegenüberstand, wusste ich nicht, wie ich mich verhalten, geschweige denn, was ich sagen solle.

Als würde Roy genau spüren, was in mir vorgeht, lehnt er sich zu mir und drückt mir einen Kuss auf die Schläfe. Auf diese Weise zeigt er mir, dass er an meiner Seite ist. Ich bin froh, dass er nicht auf Abstand zu mir geht, sondern mir Halt gibt.

»Da seid ihr ja endlich. Ich dachte schon, ihr kämt gar nicht mehr. Ihr hättet doch schon vor einer halben Stunde hier sein sollen«, ruft Roys Mom, nachdem sie die Tür geöffnet hat.

Dabei sieht sie die Jungs von oben bis unten an, als könne sie den Grund für unsere Verspätung an ihren Söhnen ablesen. Mir hingegen ist unser Auftritt peinlich. Wenn es etwas gibt, was ich noch mehr hasse, als neue Leute zu treffen, dann ist es, zu spät zu kommen. Dabei bin ich unschuldig.

»Sorry, aber Chris hat sich ewig Zeit gelassen, und allein fahren kann er auch nicht. Anscheinend hat er es verlernt. Obwohl das bei seinem Beruf ein wenig schwierig werden dürfte.« Roy bedenkt seinen Bruder mit einem sarkastischen Blick.

»Wieso?« Verwundert wendet sich seine Mom ihrem jüngsten Sohn zu. »Ist etwas mit deinem Auto? Hattest du etwa einen Unfall?«

»Meinem Auto geht es gut und ich hatte auch keinen Unfall. Ich finde es nur schwachsinnig, mit zwei Wagen zu fahren, wenn wir alle das gleiche Ziel haben. Nämlich deinen köstlichen Käsekuchen.«

Chris wackelt mit den Augenbrauen, was seine Mom dazu bringt, die Augen zu verdrehen. Im nächsten Moment erkenne ich aber, dass sie es scherzhaft meint. Anscheinend ist sie die Späße ihres Sprösslings gewöhnt.

»Und wie geht es dir, July?«, ruft Roys Mom nun und kommt auf mich zu. Schon hat sie mich in eine feste Umarmung gezogen. »Ich weiß, diese Jungs sind alles andere als einfach. Aber ich hoffe, dass du irgendwann weibliche Unterstützung bekommst. Und bis dahin kannst du jederzeit zu mir kommen.« Sie zwinkert mir zu.

Während ich sie ansehe und nicht weiß, was ich antworten soll, merke ich, dass plötzlich auch Roy und Chris ungewöhnlich still sind. Vor allem, wenn ich an die letzte halbe Stunde denke. Roy steht zwei Schritte von uns entfernt und hat die Hände in den Hosentaschen vergraben. Doch er sieht noch normal aus im Gegensatz zu seinem Bruder.

Chris ist von einer Sekunde auf die andere blass um die Nase geworden, als hätte er ein Gespenst gesehen.

»Erstens glaube ich nicht, dass wir so schlimm sind. July hat in den letzten Wochen den Eindruck gemacht, als würde sie gut mit uns klarkommen. Und zweitens fürchte ich, dass ich so schnell keine Freundin finde. Das Gleiche trifft bestimmt auch auf Josh zu«, gibt Chris im Brustton der Überzeugung von sich.

»Das habe ich auch gedacht. Und dann hat sich alles innerhalb weniger Minuten geändert«, erwidert Roy und zieht mich an sich. Noch bevor ich etwas unternehmen kann, küsst er mich kurz, so kurz, dass ich es nicht einmal schaffe, den Kuss zu erwidern, ehe er sich wieder von mir löst. Frech grinst er mich an, dann wendet er sich seiner Mutter zu.

»Wo ist eigentlich Josh?«, erkundigt die sich nun und schaut sich nach ihrem dritten Sohn um.

»Arbeiten«, erwidere ich, bevor die anderen beiden die Chance habe, überhaupt Luft zu holen. Ich will nicht nur wie eine Blöde danebenstehen.

Seufzend schüttelt sie den Kopf. Es dauert einen Moment, doch dann greift sie nach meiner Hand und zieht mich hinter sich her.

»Sie arbeiten einfach zu viel, alle drei. Sie gönnen sich kaum einen Abend, den sie in Ruhe zu Hause verbringen. Meistens erreicht man sie noch nicht mal. Und immer, wenn ich vorbeifahre, ist nur einer da, wenn ich denn Glück habe. Oft stehe ich auch vor verschlossener Tür.

Aber ich freue mich zu sehen, dass das bei Roy nun ein Ende hat. Und das haben wir nur dir zu verdanken.«

»Ja«, murmle ich und werfe den beiden Brüdern einen Blick über die Schulter zu. Ich bringe es nicht übers Herz, ihr zu sagen, dass Roy noch immer viel unterwegs ist und wir uns deswegen teilweise erst spätabends sehen. In den letzten Tagen ist es zwar besser geworden. Aber trotzdem kommt es mir manchmal so vor, als wäre er mit seinen Gedanken dauerhaft im Büro.

»Setzt euch«, fordert Roys Mom uns auf, nachdem wir die Küche betreten haben. Dabei deutet sie auf den Tisch, der sich in der Mitte des riesigen Raumes befindet.

»Wo ist Dad?«, fragt Roy, als er neben mir Platz nimmt.

»Der wird gleich kommen. Du weißt doch, in seiner Firma ist immer etwas zu tun.« Sie zuckt mit den Schultern und dreht uns dann den Rücken zu, bevor er noch etwas sagen kann.

»Aber wir werden doch wohl nicht auf ihn warten, oder? Ich habe nämlich den ganzen Tag nichts gegessen, damit ich besonders viel von deinem Käsekuchen verputzen kann«, protestiert Chris und sieht dabei seine Mom mit schockierter Miene an.

»Woher willst du wissen, dass ich überhaupt welchen gemacht habe?«, erwidert sie. Dabei stellt sie eine Platte mit verschiedenen Fleischsorten auf den Tisch.

»Weil du den immer machst«, kontert Chris. Dabei hört er sich allerdings nicht mehr so sicher an.

»Siehst du? Ich hatte recht. Chris kommt nur her, weil er Kuchen essen will«, ertönt da die Stimme des Vaters.

Erschrocken drehe ich mich zu ihm um und sehe, dass er in der Tür steht, die nach draußen in den Garten führt.

»Ich würde sogar heiraten, wenn mir meine Zukünftige versprechen würde, dass ich diesen Kuchen mindestens einmal die Woche bekäme.« Chris' Stimme lässt keinen Zweifel daran, dass er es ernst meint. Ich ziehe es vor, den Mund zu halten.

»Dann werden wir ja sehen, wer hier zuerst Onkel wird«, kontert

Roy. Dabei achtet er jedoch darauf, dass seine Eltern seine Bemerkung nicht hören können. Und dafür bin ich ihm dankbar.

Denn Kinder sind das Letzte, worüber ich mich gerade unterhalten möchte. Die Wahrheit ist nämlich, dass ich deswegen noch immer ein wenig neben mir stehe. Bis Roys Bruder vorhin damit angefangen hat, habe ich noch kein einziges Mal darüber nachgedacht. Ich war immer viel zu sehr auf unsere Beziehung konzentriert, als dass ich daran hätte denken können, mit Roy eine Familie zu gründen. Doch mir hat es außerordentlich gefallen, ihn vorhin Dad zu nennen. Auch wenn es nur aus der Situation heraus war. Ich habe mir vorgestellt, wie ein kleiner Junge uns morgens weckt und dabei immer wieder *Dad* ruft.

Um mich zu fangen, schließe ich kurz die Augen und atme tief durch. Als ich sie wieder öffne, streift mein Blick Roy, der mich fragend ansieht. Doch ich schüttle nur den Kopf. Die Küche seiner Eltern ist definitiv nicht der richtige Ort, um über Familienplanung nachzudenken.

»Und was gibt es bei euch Neues?«, fragt sein Dad und setzt sich zu uns an den Esstisch.

»Nichts«, entgegnet Roy nur, während er unter der Tischplatte nach meiner Hand greift.

»Nichts?« Seine Mom stellt die Nudeln auf den Tisch und setzt sich ebenfalls hin.

»Alles beim Alten«, bekräftigt nun Chris. Allerdings sehe ich, dass er seinem Bruder einen bedeutungsvollen Blick zuwirft.

»Und wie war es in der Firma?«, fragt sie nun ihren Mann.

»Es kann sein, dass die Fusion abgeblasen wird.« Er klingt nicht glücklich darüber. Und auch Roys Mom macht nicht den Eindruck, als wären das gute Nachrichten.

Beim Essen unterhalten sich alle in gelöster Stimmung, während Chris zwischendurch Scherze macht. Ich hatte ja schon gemerkt, dass Chris der Clown unter den Brüdern ist, doch wie ich nun feststelle, ist das auch seine Rolle im Kreis der ganzen Familie.

»Hi, Josh«, begrüßt Roy seinen Bruder, nachdem er das Gespräch auf seinem Handy entgegengenommen hat.

Eine Weile ist er still. Doch nicht nur Roy sagt nichts mehr, sondern auch alle anderen am Tisch. Chris schaut ihn abwartend an, als würde er auf diese Weise herausbekommen, was Josh sagt.

Ich hingegen habe den Eindruck, als würde mir etwas entgehen. Allerdings kann ich nicht genau sagen, was es ist. Doch dieses Gefühl nagt an mir und wird immer stärker. Zumal es mir nicht zum ersten Mal so geht. Mir bleibt jedoch nichts anderes übrig, als Roy fragend anzuschauen. Dabei stelle ich fest, dass sein Kiefer angespannt ist und er seine Augen ein wenig zusammengekniffen hat.

»Wir sind gleich da«, sagt er schließlich und legt unvermittelt auf. In der gleichen Sekunde schiebt er seinen Stuhl ruckartig nach hinten und steht auf.

Irritiert über sein Verhalten schaue ich zuerst ihn an, bevor ich einen Blick auf Chris werfe, der genauso verwirrt zu sein scheint.

»Das war Josh«, klärt Roy uns auf, »er braucht Chris und mich bei einem Einsatz. Mom, Dad? Kann einer von euch July gleich zu mir bringen? Dann können wir direkt hinfahren.« Fragend sieht er seine Eltern an.

»Aber natürlich. Fahrt ihr nur. Wir werden noch ein wenig quatschen, und vielleicht seid ihr ja früher fertig, als ihr denkt.« Seine Mutter nickt und schaut dann kurz zu mir.

»Siehst du? Das ist noch ein guter Grund, wieso wir zusammen hergefahren sind. So brauchen wir jetzt nicht mit zwei Autos zu fahren.« Chris grinst von einem Ohr zum anderen.

»Oder ich hätte July meinen Wagen geben können«, kontert Roy und zieht mich dabei auf die Füße.

»Ich beeile mich«, flüstert er mir ins Ohr und küsst mich dann.

»Kein Problem. Ich werde auch allein klarkommen. Ich bin ja kein kleines Kind mehr«, erwidere ich lächelnd und zwinkere ihm zu.

»Ich liebe dich.«

»Und ich liebe dich.«

Kaum habe ich ausgesprochen, lässt er mich los und verschwindet zusammen mit Chris aus der Küche. Doch bevor er die Tür hinter sich schließt, schaut er nachdenklich in meine Richtung. Diesen Blick kann ich mir nicht erklären.

Nachdem er verschwunden ist, bleibe ich noch einen Augenblick stehen und schaue auf die verschlossene Tür. Erst dann drehe ich mich wieder zu Roys Eltern um.

»Wir sollten jetzt erst mal ein Stück Käsekuchen essen. Das Wundermittel gegen alles. Und ich bin mir sicher, dass vor allem Chris sich jetzt in den Hintern tritt. Schon als Kind haben die Jungs den am liebsten gegessen. Kaum hatte ich ihn fertiggebacken, war er auch schon wieder weg. So schnell konnte ich gar nicht schauen.« Sie lacht leise und steht ebenfalls auf.

»Ich nehme mir ein Stück mit ins Büro. Da wartet noch ein wenig Papierkram auf mich. Soll ich dich nachher nach Hause bringen?«, wendet sich Roys Vater an mich.

In diesem Moment komme ich mir wieder vor, als wäre ich vierzehn und hätte noch keinen Führerschein. Schon damals habe ich es gehasst, abhängig zu sein. So sinnvoll ich Chris' Idee, gemeinsam zu fahren, vorhin noch fand, so bescheuert finde ich sie jetzt.

»Nein, ich mach' das schon, arbeite du ruhig«, erwidert seine Mom, noch bevor ich etwas sagen kann.

Zu gerne würde ich ihren Optimismus teilen. Allerdings bin ich nach den letzten Wochen etwas verunsichert. Ich kenne mich in Roys Beruf nicht so aus, aber wenn ein Staatsanwalt gebraucht wird, dann wird das schon seinen Grund haben. Und ich kann mir nicht vorstellen, dass das innerhalb weniger Minuten erledigt ist. Auch wenn ich mir das wünsche.

Flink räume ich den Tisch ab, während Roys Mom bereits den Kuchen anschneidet. Für ihren Mann legt sie ein besonders großes Stück auf einen Teller und reicht ihm diesen. Er drückt ihr noch einen Kuss auf die Wange und verschwindet dann aus der Küche, sodass wir unter vier Augen sind.

»Danke«, sage ich, als sie auch mir einen Teller hinstellt.

»Kein Problem, ich mache das gerne. Ich bin sogar ganz froh darüber, dass ich nicht mehr die einzige Frau in diesem Männerhaufen bin. Wir lassen uns jetzt den Kuchen schmecken, während meine Söhne die Welt retten. Sollte es doch länger dauern, dann wirst du ihnen einfach den restlichen Kuchen mitnehmen.«

»Wollt ihr denn keinen hierbehalten?«, frage ich und nehme einen Bissen.

Bereits im nächsten Moment schließe ich genießerisch die Augen und lasse ihn auf der Zunge zergehen. Chris hatte recht. Einen so guten Käsekuchen habe ich wirklich noch nie gegessen.

»Ich mache ihn nur noch, wenn die drei sich ankündigen. Für uns ist das einfach zu viel. Vor allem, weil mein Mann den größten Teil des Tages im Büro verbringt. Chris hat schon ein paarmal versucht, mir das Rezept zu entlocken. Allerdings glaube ich kaum, dass er ihn hinbekommen würde. Er ist kein großer Koch. Und ehrlich gesagt traue ich es auch keinem der anderen beiden zu. Obwohl sie sonst vieles können. In ihren Jobs sind sie Genies.« Mit diesen Worten steht sie auf und geht um die Kücheninsel herum.

Ich schaue ihr dabei zu, wie sie nach einem Buch greift und es öffnet. Ein wenig blättert sie darin herum. Doch es dauert nicht lange, bis sie einen zufriedenen Laut von sich gibt und einen Zettel herausnimmt.

»Ich habe die Zutaten im Kopf, so oft habe ich ihn in den letzten Jahren gebacken. Das hier ist es. Nimm du es. Ich bin mir sicher, dass Roy sich freuen wird, wenn du ihn auch backen kannst.« Nachdenklich sieht sie mich an. »Und die anderen beiden Chaoten wahrscheinlich auch. Ich muss dich allerdings warnen. Es könnte passieren, dass sie dir dann nicht mehr von der Seite weichen.«

Glücklich lächelt sie und reicht mir das Blatt Papier. Zunächst bin ich so baff, dass ich gar nicht weiß, was ich sagen soll. Es kommt mir vor, als würde sie mich in ein Familiengeheimnis einweihen. Dabei sind Roy und ich noch gar nicht so lange zusammen. Doch das ändert nichts daran, dass ich mich über diese Geste freue. Es zeigt mir, dass sie mir vertraut und mich respektiert.

»Danke, ich werde es auf jeden Fall versuchen. Aber ich kann nicht versprechen, dass er mir so gut gelingen wird.«

»Beim ersten Mal vielleicht nicht.«

»Womöglich sollte ich meine Schwester und meine beste Freundin als Versuchskaninchen einladen«, überlege ich laut.

»Aber soll ich dir mal etwas verraten?« Verschwörerisch beugt sich Roys Mom ein Stück nach vorne. Dabei hat sie ein freches Grinsen auf dem Gesicht. Um ihr zu signalisieren, dass ich neugierig bin, nicke ich und lehne mich ebenfalls etwas vor.

»Als wir geheiratet haben, konnte ich weder kochen noch backen. Egal, was ich gemacht habe, nichts hat geschmeckt. Ich konnte eine Pizza aufwärmen, das war's.«

Sie lacht vergnügt. Ihr Geständnis überrascht mich. Ich war davon ausgegangen, dass sie zu den Frauen gehört, die Kochkünste mit in die Wiege gelegt bekommen haben.

»Und es passiert auch jetzt noch, wenn ich etwas Neues ausprobiere, dass es ungenießbar ist.«

»Darauf wäre ich nie gekommen«, spreche ich schließlich meine Gedanken aus.

»Man lernt nie aus.« Sie zwinkert mir zu, ehe wir uns anderen Themen widmen.

Ich genieße die Zeit mit ihr. Auf diese Weise erfahre ich noch etwas mehr über Roys Familie. Leider sehe ich meine Eltern nicht so oft, wie ich es gerne hätte. Sie leben schließlich in einer anderen Stadt. Da ist es nicht einfach, sich regelmäßig zu treffen. Und die Tatsache, dass sie viel unterwegs sind, trägt ebenfalls ihren Teil dazu bei.

24

Roy

Vor mich hin grummelnd steige ich in meinen Wagen und starte den Motor, noch bevor mein Bruder überhaupt die Tür schließen kann.

»Jetzt mach mal halblang und nimm dir zwei Sekunden Zeit«, tadelt mich Chris. »Was ist denn plötzlich mit dir los? So kenne ich dich ja gar nicht.«

»Ich hatte mich auf einen ruhigen Abend gefreut. Man könnte auch sagen, auf einen langweiligen Familienabend. Aber eigentlich hätte ich mir denken müssen, dass ausgerechnet dann etwas passiert.« Während ich spreche, fahre ich an und jage den Motor dabei viel zu hoch.

Ich spüre den nachdenklichen Blick meines Bruders auf mir. Allerdings gibt er keinen Ton von sich. Das ist auch besser so. Schließlich kann ich gerade nicht dafür garantieren, ruhig zu bleiben. Und außerdem weiß ich, was er sagen will.

In gewisser Weise ist es wahrscheinlich gar nicht so schlecht, dass ich endlich mal wieder jemandem die Fresse polieren kann, denke ich.

Dabei weiß ich selbst nicht genau, wieso ich so drauf bin. Schließlich lief der Abend bis jetzt wirklich gut. Besser, als ich es erwartet hatte. Obwohl ich mir etwas anderes bei meinen Eltern auch nicht hätte vorstellen können.

»Bist du in den letzten Tagen mal alleine unterwegs gewesen?«, fragt Chris und holt mich so aus meinen Gedanken.

»Nein, wieso?« Meine Stimme klingt schärfer als beabsichtigt. Deswegen ermahne ich mich, dass ich mich wirklich dringend wieder in den Griff bekommen muss. Wenigstens ein wenig.

»Das kann ich nachvollziehen. Die Abende mit July zu verbringen, ist sicher schöner.«

Zunächst fahre ich schweigend weiter, doch sobald ich an der nächsten roten Ampel warten muss, werfe ich meinem Bruder einen genervten Blick zu.

»Für dich«, fügt er noch schnell hinzu und grinst mich dabei an.

»Und was willst du mir damit sagen?«

»Na ja, was auch immer Joshs Problem ist, es könnte sein, dass du aus der Form bist.«

»Ich habe das hier jahrelang gemacht«, knurre ich. »Da kann ich mir beim besten Willen nicht vorstellen, dass ich aus der Form sein soll. Zumal ich mich nur für ein paar Tage zurückgezogen habe.«

»Hast du mal darüber nachgedacht, es ganz aufzugeben? Vielleicht wäre es das Beste.«

Verwundert über diesen Vorschlag schaue ich kurz meinen Bruder an, während ich weiter durch die Straßen rase. Ich habe, ehrlich gesagt, noch nie darüber nachgedacht, und bis jetzt war das auch nie eine Option für mich.

»Wieso sollte ich das machen?«

»Nenn mich einen Idioten, und wahrscheinlich liege ich auch falsch ...«

»Aber?«, hake ich nach, nachdem Chris keine Anstalten macht, fortzufahren.

»Aber du machst auf mich nicht den Eindruck, als würdest du July sagen wollen, was du tust – was wir tun. Und ich gebe zu, dass ich mich nicht mit Beziehungen auskenne, aber ich glaube nicht, dass es so auf Dauer funktionieren kann. Eigentlich bin ich mir da sogar ziemlich sicher.«

»Da vorne ist es«, murmle ich und zeige mit dem Finger auf die Hausnummer, die Josh mir gegeben hat.

»Glaub erst gar nicht, dass du uns ausweichen kannst. Dann werden wir uns halt später darüber unterhalten. Wahrscheinlich möchte unser Bruder auch noch etwas dazu sagen«, verkündet Chris mir. Dabei wandert sein Blick über die Umgebung.

Die Befürchtung habe ich auch, denke ich, bin jedoch schlau genug, die Worte nicht auszusprechen. Stattdessen parke ich etwas abseits.

»Ich kann Josh nirgends sehen«, stellt mein Bruder fest, nachdem er ausgestiegen ist.

»Ich auch nicht. Und es ist alles ruhig.« Noch kann ich nicht einschätzen, ob das ein gutes Zeichen ist oder nicht.

Neugierig schaue ich mich um. Bereits auf den ersten Blick kann ich erkennen, dass sich mehrere leer stehende Gebäude auf dem Grundstück befinden. Im Gegensatz dazu scheinen die Häuser auf der anderen Straßenseite bewohnt zu sein.

Allerdings ist das hier nicht unbedingt die beste Gegend von San Antonio. Deswegen sollten wir vorsichtig sein.

Langsam gehe ich um meinen Wagen herum, bis ich meinen Bruder erreiche. Doch kaum bin ich bei ihm angekommen, dringt ein lauter Knall an unsere Ohren. Blitzschnell ziehe ich mir meine Kapuze über den Kopf und so weit ins Gesicht, dass man mich nicht erkennen kann. Chris macht es mir nach.

»Das kam von hinten«, flüstere ich und zeige dabei auf die Hausecke, die sich nur ein paar Schritte von uns entfernt befindet.

»Na gut, dann lass uns nachschauen, was Josh sich dieses Mal aufgehalst hat.«

»Nachdem ihr dafür gesorgt habt, dass dieser Wichser wieder in den Knast kommt, wird unser Bruder sich wohl eine neue Herausforderung gesucht haben«, vermute ich und biege mit energischen Schritten um die Ecke.

Was sich dort allerdings vor meinen Augen abspielt, habe ich nicht erwartet. Für einen Augenblick bleiben Chris und ich an Ort und Stelle stehen und beobachten, wie Josh drei Männer aufscheucht. Auf den ersten Blick würde ich sagen, dass er keine sehr großen Probleme dabei hat. Mit einer Leichtigkeit, die ich schon immer an ihm bewundert habe, sorgt er dafür, dass sie nicht mehr in der Lage sind, sich irgendwie zu bewegen. Auch aus dieser Entfernung kann ich erkennen, dass sie das Gesicht vor Schmerzen verziehen.

»Was ist denn hier passiert?«, frage ich Chris, der allerdings nur mit den Schultern zuckt.

»Keine Ahnung, aber es sieht nach Spaß aus.« Schnell setzt er sich in Bewegung und geht auf die Gruppe zu.

Ein letztes Mal atme ich noch durch, ehe ich ihm folge.

Vielleicht wäre es doch nicht die schlechteste Idee, einfach mit dem hier aufzuhören und ein ruhiges Leben mit July zu führen. Wobei das auch nicht langweilig zu werden verspricht.

Bei diesem Gedanken habe ich wieder July vor Augen, mit einem kleinen Baby auf dem Arm.

Ich habe das hier immer geliebt. Es war meine Chance, die Menschen zur Rechenschaft zu ziehen, bei denen das Gesetz sonst versagt. So wie bei Matt. Doch ich liebe July. Und so ungern ich das auch zugebe – entweder ich sage ihr die Wahrheit und hoffe, dass sie mich nicht verlässt. Oder ich höre auf und hoffe, dass sie es nie erfahren wird.

Doch jetzt werden wir das hier erst mal beenden, beschließe ich dann und schiebe die Gedanken beiseite. Sie haben hier und jetzt nichts zu suchen, sondern würden mich nur ablenken. Und das kann ich nicht gebrauchen.

Deswegen greife ich mir den ersten Typen, den ich in die Finger bekomme. Ruckartig ziehe ich ihn nach hinten, bevor er ein weiteres Mal auf Josh losgehen kann. Überrascht dreht er sich in meine Richtung, doch noch bevor er auch nur ansatzweise etwas unternehmen kann, hole ich aus und treffe ihn am Kinn.

Benommen steht er vor mir und versucht verzweifelt, sich auf den Beinen zu halten. Mit zusammengekniffenen Augen sieht er mich an. Mir ist klar, dass er versucht, mein Gesicht zu erkennen. Doch ich weiß, dass er in der Dunkelheit nur meine Umrisse sehen kann.

Ich könnte es ausnutzen, dass er gefährlich hin und her schwankt.

Doch das mache ich nicht. Stattdessen stehe ich geduldig vor ihm und warte darauf, dass er sich wieder etwas im Griff hat.

Als er einen zweiten Versuch startet, mir näher zu kommen, packe ich seinen Arm und drehe ihn ihm auf den Rücken. Mir ist klar, dass ich nicht gerade sanft mit ihm umspringe, doch er braucht gar nicht zu meinen, dass er mich verarschen kann. Sein Gesicht ist schmerzverzerrt. Früher, eigentlich noch vor wenigen Wochen, hatte sich eine gewisse Genugtuung in mir breitgemacht, wenn ich daran dachte, dass diese Männer das bekamen, was sie verdienten. Doch dieses Gefühl schwindet jeden Tag ein bisschen mehr.

Um das Ganze zu beenden, ziehe ich mit einem Fuß sein Bein nach hinten, sodass er zu Boden fällt.

»Wichser«, flucht er durch zusammengebissene Zähne.

»Ihr habt einen Juwelier überfallen. Dann habt ihr die Beute hierher gebracht. Und wenn ich danach gehe, wie gut organisiert ihr wart, dann war es nicht das erste Mal«, fasst Josh zusammen, nachdem etwas Ruhe eingekehrt ist. Dabei hört man ihm nicht an, dass er die letzten Minuten mit drei Männern gekämpft hat.

»Wir haben nichts getan.«

»Und wie kommt es dann, dass nach euch gefahndet wird? Ihr werdet in mehreren Staaten gesucht«, meldet Chris sich nun zu Wort, nachdem er die drei eingehend gemustert hat.

»Gut, dass ihr so schnell gekommen seid«, wendet Josh sich dann an uns.

»Kein Problem«, erwidere ich, bevor ich wieder einen Blick auf die drei Typen vor uns werfe. »Ich habe von ihnen in den Nachrichten gehört. War da nicht immer die Rede von fünf Männern?«

»Und genau dort liegt das Problem. Hätte ich gewusst, dass es sich bei denen hier um besagte Bande handelt, hätte ich euch schon viel eher angerufen.« Josh zuckt mit den Schultern, während er uns entschuldigend ansieht.

»Vielleicht sind die anderen beiden abgesprungen«, überlegt Chris nun.

»*Vielleicht ist nicht wissen*«, murmle ich den Satz, den wir in unserer Kampfausbildung mehr als einmal zu hören bekommen haben. Dabei kann ich nicht verhindern, dass ich die Augen verdrehe. Ich höre mich schon wie unser ehemaliger Trainer an.

»Sind sie da drin?«, fragt Chris und nickt mit dem Kopf in die Richtung der leer stehenden Häuser.

»Ja, ich schätze, in dem da vorne«, antwortet Josh und zeigt dabei auf einen Block mittendrin. »Falls sie noch nicht abgehauen sind. Leider konnte ich es nicht die ganze Zeit im Auge behalten.«

Chris lässt seinen Blick über das Gebäude wandern. Auch ich mustere es. Doch so sehr ich mich auch bemühe, ich kann nichts finden, was darauf hindeutet, dass sich dort noch mehrere Gauner verbergen. Es ist kein Licht zu sehen, was allerdings nichts heißt. Schließlich werden sie wohl mitbekommen haben, was hier draußen los ist.

»Verdammt«, raune ich, als mir klar wird, dass es wahrscheinlich noch etwas dauern wird, bis ich wieder bei July bin. Meine Brüder sehen mich an.

»Fahr«, fordert Chris mich auf. »Wir kommen auch ohne dich klar.«

»Nein«, entgegne ich und schüttle dabei entschieden den Kopf. Mir gefällt die Vorstellung nicht, die beiden hier alleinzulassen, besonders, da wir nicht wissen, ob sich der Rest der Bande nicht doch noch in der Nähe aufhält und sonst etwas passieren kann. Um July hingegen brauche ich mir keine Sorgen zu machen. Die ist bei meinen Eltern gut aufgehoben. Zumal mein Vater das Haus hat absichern lassen, als wäre es ein Gefängnis.

»Sicher?«, forscht Josh nach.

»Nein«, brumme ich, obwohl ich es eigentlich bin.

Einen Moment ist es ruhig. Keiner sagt etwas. Nicht einmal die Männer, die wir gerade überwältigt haben, geben einen Ton von sich.

»Na gut. Dann wirst du aber bei den Gangstern hier bleiben. Draußen ist es sicherer als da drin. Wir werden uns umschauen. So groß ist das Haus ja nicht.« Chris gibt Josh ein Zeichen, dass er ihm folgen soll.

Doch noch bevor er an mir vorbeigehen kann, stelle ich mich meinem Bruder in den Weg.

»Oh nein. Du wirst hierbleiben«, weise ich ihn an. Ich warte seine Antwort erst gar nicht ab, sondern drehe mich um und ziehe Chris einfach hinter mir her.

Mir ist klar, dass meine Brüder nicht begeistert von meiner Entscheidung sind. Und ich freue mich, dass sie mir die weniger gefährliche Aufgabe zukommen lassen wollten. Die Wahrheit ist nämlich, dass, egal, wie gut wir trainieren und wie fit wir sind, immer ein Restrisiko bleibt. Aber obwohl ich unbedingt heile wieder bei July ankommen will, bin ich mir darüber bewusst, dass ich nur wahnsinnig werden würde, wenn ich draußen warten müsste.

»Kannst du mir mal verraten, was mit dir los ist? Das habe ich dich vorhin schon gefragt und keine Antwort bekommen«, erinnert Chris mich an unsere Unterhaltung im Auto.

Gemeinsam betreten wir das Haus und werden von Dunkelheit empfangen.

»Hast du eine Taschenlampe?«, erkundige ich mich. Dabei ignoriere ich auch dieses Mal geflissentlich seine Frage.

»Nein, du?«

Auch wenn mir klar ist, dass Chris es kaum sehen kann, schüttle ich den Kopf. Dann ziehe ich mein Handy aus der Hosentasche.

Ich liebe dich!

Die Nachricht springt mich förmlich an, als ich die Displaysperre entferne. Ich spüre das Lächeln auf meinem Gesicht.

Und ich dich.

Gerne würde ich ihr diese Worte zurückschreiben, doch das würde nur wertvolle Zeit in Anspruch nehmen. Und die kann ich besser darauf verwenden, das hier möglichst rasch zu erledigen und dementsprechend schnell wieder bei ihr zu sein.

Hastig aktiviere ich die Taschenlampenfunktion meines Handys und schaue mich um. Das Haus ist total heruntergekommen. Überall liegen kaputte, alte Möbel verstreut, die zurückgelassen wurden. Ja, die Häuser in dieser Gegend haben ihre besten Zeiten definitiv hinter sich.

Um zu vermeiden, durch den baufälligen Fußboden zu krachen und im Keller zu landen, tasten wir uns langsam voran. Doch ich kann niemanden erkennen.

»Ich glaube, wir können es uns sparen, nach oben zu gehen. Die Treppe ist kaum noch vorhanden«, sage ich und zeige dabei auf die Stufen, die schon halb in sich zusammengefallen ist.

»Wenn jemand da oben ist, dann hat er definitiv einen anderen Weg genommen. Vielleicht gibt es draußen noch eine Treppe oder so«, stimmt Chris mir zu.

»Der Boden ist völlig durchlöchert. Nicht einmal, wenn man auf der Flucht ist, würde man dieses Risiko eingehen«, gebe ich zu bedenken, nachdem ich nach oben geleuchtet habe. »Zumindest würde ich das nicht.«

»Und wo sind dann die restlichen zwei Kerle? Vielleicht in einem der anderen Häuser?«

»Keine Ahnung. Aber wenn wir Pech haben, dann sind sie schon ...«, beginne ich. Doch ich komme nicht mehr dazu, den Satz zu beenden. Aus dem Augenwinkel kann ich nur erkennen, wie sich jemand auf Chris stürzt und ihn zu Boden reißt.

Ich will dazwischengehen und den Typen von meinem Bruder ziehen, als ich ein Geräusch hinter mir höre. Obwohl ich nicht viel erkennen kann, da ich mein Handy wieder in die Hosentasche gesteckt habe, wirble ich herum und strecke dabei meinen Arm aus. In der nächsten Sekunde spüre ich, wie ich etwas berühre, und greife zu.

Anschließend ramme ich jemandem mein Knie in den Magen, sodass er laut aufkeucht. Ich nutze den kurzen Augenblick, den ich habe, und werfe einen prüfenden Blick auf Chris. Mit Erleichterung stelle ich fest, dass er wieder auf den Beinen steht. Solange man auf dem Boden liegt, hat man kaum eine Chance, sich zu wehren. Und noch weniger, wenn der Angreifer auf einem sitzt.

Da ich noch immer zu Chris schaue, sehe ich nicht, wie der Mann, der sich auf mich gestürzt hat, ausholt. Ich spüre nur noch einen Schlag, als er mich an der Schläfe trifft. Für einen Moment sehe ich Sterne. Ein scharfer Schmerz fährt durch meinen Körper.

Ich zwinge mich dazu, ruhig weiterzuatmen, um wieder zu mir zu kommen, doch so einfach ist das nicht. Es scheint eine Ewigkeit zu dauern, bis der Raum aufhört, sich zu drehen. Doch dann kann ich das dreckige Grinsen im Gesicht meines Angreifers erkennen.

Wut erfasst mich, als ich einen Schritt nach vorne mache. Ich packe ihn und schleudere ihn gegen die Wand. Mit einem lauten Poltern fällt er dagegen und sinkt zu Boden. Kurz habe ich die Befürchtung, dass das ganze Haus in sich zusammenfällt. Doch er hinterlässt nur eine Delle in der Wand.

»Ich hasse diese Überraschungsangriffe. Sie zeigen mir jedes Mal, wie feige mein Gegner eigentlich ist«, murmle ich. Dann gehe ich zu ihm hin, packe ihn am Kragen und ziehe ihn auf die Beine.

»So kann man es auch nennen. Ich habe mit Sicherheit ein paar blaue Flecke abbekommen«, grummelt Chris.

»Fünf Beteiligte waren es, und wenn ich mich nicht verzählt habe, dann haben wir jetzt alle zusammen. Na los, lass uns von hier verschwinden. Die Bude sieht aus, als würde sie jeden Augenblick zu Staub zerfallen«, stelle ich fest. Dabei werfe ich noch einen letzten Blick auf die kaputten Balken, bevor ich mich, mit meinem ausgeknockten Gegner am Schlafittchen, in Bewegung setze.

»Da hättet ihr, ehrlich gesagt, ein besseres Versteck finden können«, sagt Chris und schnappt sich den anderen, um uns zu folgen.

»Was war denn bei euch los?«, fragt Josh, als wir bei ihm anlangen. Dabei sieht er uns prüfend von oben bis unten an.

»Diese Idioten dachten, sie wären besser als wir.« Ich schubse den Kerl, den ich hinter mir herziehe, in die Richtung seiner drei Freunde. »Wir mussten ihnen eine Lektion erteilen.«

»Na, das erklärt natürlich so einiges. Und anderem, dass ihr aussehst, als hättet ihr den ganzen Tag auf dem Bau gearbeitet«, stellt Josh fest und dreht sich dann zu mir. »Wie lief eigentlich der Abend? Habe ich etwas verpasst?«

»Bis du angerufen hast, war alles in bester Ordnung«, gebe ich zurück.

»Dann fahr. Den Rest schaffen wir auch allein. Und dieses Mal gehorchst du einfach, ohne zu diskutieren.«

Einen Moment denke ich wirklich darüber nach. So lange bin ich noch nicht weg. Es könnte also sein, dass July noch immer bei meinen Eltern ist.

Sie würde sich bestimmt freuen, wenn ich sie abhole.

Auf der anderen Seite will ich meine Brüder nicht im Stich lassen. Wobei Josh den Vorschlag nicht gemacht hätte, wenn er sich Sorgen machen würde, die fünf Gauner nicht unter Kontrolle zu haben. In diesem Punkt bin ich mir sicher.

Und deswegen siegt das Verlangen, endlich wieder bei July zu sein.

»Okay, aber wenn etwas sein sollte, meldet euch. Ich komme dann sofort.«

»Das werden wir.« Chris nickt, macht dabei jedoch nicht den Eindruck, als würde er das vorhaben.

Bevor ich es mir anders überlegen kann, drehe ich mich um und gehe zurück zu meinem Wagen. Kaum habe ich mich hinter das Lenkrad gesetzt und die Tür geschlossen, ziehe ich meinen staubigen Pulli aus und schmeiße ihn auf die Rückbank.

Mein Herz rast so schnell, dass ich ein wenig brauche, bis ich mich wieder im Griff habe. Es ist das erste Mal, dass es mir so geht. Und ich bin mir sicher, würde ich July so unter die Augen treten, würde sie sofort merken, dass etwas vorgefallen ist.

Es liegt nicht an der Schlägerei. Es ist viel eher die Tatsache, dass ich nicht weiß, was ich machen oder wie ich mich verhalten soll. Doch mir ist klar, dass es nichts bringt, wenn ich noch länger hier sitze und mir den Kopf darüber zerbreche.

Schnell starte ich meinen Wagen, lege den Gang ein und fahre los.

Dann fische ich erneut mein Telefon aus der Hosentasche und wähle Julys Nummer.

»Ja?«, meldet sie sich nach wenigen Sekunden.

»Hi«, begrüße ich sie. Dabei kann ich spüren, wie sich meine verkrampften Muskeln etwas entspannen. »Wo bist du?«

»Ich bin noch bei deinen Eltern«, antwortet sie. Doch eigentlich hätte sie sich das auch sparen können. Im Hintergrund kann ich meine Mom reden hören, auch wenn ich nicht verstehe, was sie sagt.

»Dann warte ein paar Minuten. Ich bin gleich da.«

»Seid ihr denn schon fertig?« Ich höre die Verwunderung in ihrer Stimme.

»Ja. Es ging schneller, als ich gedacht habe. War nur eine Kleinigkeit.« Während ich spreche, schaue ich auf meine dreckigen Klamotten und werfe auch noch einen Blick in den Rückspiegel. Ich habe keine Ahnung, wie ich ihr meinen Zustand erklären soll.

»Okay, dann sehen wir uns gleich.«

»Ich liebe dich, July.« Ich habe es ihr schon so oft gesagt, trotzdem kommt es mir vor, als wäre es noch nicht oft genug.

»Ich dich auch«, sagt sie und unterbricht dann die Verbindung.

25

July

Mit gespitzten Ohren höre ich auf jedes Geräusch, das von Roy stammen könnte. Dennoch kommt es mir wie eine Ewigkeit vor, bis ich höre, wie die Haustür geöffnet wird. Als Nächstes dringen die Stimmen von Roy und seinem Dad an mein Ohr. Allerdings sind sie zu leise, als dass ich verstehen könnte, worüber sie sprechen.

Kurz darauf steht Roy in der Küchentür. Ich freue mich, dass er es doch noch geschafft hat. Aber als ich ihn näher betrachte, macht sich Sorge in mir breit. In seinem Gesicht kann ich eine dicke Prellung erkennen, die in allen Farben leuchtet. Und auch seine Sachen sind dreckig. Würde ich es nicht besser wissen, würde ich sagen, dass er sich geprügelt hat. Doch das glaube ich nicht.

»Was ist geschehen?«, frage ich ihn beunruhigt.

»Nichts Besonderes. Nur ein paar Dinge, bei denen wir mit eingreifen mussten. Ist aber nichts passiert.« Roy zuckt mit den Schultern.

Er macht den Eindruck auf mich, als wäre das etwas ganz Normales und als wäre wirklich alles in Ordnung. Doch eine leise Stimme in meinem Kopf sagt mir, dass es nicht so ist. Ich kann mir nicht erklären, woher ich dieses Gefühl nehme. Doch es ist da, und es lässt sich auch nicht zur Seite schieben.

Vielleicht liegt es daran, weil es als Staatsanwalt nicht zu seinem Job gehört, einzugreifen, überlege ich. Auch wenn mir diese Erklärung plausibel erscheint, so weiß ich nicht, ob sie stimmt.

In mir wächst der Wunsch, Roy nach der Wahrheit zu fragen. Doch mir ist klar, dass es wahrscheinlich nicht die beste Idee ist, das vor seiner Mom zu machen.

»Wo hast du Chris gelassen?«, fragt ihn seine Mutter, während er mit großen Schritten auf mich zukommt. Dabei begutachtet sie kurz sein Gesicht, geht aber nicht näher darauf ein. Ich brauche sie jedoch nur kurz anzusehen, um zu wissen, dass es ihr schwerfällt.

»Der ist bei Josh geblieben«, erwidert Roy und zieht mich auf die Beine. »Und wir werden uns jetzt auch auf den Weg machen. Es ist schon spät. Danke, dass July hierbleiben konnte.«

»Soll das ein Scherz sein?« Entsetzt schaut seine Mom ihren ältesten Sohn an. »Meine Schwiegertochter kann jederzeit herkommen. Und du wärst blöd, wenn du sie nicht zu meiner Schwiegertochter machst.«

Mir schießt die Hitze ins Gesicht. Mein Herz setzt aus. Seine Familie ist eindeutig schneller als ich. Erst redet sein Bruder davon, Onkel zu werden, und jetzt spricht seine Mom von Heirat. Auch wenn ich weiß, dass sie uns nicht drängen will, schwirrt mir gerade ein wenig der Kopf. Und Roy scheint es nicht besser zu gehen.

»Ich habe July das Rezept für den Käsekuchen gegeben«, verkündet seine Mutter als Nächstes. »Wenn ihr also schön nett zu ihr seid, wird sie ihn bestimmt öfter backen.«

Mit hochgezogenen Augenbrauen betrachtet Roy mich. Ich kann seinen Blick gerade nicht so genau zuordnen. Doch ich bin mir sicher, dass er früher oder später noch darauf eingehen wird.

»Ich würde mich freuen, wenn ihr in Zukunft öfter hier wärt.«

»Das würde mich auch freuen«, entgegne ich und stelle mich neben Roy.

Ich brauche ihn nicht zu berühren, um das Zittern zu spüren, das von ihm ausgeht. Es ist nur ein leichtes Beben, kaum vorhanden, doch ich bin mir sicher, dass es da ist.

Irgendetwas belastet ihn. Bevor er gefahren ist, war ja alles noch in Ordnung. Vorsichtig schaue ich ihn an. Doch er scheint nichts von meinem

Gedankengang mitzubekommen. Ruhig verabschiedet er sich von seiner Mom, als wäre nichts.

Nachdem auch ich mich für den schönen Abend bedankt habe, verlassen wir das Haus und gehen zu seinem Auto.

»Was ist passiert?«, frage ich, nachdem Roy angefahren ist. »Und jetzt sag mir nicht, dass alles in Ordnung ist. Das glaube ich dir nämlich nicht.«

Skeptisch betrachte ich ihn. Keine Sekunde lasse ich ihn aus den Augen. So gebe ich ihm erst gar nicht die Chance, mir irgendwie auszuweichen.

Wortlos biegt er auf die Hauptstraße. Es kommt mir so vor, als würde er mich gar nicht richtig wahrnehmen. Doch dann nimmt er meine Hand in seine und drückt sie fest. Diese Geste scheint ihm Rückhalt zu geben.

»Es gab ein paar Komplikationen. Deswegen sehe ich auch so aus. Es ist aber nichts Schlimmes passiert und wir hatten das auch schnell im Griff.« Aufmunternd zwinkert er mir zu. »Ja, manchmal muss auch ein Staatsanwalt eingreifen.«

Ich rede mir ein, dass es keine große Sache ist. Schließlich habe ich ihn schon zweimal in Aktion gesehen und beide Male schien es ihm keine großen Probleme zu bereiten.

Doch ich werde dieses merkwürdige Gefühl nicht los, dass etwas nicht stimmt. Allerdings beharre ich nicht weiter. Wenn er bereit ist, darüber zu sprechen, dann wird er es schon machen. Deswegen schlucke ich die Worte hinunter, die darauf brennen, ausgesprochen zu werden, und streiche mit meinem Daumen über seinen Handrücken. Auf diese Weise will ich ihm zeigen, dass ich immer für ihn da bin.

Die Fahrt zu seiner Wohnung verläuft ruhig. Keiner von uns beiden sagt etwas. Und das gibt mir leider Gelegenheit, mir noch mehr Gedanken um sein plötzliches Verhalten zu machen. Ich weiß, dass etwas geschehen ist. Allerdings komme ich nicht darauf, was es sein könnte.

26

Roy

Ruckartig richte ich mich auf, wobei July von meiner Brust rutscht. Sie gibt einen grummelnden Ton von sich, sodass ich einen kurzen Blick auf sie werfe. Ich will sichergehen, dass sie noch immer schläft.

Viel kann ich leider in dem schwachen Licht, das durch die Fenster hereinscheint, nicht erkennen. Aber sie atmet ruhig, und das reicht mir.

In der nächsten Sekunde vernehme ich wieder ein Geräusch, das definitiv aus meiner Wohnung kommt. Ich drehe meinen Kopf zur Tür. Für kurze Zeit ist alles ruhig. Doch dann kommt es mir so vor, als würde ich leise Schritte hören. Allerdings muss ich mich täuschen. Wir sind allein.

Niemand wäre so blöd und würde hier einbrechen. Das komplette Grundstück ist abgesichert. Darauf haben wir genauestens geachtet.

Dennoch stehe ich vorsichtig, um July nicht zu wecken, auf. Barfuß schleiche ich zur Tür. Dabei greife ich nach der Taschenlampe, die auf der Kommode steht, und halte sie als Waffe mit der Hand fest umschlungen.

Bevor ich die Tür öffne, werfe ich noch einen letzten Blick auf meine Freundin. Friedlich liegt sie im Bett und scheint nichts mitzubekommen, was um sie herum geschieht. Doch darüber bin ich froh. Erst einmal will ich mich davon überzeugen, was hier los ist, bevor ich sie wecke. Sollte doch etwas sein, kann ich sie immer noch in Sicherheit bringen.

Ich öffne die Tür einen Spalt breit und schlüpfe durch sie hindurch auf den Flur. Dabei bin ich darauf bedacht, keinen Ton von mir zu geben, um sie nicht doch noch zu wecken.

Mir wird klar, dass es bereits das zweite Mal an diesem Tag ist, dass ich durch ein Haus schleiche. Nur mit dem Unterschied, dass es dieses Mal mein eigenes ist.

Leise gehe ich auf das Wohnzimmer zu, in dem ich Licht erkennen kann. Ruckartig öffne ich die Tür und trete ein. Doch vor mir steht nicht etwa ein Einbrecher, der meine Schränke durchwühlt, oder etwas in der Art, auf das ich mich eingestellt habe.

Nein, es sind meine Brüder, die mit einem bescheuerten Grinsen im Gesicht auf meinem Sofa sitzen. Einen Moment betrachte ich sie und warte darauf, dass sie unaufgefordert beginnen, sich zu erklären. Doch weder Josh noch Chris sagt etwas.

»Was wollt ihr?«, frage ich die beiden also. Ich unternehme erst gar nicht den Versuch, zu verheimlichen, wie genervt ich von dem nächtlichen Überraschungsbesuch bin.

»Wir wollten mit dir reden«, sagt Josh und beugt sich ein Stück nach vorne. Er stützt die Ellbogen auf den Knien ab und sieht mich herausfordernd an.

»Ich habe im Kühlschrank noch Käsekuchen stehen.« Während ich spreche, zeige ich in die entsprechende Richtung. Mir liegen die Worte auf der Zunge, dass July das Rezept hat. Aber das, was unweigerlich danach folgen würde, kann ich ihr nicht zumuten. Wenn die beiden nämlich davon erfahren, wird sie keine ruhige Minute mehr haben. Und ich bin ja nicht mit ihr zusammen, damit sie Chris und Josh bewirtet.

Im Handumdrehen hellen sich ihre müden Gesichter auf. Das habe ich auch nicht anders erwartet.

»Wir haben die Typen abgesetzt. Ich bin mir sicher, dass meine Kollegen total begeistert davon sind, sie endlich geschnappt zu haben. Hier bei uns haben sie zwar nur zwei Läden ausgeraubt, aber auch dort einen riesigen Schaden angerichtet. Und in den anderen Städten waren es weitaus mehr«, erklärt Chris und reibt sich dabei übers Gesicht.

»Aber das ist nebensächlich. Wir sind nämlich eigentlich hier, um mit dir über ein viel interessanteres Thema zu sprechen.«

»Hmmm«, brumme ich nur, da ich nicht so recht weiß, was ich darauf erwidern soll.

»Hast du mal darüber nachgedacht?« Nicht eine Sekunde lässt Josh mich aus den Augen.

Leise seufze ich und lasse mich auf den Sessel sinken. Ich kann es mir nicht verkneifen, noch einen Blick Richtung Schlafzimmer zu werfen. Auch wenn ich keine Geheimnisse mehr vor July haben will, so ist diese Unterhaltung definitiv nicht für ihre Ohren bestimmt.

»Worüber soll ich denn nachgedacht haben?«

»Alter«, fährt Chris mich an. »Langsam wird es wirklich lächerlich. Du hast nur zwei Optionen, und ich bin mir sicher, dass du das auch weißt. So doof kann man ja gar nicht sein. Du bist doch sonst so ein schlaues Kerlchen.«

»Ich kann es ihr nicht sagen. Ich weiß, wir sind keine Verbrecher, zumindest nicht im eigentlichen Sinn. Schließlich operieren wir in einer Grauzone. Aber es ist nicht so einfach, wie ihr euch das vorstellt. Ich wünschte, es wäre so.«

Mit diesen Worten versuche ich die beiden abzuspeisen, allerdings ist mir klar, dass es nichts bringen wird. Außerdem weiß ich, dass sie recht haben.

»Du liebst sie und sie liebt dich. Als wir damit vor ein paar Jahren angefangen haben, war klar, dass wir das hier nicht ewig machen werden oder können. Und an diesem Punkt scheinst du nun angekommen zu sein. Da ist auch gar nichts Schlimmes bei.«

Ich habe es schon unzählige Male erlebt, dass die beiden verschiedener Meinung waren und sich deswegen gestritten haben. Doch dieses Mal nervt es mich noch mehr, dass sie der gleichen Ansicht sind. Sie haben sich regelrecht gegen mich verschworen, und das passt mir überhaupt nicht.

»Ich kann nicht einfach aufhören.«

»Und wieso?« Neugierig betrachtet Josh mich.

»Ich würde euch beide im Stich lassen. Und das will ich nicht. Schließlich sind wir nur zu dritt stark.«

»Das sagt der Mann, der mehr Einzelgänge hinter sich hat, als wir überhaupt zählen können«, zieht Josh mich auf.

»Ich meine es ernst. Ich will nicht, dass einem von euch etwas passiert, nur weil ich nicht mehr mitmache.«

»Und ich meine es ernst, dass du dir um uns keine Sorgen machen musst. Wir sind erwachsen und wissen, was wir tun. Aber nun ist es an der Zeit, dass du endlich ein neues Kapitel in deinem Leben aufschlägst. Gemeinsam mit July, der Frau, die du liebst. Sie soll sich keine Sorgen um dich machen müssen, nur weil du mit uns unterwegs bist. Ich kann mir nicht vorstellen, dass das auf Dauer wirklich funktioniert.«

»Ich muss Josh zustimmen. Und du brauchst erst gar nicht darüber nachzudenken, es ihr auf Dauer zu verheimlichen. Du kannst ihr ja schließlich nicht immer eine Lüge auftischen, wieso du verletzt bist.« Während Chris spricht, deutet er auf mein Gesicht.

»Ich habe ihr nicht ...«, beginne ich. Doch der Blick meiner Brüder bringt mich zum Schweigen, noch bevor ich überhaupt ausgesprochen habe. Und das ist wahrscheinlich auch besser so, bevor ich ein weiteres Mal nicht die Wahrheit sage.

Keiner der beiden gibt einen Ton von sich. Aber das müssen sie nicht, ich weiß auch so, was sie denken. Allerdings betrachten sie mich eindringlich.

»Okay, du willst es ihr nicht sagen. Kann ich nachvollziehen. Aber dann hör wenigstens auf.«

Ich bin so sehr auf die beiden konzentriert, dass ich gar nicht merke, wie plötzlich jemand hinter mir steht.

»Womit sollst du aufhören?«

Beim Klang der hellen Stimme zucke ich zusammen und reiße meinen Kopf nach hinten. Ich blicke direkt in Julys fragende Augen. Sie steht nur ein paar Schritte von mir entfernt und betrachtet mich kurz, bevor sie ihren Blick zu meinen Brüdern schweifen lässt.

Scheiße, ist das Einzige, was mir gerade durch den Kopf geht. Schnell stehe ich auf und gehe zu ihr. Doch July weicht zurück, noch bevor ich sie berühren kann. Auf diese Weise gibt sie mir zu verstehen, dass ich auf Abstand gehen soll. Ich kann ihre Reaktion verstehen, allerdings gefällt sie mir ganz und gar nicht.

»Verdammt«, vernehme ich Joshs leise Stimme hinter mir.

Gerade war ich noch sauer auf die beiden, weil sie mich nicht darauf aufmerksam gemacht haben, dass July das Zimmer betreten hat. Joshs Reaktion zeigt mir allerdings, dass die Jungs es selbst nicht bemerkt haben, bis es bereits zu spät war.

In meinem Kopf überschlägt sich alles. Doch ich bin nicht in der Lage, auch nur einen einzigen vernünftigen Gedanken zu fassen. Ich weiß nicht, wo ich anfangen und wie weit ich gehen soll. Mir kommt es so vor, als würde ich es mit jedem Wort nur noch schlimmer machen.

Mit offenem Mund steht July mir gegenüber und sieht noch immer zwischen uns hin und her. In diesem Moment ist mir klar, dass mir nichts anderes übrig bleibt, als abzuwarten, was sie als Nächstes macht. Auch wenn ich mir eingestehen muss, dass es mir noch nie so schwergefallen ist wie jetzt, untätig zu sein. Am liebsten würde ich die Arme um sie schlingen und sie küssen. Um ihr zu zeigen, dass ich sie liebe und das alles nichts mit ihr zu tun hat.

Doch ich kann es nicht.

Es kommt mir wie eine Ewigkeit vor, bis sie sich ruckartig umdreht und mit schnellen Schritten im Schlafzimmer verschwindet. Keiner von uns sagt etwas, während sich in meinem Inneren immer mehr das Gefühl ausbreitet, dass das kein gutes Zeichen ist.

»Scheiße«, fluche ich laut und fahre mir dabei über den Nacken. Ich war mir nicht sicher, wie ich es ihr sagen soll. Allerdings bin ich mir sicher, dass es so nicht passieren sollte.

Aber was habe ich erwartet? Es war ja klar, dass sie irgendwann die Wahrheit erfährt. Auf die eine oder andere Art.

»Rede mit ihr. Etwas anderes bleibt dir überhaupt nicht übrig. Sie kann auch gerne zu uns kommen, wenn sie dir nicht glaubt«, sagt Chris und steht dabei auf.

Ich werfe ihm noch einen ausdruckslosen Blick zu, bevor ich July folge. Ich will sie auf keinen Fall verlieren, doch ihr Gesichtsausdruck hat mich tief erschüttert.

Außerdem gefällt mir der Gedanke nicht, nicht die Chance zu haben, es ihr wenigstens zu erklären.

»July?«, rufe ich ins Schlafzimmer hinein, nachdem ich es leise betreten habe. Die Nachttischlampe brennt, doch ich sehe sie nicht. Und nun bin ich mir sicher, dass das kein gutes Zeichen ist.

Kurz bleibe ich im Türrahmen stehen. Doch als ich gerade Richtung Badezimmertür gehen will, tritt July heraus.

Noch nie in meinem Leben habe ich mich so hilflos gefühlt wie jetzt. Im Gerichtssaal habe ich das Gesetz auf meiner Seite und nachts kann ich meine Fäuste für mich sprechen lassen. Doch bei July hilft mir beides nichts.

»Lass es mich erklären«, flüstere ich.

»Was gibt es da denn noch zu erklären? Ich habe zwar keine Ahnung, wovon ihr gesprochen habt, aber es reicht mir, zu wissen, dass du so ein Geheimnis daraus machst und mich belogen hast.«

Bei ihrer Wortwahl zucke ich zusammen.

»Es ist nicht so, wie du denkst«, spreche ich weiter, nachdem ich tief Luft geholt habe.

»Woher willst du wissen, was ich denke? Ich weiß es ja selbst nicht einmal«, fährt sie mich an. Ihre Augen funkeln wütend.

Doch hinter ihrem Zorn erkenne ich auch die Unsicherheit, die sie fest im Griff hat.

»Das ist alles sehr kompliziert. Deswegen weiß es auch niemand«, seufze ich und lasse mich aufs Bett sinken. Dabei greife ich nach ihrem Handgelenk und bedeute ihr, dass sie sich ebenfalls setzen soll.

Einen Moment denkt July darüber nach, doch dann setzt sie sich. Dabei lässt sie ein wenig Abstand zwischen uns, doch gerade bin ich nur froh, dass sie noch hier ist.

»Ich höre«, fordert sie mich harsch auf.

»Meine Brüder und ich führen eine Art Selbstjustiz aus«, beginne ich also. Ich wende meine Augen nicht von July ab, damit sie merkt, dass es mir ernst ist.

»Was?« Entgeistert sieht sie mich an. Ihre Stimme ist schrill und gibt mir zu verstehen, dass sie mir kein Wort glaubt.

Mir würde es an ihrer Stelle wahrscheinlich nicht anders ergehen.

»Wir machen das schon seit ein paar Jahren. Mal mehr und mal weniger. Aber so können wir die Verbrecher im Auge behalten, von denen wir uns sicher sind, dass sie wieder Scheiße bauen werden.«

Ich habe noch nicht ausgesprochen, als ich bereits überzeugt davon bin, dass sie mich für total bekloppt hält. Sogar in meinen Ohren hört sich das völlig bescheuert an. Könnte aber auch daran liegen, dass ich es noch nie laut ausgesprochen habe.

Mit großen Augen betrachtet July mich. Sie sieht aus, als würde sie abwägen wollen, ob ich die Wahrheit sage oder nicht. Dabei bewegt sie sich nicht und macht auch sonst keine Anstalten, einen Ton von sich zu geben. Gerade wäre es mir aber egal, was sie sagt, Hauptsache, sie sagt etwas. Von mir aus kann sie mir auch etwas an den Kopf werfen und mir sagen, was für ein riesiger Idiot ich bin. Denn das bin ich.

»Warum?«

»Wir haben damit angefangen, weil wir der Meinung sind, dass manche nicht aus ihrer Strafe lernen. Und meistens haben wir recht damit. Mit der Zeit haben wir eine gute Menschenkenntnis entwickelt. Unsere Jobs tragen auch einen großen Teil dazu bei.«

Meine Worte scheinen sie nicht zu beruhigen. Ich spüre die Wut, die von ihr ausgeht. Wieder überkommt mich der Wunsch, sie an mich zu ziehen und nie wieder loszulassen. Immer wieder will ich ihr sagen, wie sehr ich sie liebe. Doch irgendetwas hält mich davon ab, und das gefällt mir überhaupt nicht.

»Warst du deswegen immer so lange auf der *Arbeit?*« Bei dem letzten Wort malt sie Anführungszeichen in die Luft. »War es das, was du gemacht hast?« Ihre Stimme bricht und die Tränen suchen sich einen Weg über ihre Wangen.

Mehr als ein Nicken bekomme ich nicht zustande. In meinem Hals hat sich ein Kloß gebildet, der nicht verschwinden will. Niemals hätte ich gedacht, dass es ihr so nahegehen würde.

»Wieso hast du nie etwas gesagt? Du hast ja nicht einmal Andeutungen gemacht. Nichts! Stattdessen hast du es vorgezogen, mich anzulügen. Ohne mit der Wimper zu zucken!«

Ihr anklagender Blick durchbohrt mich.

»Ich wusste nicht, wie ich das machen sollte. So oft hatte ich es mir vorgenommen, aber das ist kein Thema, über das man einfach spricht«, flüstere ich.

»Ich glaube das einfach nicht«, erwiderte sie und springt auf.

»July ...«, beginne ich verzweifelt. Doch noch bevor ich überhaupt die Chance habe, noch etwas hinzuzufügen, schüttelt sie den Kopf und bringt mich so zum Schweigen.

»Nein, Roy. Ich will es nicht hören. Ehrlich gesagt, weiß ich nicht, was ich davon halten soll. Du hast mich in diesem Punkt angelogen, und deswegen frage ich mich, wobei du noch nicht die Wahrheit gesagt hast. Doch nun wird mir so einiges klar. Zum Beispiel, wie es kam, dass du mir an diesem einen Abend geholfen hast. Da hätte ich es schon ahnen müssen. Meine Güte, ich war so dumm. Dabei hatte ich in der letzten Zeit immer mehr das Gefühl, als würde etwas nicht stimmen.«

Niedergeschlagen und mit heißen Tränen in den Augen sieht sie mich an. Doch July lässt nicht zu, dass sie weiterfließen. Tapfer blinzelt sie sie weg.

»Mit deinen nächtlichen Aktionen könnte ich sogar leben. Doch das Schlimmste an dieser ganzen Geschichte ist für mich, dass du mich angelogen hast. Immer und immer wieder. Und deswegen kann ich nicht einordnen, wo du mich noch überall angelogen hast. Liebst du mich überhaupt?«

Kaum hat sie den Satz beendet, bleibt mein Herz stehen. Es kommt mir vor, als würde die Welt aufhören, sich zu drehen.

»Natürlich liebe ich dich.« Ich greife nach ihrer Hand und halte sie fest in meiner. Sie sieht unentschlossen aus.

»Ich glaube, es ist besser, wenn ich nach Hause fahre.«

»Oh nein«, entgegne ich schnell. »Du bleibst hier und wir reden darüber.«

»Darüber reden? Du willst darüber reden? Über was möchtest du dich denn unterhalten? Weißt du, als ich immer wieder von diesen Vorkommnissen in den Zeitungen gelesen habe, war das eine Sache. Doch durch einen blöden Zufall – und mehr war es wirklich nicht – zu erfahren, dass der Mann, mit dem ich die letzten Wochen verbracht habe, darin verwickelt ist, ist etwas ganz anderes. Vor allem, wenn es sich dabei um den Mann handelt, den man liebt.«

Bei ihren Worten zucke ich zusammen. Mir ist klar, dass sie recht hat, dennoch habe ich es noch nie von dieser Seite betrachtet.

»July, bitte. Hör mir einfach zu«, entgegne ich und versuche dabei, das ungute Gefühl zur Seite zu schieben, das sich unaufhaltsam in mir ausbreitet.

»Nein. Du hast mich belogen. Du hast mir so etwas Bedeutendes vorenthalten. Spätestens nach der Sache im Restaurant hättest du es mir sagen können. Du hättest es mir sagen müssen!«

»Das weiß ich. Doch an diesem Wochenende war es mir wichtiger, dir zu sagen, dass ich dich liebe.« Ich fühle mich beschissen. Und es wird nur schlimmer. Allerdings hoffe ich, dass sie erkennt, dass ich die Wahrheit sage. Schließlich habe ich sie nicht mit Absicht belogen.

Hätte ich irgendeine Chance gesehen, es ihr schonend beizubringen, hätte ich es sofort gemacht. Doch je mehr Zeit verging, desto schwieriger wurde es.

Und wie ich jetzt einsehen muss, war es ein riesiger Fehler, es so weit kommen zu lassen.

July schlüpft dann in ihre Hose. Mit angespanntem Kiefer schaue ich ihr dabei zu. Ich kann nicht verheimlichen, dass es mir nicht passt, was sie gerade macht. Doch das will ich auch gar nicht.

Dennoch sehe ich keine Möglichkeit, sie daran zu hindern, das Schlafzimmer zu verlassen.

»Wart ihr gestern auch in der Sache unterwegs?«, fragt sie und greift nach ihrer Tasche. »Wäre nett, wenn du mir die Wahrheit sagst.«

»Ja, das waren wir.«

»Ich liebe dich. Aber ich muss jetzt allein sein, um das alles zu verarbeiten.«

Entschuldigend zuckt sie mit den Schultern und verzieht ein wenig das Gesicht. Ein paar Sekunden bleibt sie dort stehen. In mir wächst die Hoffnung, dass sie doch bei mir bleibt. Doch diese wird zerstört, als sie sich umdreht. Das Nächste, was ich hören kann, ist die Tür, die hinter ihr ins Schloss fällt.

Am liebsten würde ich ein riesiges Loch in meine Wand schlagen. Doch ich muss mir überlegen, wie ich sie zurückbekomme. Wie ich die Frau wieder in mein Leben hole, die ich liebe und die an meine Seite gehört.

27

July

»Ich fasse das einfach nicht. Damit hätte ich nicht gerechnet«, ruft Claire, nachdem ich ihr und Mia die ganze Geschichte erzählt habe.

»Bitte behaltet es für euch. Ihr dürft es wirklich niemandem sagen«, mahne ich eindringlich. Dabei schaue ich die beiden Frauen noch einmal beschwörend an.

»Ich sage nichts, versprochen. Wahrscheinlich würde mir das eh keiner glauben«, murmelt Mia fassungslos. Dabei sieht sie so aus, als würde sie sich gerade ganz woanders befinden. Und das kann ich sehr gut nachvollziehen. Mir ging es nicht anders. Eigentlich ist das immer noch der Fall.

Seitdem ich mich letzte Nacht in mein Bett gelegt habe, habe ich ohne Unterbrechung darüber nachgedacht. An Schlaf war nicht zu denken. Vor allem deswegen nicht, weil ich Roy vermisst habe. Und auch, wenn ich mittlerweile wenigstens ansatzweise verarbeitet habe, dass er einer der *Underground Kings*, wie Claire sie nennt, ist, kommt es mir vor wie ein Traum.

»Passiert so etwas nicht sonst nur in Filmen oder Büchern?«, frage ich die beiden und verziehe ein wenig das Gesicht.

Sie sehen mich nur an, keine sagt ein Wort.

»Er ist Staatsanwalt. Ich meine, ich habe mir ja schon gedacht, dass dieser Mann nicht ohne ist und sich durchsetzen kann. Aber das habe ich nicht in Betracht gezogen. Kommt er da nicht in so eine Art Interessenkonflikt?« Mia sieht mich beinahe hilflos an.

Doch da ich das selbst nicht weiß, bleibt mir nichts anderes übrig, als mit den Achseln zu zucken. Eigentlich habe ich darüber auch noch gar nicht nachgedacht.

»Er hat mich angelogen. Ich will gar nicht wissen, wie oft er die Arbeit im Büro vorgeschoben hat«, flüstere ich in die Stille hinein, die sich über das Wohnzimmer gelegt hat. »Und hat er dann wirklich nur das gemacht? Oder hat er sich auch noch mit einer anderen Frau getroffen?«

Mir ist klar, dass diese Unterstellung gemein ist. Er hat mir nie das Gefühl gegeben, als wäre ich nur eine von vielen. Dennoch kann ich nichts dagegen unternehmen, dass sich Zweifel in mir breitmachen. Wer einmal lügt …

»Ich bin mir sicher, dass er sich mit keiner anderen Frau getroffen hat. Wieso sollte er sich mit irgendeiner abgeben, wenn er dich haben kann?« Mia lehnt sich ein Stück nach vorne.

»Ich weiß, dass es heftig ist. Auch ich bin schockiert, und ich bin nur deine Schwester. Aber die viel wichtigere Frage wäre, wie du reagiert hättest, wenn er es dir gesagt hätte.« Claire zieht die Beine an den Oberkörper und betrachtet mich vorsichtig. Ein wenig sieht sie aus, als hätte sie die Befürchtung, etwas Falsches gesagt zu haben.

»Ich wäre noch immer überrascht gewesen, aber nicht so sauer, wie ich es letzte Nacht war. Ich habe es nur durch einen dummen Zufall erfahren. Wäre ich liegen geblieben, wüsste ich noch immer von nichts.«

Darauf erwidert keine etwas.

»Und wie wird es jetzt mit euch weitergehen?« Mit diesen Worten hat Mia die Frage ausgesprochen, vor der ich mich die ganze Zeit gefürchtet habe.

»Ich weiß es nicht«, wispere ich und zucke mit den Schultern.

»Wie, du weißt es nicht? Du musst doch wissen, wann du ihn das nächste Mal siehst. Oder willst du die Beziehung etwa beenden?« Mia sieht mich entsetzt mit großen Augen an. Allerdings beachte ich sie nicht weiter, sondern denke darüber nach.

»Ich liebe ihn. Aber er hat mich angelogen, und das bezüglich eines nicht gerade unwesentlichen Teils seines Lebens. Und dann ist da noch die Sache, dass es sicherlich nicht ganz ungefährlich ist, was er da macht«, wende ich ein. Dann nehme ich einen großen Schluck aus meinem Weinglas und halte es anschließend Claire hin, damit sie es wieder auffüllt.

»Ich kann dich verstehen, wirklich«, fährt Mia fort, ohne sich aus der Ruhe bringen zu lassen. »Aber du darfst ihn nicht verlassen.«

»Wieso?« Irritiert schaue ich sie an. Dabei behalte ich für mich, dass ich nicht in Erwägung gezogen habe, das zu tun. Aber nun bin ich neugierig.

»Weil ihr einfach ein megasüßes Paar seid. Wenn man mal von dieser Geschichte absieht, ist es ganz offensichtlich, dass ihr euch liebt. Ich brauche euch nur zu beobachten und weiß genau Bescheid. Und vielleicht ist es ja einfach nur eine Prüfung?«

»Eine Prüfung?« Die Skepsis ist mir deutlich anzuhören.

»Um herauszufinden, ob ihr füreinander kämpft.«

»Und wieso nicht, ob sie füreinander bestimmt sind?«, meldet sich Claire zu Wort.

»Weil sie das sind.«

Nun würde ich am liebsten laut auflachen. Und nach allem, was geschehen ist, würde mir das wohl dabei helfen, die Anspannung loszuwerden. Doch dieses Thema ist zu ernst. Hier geht es um meine Zukunft mit Roy.

»Du weißt aber schon, dass sich das total bescheuert anhört, oder?«, erkundigt Claire sich stattdessen.

»Ja, aber eine bessere Lösung habe ich nicht.« Mia sieht entschuldigend zu mir rüber.

»Ist schon gut«, erwidere ich und versuche, ihr so das schlechte Gewissen zu nehmen. Schließlich kann sie nichts dafür, dass Roy und ich an diesem Punkt angekommen sind.

Habe ich vielleicht übertrieben reagiert?, frage ich mich plötzlich. *Hätte ich bei ihm bleiben und mit ihm darüber sprechen müssen?* Doch bevor ich eine Antwort darauf finden kann, frage ich mich bereits, wer noch davon weiß.

Seine Eltern? Freunde? Kollegen? Auch wenn ich mir Letzteres nicht vorstellen kann, so kann ich auch nicht mit Gewissheit sagen, dass es nicht so ist.

Um genau zu sein, weiß ich überhaupt nichts mehr.

»Heute werden wir eh zu keiner Lösung kommen. Das wirst nur du, wenn du endlich mit ihm sprichst. Allerdings bin ich der Meinung, dass er ruhig noch ein wenig leiden kann. Deswegen werden wir uns jetzt eine Pizza bestellen und uns irgendeinen Herzschmerzfilm auf Netflix ansehen. So kommst du auf andere Gedanken.« Mia nickt entschieden und angelt sich die Fernbedienung.

Einen Moment denke ich über ihren Vorschlag nach. Gerne würde ich das tun, allerdings möchte ich mich genauso gerne in mein Bett verkriechen und mir die Decke über den Kopf ziehen.

Allerdings ist mir klar, dass mir das nichts bringen würde. Die Sehnsucht nach ihm würde mich nur wahnsinnig machen. Deswegen ist es wahrscheinlich besser, wenn ich den Abend mit meinen Freundinnen verbringe.

»Okay«, stimme ich also zu und lasse mich noch tiefer in die Kissen sinken.

Unverzüglich greift Claire nach dem Telefon und ruft bei ihrem Lieblingslieferdienst an.

Als ich am Montag das Büro betrete, geht es mir noch beschissener. Ich hatte schon damit gerechnet, jedoch die Hoffnung nicht ganz aufgegeben, dass es mir wenigstens etwas besser gehen würde. Doch mein Zustand hat nicht nur etwas mit dem Wein zu tun, dem ich definitiv zu sehr zugesprochen habe und der mir nun einen riesigen Kater beschert. Es ist viel eher die Tatsache, dass ich noch immer keine Ahnung habe, wie ich mit der Sache mit Roy umgehen soll.

Pausenlos habe ich an ihn gedacht und mir gewünscht, dass ich jetzt bei ihm sein könnte. Dennoch kam es mir so vor, als würde ich es ihm zu einfach machen, wenn ich ihm eine Nachricht schreibe. Doch nun bereue ich es schon fast, es nicht getan zu haben. Ich habe sogar die Befürchtung, als hätte es uns noch weiter auseinandergebracht, als wir es ohnehin schon sind.

In all meiner Verwirrung weiß ich etwas ganz genau: Ich vermisse ihn. Die Art und Weise, wie er mit mir spricht und mich berührt. Ich vermisse seine Stimme und sein Lachen. Doch mir das einzugestehen, macht meine Situation nicht unbedingt besser.

»Du siehst aus, als hättest du viel zu wenig geschlafen«, stellt Mia fest, nachdem ich mich an meinen Schreibtisch gesetzt habe.

»Das könnte daran liegen, dass ich das wohl auch habe.« Ich zucke mit den Schultern.

Doch noch bevor ich ausgesprochen habe, steht sie auf, stellt sich neben mich und beginnt, in meiner Tasche herumzuwühlen. Ein paar Sekunden starre ich sie verständnislos an, bevor ich mich leise räuspere.

»Du weißt aber schon, dass das meine Tasche ist, oder?«

»Ja, das ist mir nicht entgangen«, antwortet meine beste Freundin abwesend.

»Und wirst du mir auch sagen, was du suchst?« Fragend blicke ich zu ihr auf. Doch es dauert ein wenig, bis Mia darauf eingeht.

»Ich suche dein Handy.« Schon hält sie es hoch und drückt es mir in die Hand. »Ruf ihn an, und zwar jetzt. Sag ihm, dass du mit ihm sprechen willst. Direkt nach der Arbeit.«

Allein der Gedanke daran sorgt dafür, dass mein Körper beginnt, unkontrolliert zu zittern.

»Lüge hin oder her. Aber du liebst ihn. Ich weiß gar nicht, ob ich dich jemals so glücklich gesehen habe wie an seiner Seite.«

28

Roy

»Musst du nicht zur Arbeit?«, fragt Chris. Dabei betrachtet er mich von oben bis unten.

Ich trage nicht den Anzug, der meine normale Arbeitskleidung im Büro darstellt, sondern eine weite Jeans und ein enges Shirt.

»Ja, eigentlich müsste ich das wahrscheinlich. Vor allem, wenn ich daran denke, dass mein Schreibtisch überquillt. Aber jetzt muss ich erst einmal diesen Scheiß mit July klären. Noch einen Tag halte ich es nicht so aus. Ich würde mich eh auf nichts konzentrieren können, solange ich nicht weiß, dass zwischen uns wieder alles in Ordnung ist.«

Chris sieht so aus, als würde er etwas sagen wollen. Und auch Josh macht denselben Eindruck auf mich. Allerdings verkneifen sie es sich, worüber ich froh bin. Wahrscheinlich würde das nur dazu führen, dass ich ausraste und mich mit ihnen streite, obwohl ich das überhaupt nicht will. Die beiden können schließlich nichts dafür, dass ich so ein Idiot war. Sie haben mir ja oft genug geraten, dass ich July endlich die Wahrheit sagen soll. Und ich könnte mir in den Arsch treten, dass ich es nicht einfach gemacht habe. Dann wären wir nämlich nicht in dieser Situation.

»Wenn das so ist, dann drücke ich dir die Daumen«, fügt Josh noch hinzu, obwohl ich mir sicher bin, dass er eigentlich etwas anderes sagen will.

Auf seinen Gesichtszügen erscheint ein Grinsen.

»Idioten«, murmle ich und greife dabei nach Brieftasche und Schlüssel, die auf der Anrichte in meiner Küche liegen.

Irgendwann werdet ihr in dieser Situation sein, und dann werde ich es euch heimzahlen.

»Wir können nur hoffen, dass du es dieses Mal nicht versaust«, fügt Chris noch hinzu.

Bis zu diesem Moment habe ich mich immer gut mit meinen Brüdern verstanden. Gerade würde ich ihnen aber am liebsten in den Arsch treten, um es noch freundlich auszudrücken. Die beiden wissen genau, wie sehr sie mir damit auf die Nerven gehen, denn sonst hätten sie es mir in den letzten zwei Tagen nicht pausenlos unter die Nase gerieben. Und anscheinend haben sie noch immer nicht genug davon.

Um mir nicht noch mehr blöde Sprüche anhören zu müssen, verlasse ich meine Küche und trete hinaus in die Morgensonne. Doch auch das kann meine Laune nicht heben.

Das schafft nur eine Person, und das ist July.

Sie hat gesagt, sie liebt mich. Seitdem sie verschwunden ist, habe ich mich daran festgehalten. *Allerdings liebt sie mich wohl nicht genug, um bei mir zu bleiben.* Dieser Gedanke trifft mich völlig unvorbereitet und wirft mich aus der Bahn, als ich in meinen Wagen steige. Niemals hätte ich gedacht, dass es mir wegen einer Frau jemals so gehen würde.

Doch mit alldem will ich mich jetzt nicht beschäftigen. Schließlich werde ich ihr endlich sagen, warum ich es für mich behalten habe. Und dabei werde ich ihr noch sagen, zu welchem Schritt ich mich entschieden habe. Nicht einmal meine Brüder wissen darüber Bescheid. In diesem speziellen Fall will ich, dass sie die Erste ist, die davon erfährt.

Deswegen atme ich noch ein letztes Mal tief durch und mache mich durch den morgendlichen Verkehr auf den Weg in ihr Büro. Auch auf die Gefahr hin, dass sie nicht mit mir sprechen will. Noch weiß ich nicht, wie ich es angehen soll. Doch ich bin mir sicher, dass es mir einfallen wird, wenn sie erst mal vor mir steht.

Es erscheint mir wie eine Ewigkeit, bis ich endlich einen freien Parkplatz gefunden habe. Bis jetzt war ich noch nie drin gewesen. Julys Chefs kenne ich zwar vom Gericht, das war's aber auch schon.

Ich blicke mich suchend um, während ich durch das Foyer gehe. Schnell betrete ich einen der Aufzüge, die sich in der Mitte der riesigen Eingangshalle befinden.

Während ich darauf warte, dass der Fahrstuhl endlich in der richtigen Etage stehen bleibt, trete ich innerlich von einem Fuß auf den anderen. Diese Warterei macht mich wahnsinnig. Als die Türen sich endlich öffnen, würde ich am liebsten erleichtert aufatmen, doch ich kann mich im letzten Moment zurückhalten.

Mit dem Rücken zu mir steht ein Mann, der ungefähr in meinem Alter ist. Er ist nicht sonderlich breit gebaut, dennoch verstellt er mir den Blick auf das, was sich vor ihm befindet. Doch meine Muskeln spannen sich an und eine kleine Stimme sagt mir, dass es nichts Gutes ist.

Keine Ahnung, warum sich ausgerechnet jetzt dieses Gefühl einstellt, doch es ist so.

Ich trete einen Schritt zur Seite und kann ein paar Frauen erkennen. Alle reißen die Augen weit auf. Und dann entdecke ich July. Sie steht neben ihrer Freundin und scheint nicht zu wissen, was sie machen soll, während der Typ eine Waffe auf sie richtet.

Ich warte nicht darauf, dass sie mich entdeckt. Bis jetzt scheint noch niemand realisiert zu haben, dass ich mich ebenfalls mit im Raum befinde. Und ich weiß, dass das auch gut so ist.

Auf leisen Sohlen bewege ich mich ein paar Schritte nach rechts, bis ich in einem der Flure verschwinden kann, die mir Schutz bieten. Von hier aus habe ich einen besseren Blick auf die Situation.

Und die gefällt mir immer weniger, je mehr ich davon sehe. Der Typ hat noch keinen Ton gesagt, zumindest nicht in meiner Gegenwart. Stattdessen schaut er sich um.

Nur leider zu spät, Idiot.

Doch das ist es nicht, was meine Aufmerksamkeit bannt. Mein Blick wandert zu der Waffe in seiner Hand. Immer wieder richtet er sie auf mein Mädchen, das von Sekunde zu Sekunde blasser wird. Jeder meiner

Muskeln spannt sich an. Ich kenne diese Reaktion meines Körpers. Und ich werde einen Teufel tun, mich selbst davon abzuhalten, ihm die Schnauze zu polieren. Dieser Mann bedroht July und ihre Kolleginnen, ihre Freundinnen. Allein dafür möchte ich ihm den Kopf abreißen. Und die Tatsache, dass ich die letzten Tage nach unserem Streit getrennt von ihr verbracht habe, macht es nicht besser.

Ich muss dringend einen anderen Weg finden, um meiner Wut Luft zu machen, sobald das hier vorbei ist, denke ich.

Für kurze Zeit beobachte ich die Szene, um sie besser einschätzen zu können.

Wenn er sich July auch nur einen winzigen Schritt nähert, werde ich mich auf ihn stürzen und dabei meine gute Erziehung vergessen.

»Wo ist er?«, brüllt er nun mit energischer Stimme. Allerdings entgeht mir das Zittern, das in seinen Worten mitschwingt, nicht.

»Mr Sullivan, Ihr Anwalt hat einen auswärtigen Termin. Es kann noch dauern, bis er wieder da ist. Falls er heute überhaupt reinkommt«, sagt eine der Frauen und macht dabei einen Schritt auf ihn zu.

Ich kann nicht anders, als die Augen zu verdrehen und leise zu seufzen. Ich habe keine Ahnung, wieso manche Menschen glauben, dass sie auf diese Weise einen Mann beruhigen könnten, der außer sich ist. Und vor allem weiß ich nicht, wieso sie es für eine gute Idee halten, auf ihn zuzugehen. Mir ist klar, dass das in Filmen und Serien so gezeigt wird. In Wahrheit ist es allerdings eine total beschissene Idee.

Mein Blick wandert zu July. Sie starrt den Mann gebannt an. Vorsichtig schiebe ich mich ein paar Zentimeter in ihr Sichtfeld und versuche, sie so auf mich aufmerksam zu machen. Doch das ist nicht so einfach, denn der Angreifer soll mich nicht sehen.

Als ich mich gerade wieder zurückziehen will, wandert ihr Kopf kurz in meine Richtung. Eben sah sie noch ängstlich und panisch aus, aber nun will ich lieber gar nicht wissen, was ihr durch den Kopf geht. Ich erkenne, dass sie nicht mit mir gerechnet hat und am liebsten etwas sagen würde. Doch bevor ihr auch nur ansatzweise ein Ton entweichen kann, schüttle ich den Kopf und lege mir einen Zeigefinger auf den Mund.

»Ich glaube Ihnen kein Wort«, brüllt der Bewaffnete weiter. »Er hat sich bestimmt in seinem Büro verschanzt und ist zu feige, sich wie ein Mann zu verhalten und mir gegenüberzutreten.«

Ich sehe, dass er allmählich die Beherrschung verliert.

»Sie können gerne einen Blick in seinen Terminkalender werfen«, sagt nun eine andere Frau ängstlich. Dabei nickt sie in Richtung eines Schreibtisches, doch ihr Gegenüber scheint sich nicht dafür zu interessieren.

Die Leute sollten aufhören, so viele bescheuerte Actionfilme zu schauen. Dann würden sie wissen, dass solche Aktionen nichts bringen.

Freilich kann ich ihr das gerade nicht sagen. Dennoch nehme ich mir vor, es nachzuholen.

Suchend schaue ich mich um. Die Konferenzräume um mich herum sind leer. Doch auf dem Sideboard, was direkt neben mir steht, kann ich eine Zeitschrift entdecken. Auch wenn es nicht das ist, was ich mir gerade wünsche, so ist es doch besser als nichts. Ich habe keine Zeit, mir etwas anderes zu suchen. Schnell rolle ich sie zusammen. Ich werfe einen letzten Blick auf den Typen. Noch immer hat er mir den Rücken zugedreht und behält die Frauen im Blick. Seine Hand, in der er die Waffe hält, ist angespannt, als würde er gleich schießen wollen. Und ich bin mir sicher, dass dazu auch nicht mehr allzu viel fehlt.

Ohne darüber nachzudenken, hole ich aus und schleudere die Zeitschrift auf die andere Seite des Raumes. In dem Moment, in dem er sich reflexartig nach dem Geräusch umdreht, trete ich aus meinem Versteck hervor. Ich lasse ihm erst gar nicht die Zeit, die Situation zu überblicken, sondern umgreife mit meinem Arm sofort fest seinen Hals, während ich ihm mit der anderen Hand die Waffe aus der Hand reiße. Am Anfang ist er noch zu überrascht, um irgendetwas zu unternehmen. Doch genauso schnell hat er sich wieder gefangen. Voller Wucht rammt er mir seinen Ellbogen in den Magen, sodass ich leise stöhne.

Scharf ziehe ich die Luft ein, während ich versuche, den Schmerz zu überwinden. Doch es dauert ein paar Sekunden, bis ich das schaffe.

Dann ziehe ich ihn ruckartig nach hinten und halte ihn fest, bis er mit einem lauten Knall auf den Fliesen landet. Als Nächstes verdrehe ich so lange seinen Arm, bis der Angreifer auf dem Bauch liegt. Dabei schreit er vor Schmerzen, doch ich ignoriere es. Gerade habe ich nur die Sicherheit von July und allen anderen Anwesenden im Kopf.

»July, ruf die Polizei«, weise ich sie an, lasse den Arsch dabei jedoch nicht aus den Augen.

Es dauert etwas, doch dann kann ich hören, wie sie mit großen Schritten zum nächsten Telefon geht, um den Notruf zu wählen.

»Du hast einen riesengroßen Fehler gemacht, als du meintest, dass du eine Waffe auf meine Frau richten kannst. Niemand bedroht sie!«

Ich stehe kurz davor, endgültig die Nerven zu verlieren.

»Die Polizei ist auf dem Weg«, höre ich July sagen. Ihre Stimme ist leise und brüchig, als würde sie jeden Augenblick zusammenbrechen.

Ich lockere meinen Griff nicht, während ich mich zu ihr drehe und sie prüfend mustere. Noch immer ist sie leichenblass, was meine Vermutung, dass es ihr nicht gut geht, bestätigt.

Am liebsten würde ich dem Wichser alle Knochen im Leib brechen. Ich will lieber gar nicht erst daran denken, was alles hätte passieren können, wenn ich nicht aufgetaucht wäre. Aber ich nehme mir vor, ihr ein paar Handgriffe beizubringen, damit sie sich selbst beschützen kann.

Das hätte ich schon viel eher machen sollen.

Als endlich die Polizisten auftauchen, kann ich nicht verbergen, wie erleichtert ich darüber bin. Schnell übergebe ich den Typen an die Beamten und gehe zu July, um sie in meine Arme zu schließen.

Sie macht keine Anstalten, sich zu wehren oder Abstand zwischen uns zu bringen. Stattdessen sinkt ihr Kopf erschöpft an meine Brust. Ich genieße es nach den letzten Tagen, Stunden und Minuten, ihren Herzschlag zu spüren und derjenige zu sein, der sie tröstet und beruhigt.

So soll es sein!

»Alles ist gut. Der Typ wurde verhaftet und wird keine Gefahr mehr für euch darstellen. Ich kann mir nicht vorstellen, dass er nach dieser Geschichte einen guten neuen Anwalt finden wird.«

»Hmmm«, macht sie nur und sieht mich dabei an. »Ich hatte Angst, dass dir etwas passiert.«

»Mir wird nichts passieren. Und so ein Idiot wie der da wird es schon gar nicht schaffen, mich in die Knie zu zwingen. Das haben schon ganz andere versucht.«

Ich weiß nicht, ob es gut ist, so offen zu ihr zu sprechen. Doch ich werde July nicht mehr anlügen. Einen Moment betrachtet sie mich, als würde sie darüber nachdenken, was sie dazu sagen soll. Doch dann schüttelt sie den Kopf.

»Was machst du eigentlich hier?«

»Eigentlich bin ich hier, weil ich mit dir sprechen will.« Meine Stimme ist ruhig und sanft. Mit den Händen umgreife ich zärtlich ihren Hals und sorge so dafür, dass sie mich wieder ansieht. July soll mir nicht ausweichen. »Ich liebe dich, July. Ich will, dass du wieder bei mir bist, an meiner Seite, in meinem Leben. Aus genau diesem Grund hatte ich auch keine Ahnung, wie ich dir die Geschichte mit den nächtlichen Racheaktionen erklären sollte. Es ist schließlich nichts, was man mal eben nebenbei erwähnt.«

Keine Sekunde lasse ich sie aus den Augen, während ich spreche. Jede einzelne ihrer Reaktionen will ich mitbekommen. Deswegen kann ich genau erkennen, wie sich Tränen in ihren Augen sammeln.

»Wie viel hast du getrunken?«, frage ich sie, nachdem ich mich ein Stück nach vorne gebeugt habe.

»Mehr, als es wahrscheinlich gut für mich war«, gibt sie leise zurück. Bei ihren Worten muss ich mir ein Grinsen verkneifen.

»Das ist nicht lustig«, weist sie mich zurecht und stupst mich dabei an.

»Nein«, murmle ich und küsse sie dann. Seit sie mich in meiner Wohnung zurückgelassen hat, verzehre ich mich danach, sie zu küssen. Und ich bin froh, dass ich es nun endlich tun kann.

»Ich liebe dich, Roy. Ich bin nur abgehauen, weil ich nicht wusste, wie ich damit umgehen sollte. Ich brauchte Zeit für mich.« Ihre Stimme hört sich beinahe verzweifelt an.

»Alles ist in Ordnung. Und das bringt mich zu meinem zweiten Punkt.«

Verwirrt schaut sie mich an.

»Ich werde damit aufhören. Ich will mich nicht länger dieser Gefahr aussetzen, während du zu Hause auf mich wartest. Und genauso wenig will ich dich in Gefahr bringen. Denn meine Brüder und ich können nie mit Gewissheit sagen, mit wem wir uns anlegen und wozu diese Menschen in der Lage sind.«

An ihrem überraschten Gesichtsausdruck sehe ich, dass sie kaum glaubt, was ich da gesagt habe. Und eigentlich tue ich das selbst auch noch nicht. In den letzten Jahren habe ich nicht einmal in Erwägung gezogen, mein Hobby aufzugeben. Doch ich weiß, dass es der richtige Weg ist.

Ich will mit July zusammen sein. Außerdem bin ich mir sicher, dass meine Brüder das auch allein schaffen werden. In den letzten Wochen hat es ja mehr oder weniger auch funktioniert. Außerdem war es schließlich ihre Idee, dass ich aufhören soll.

»Und wenn doch etwas ist?«, fragt July und betrachtet mich dabei vorsichtig.

»Chris und Josh wissen, dass sie sich immer an mich wenden können. Aber ich werde nicht mehr aktiv sein. Denn da gibt es andere Dinge, die nun definitiv wichtiger sind.«

»Und die wären?«

»Du, ich, die Kinder, die wir bekommen werden. Und vor allem müssen wir das Haus in Houston einrichten, in dem wir jedes Wochenende verbringen werden.«

Mit großen Augen starrt sie mich an. Ich sehe ihr an, wie sich in ihrem Kopf die Gedanken überschlagen.

»Ein Haus?«

»Ja, um Ruhe vor unseren Familien zu haben.«

Mit diesen Worten ziehe ich July dicht an mich heran und versiegle ihre Lippen mit meinen. Nichts wird uns jemals trennen können. Wir gehören zusammen, und das werde ich ihr jeden Tag beweisen.